TRILOGÍA DEL
MALAM♥R 2

www.librosalfaguarajuvenil.com

TRILOGÍA DEL MALAMOR. LA RAÍZ DEL MAL
© Del texto: José Ignacio Valenzuela, 2012

D.R. © de esta edición:
Santillana Ediciones Generales, S.A. de C.V., 2012
Av. Río Mixcoac 274, Col. Acacias
03240, México, D.F.

Alfaguara es un sello editorial del **Grupo Prisa**.
Éstas son sus sedes:

Argentina, Bolivia, Chile, Colombia, Costa Rica , Ecuador, El Salvador, España, Estados Unidos, Guatemala, México, Panamá, Paraguay, Perú, Puerto Rico, República Dominicana, Uruguay y Venezuela.

Primera edición: septiembre de 2012

ISBN: 978-607-11-2168-4

Impreso en México

Todos los derechos reservados. Esta publicación no puede ser reproducida, ni en todo ni en parte, ni registrada en o transmitida por un sistema de recuperación de información, en ninguna forma ni por ningún medio, sea mecánico, fotoquímico, electrónico, magnético, electroóptico, por fotocopia o cualquier otro, sin el permiso previo, por escrito, de la editorial.

TRILOGÍA DEL MALAMOR 2

LA RAÍZ DEL MAL

José Ignacio Valenzuela

ALFAGUARA

Para Anthony,
la raíz de todo mi bien.

MALAMOR

Sustantivo, masculino.

1. Falta de amor o amistad.
2. Falta del sentimiento y afecto que inspiran por lo general ciertas cosas.
3. Enemistad, aborrecimiento.
4. Condición de ausencia total de amor producto de un conjuro o hechizo.

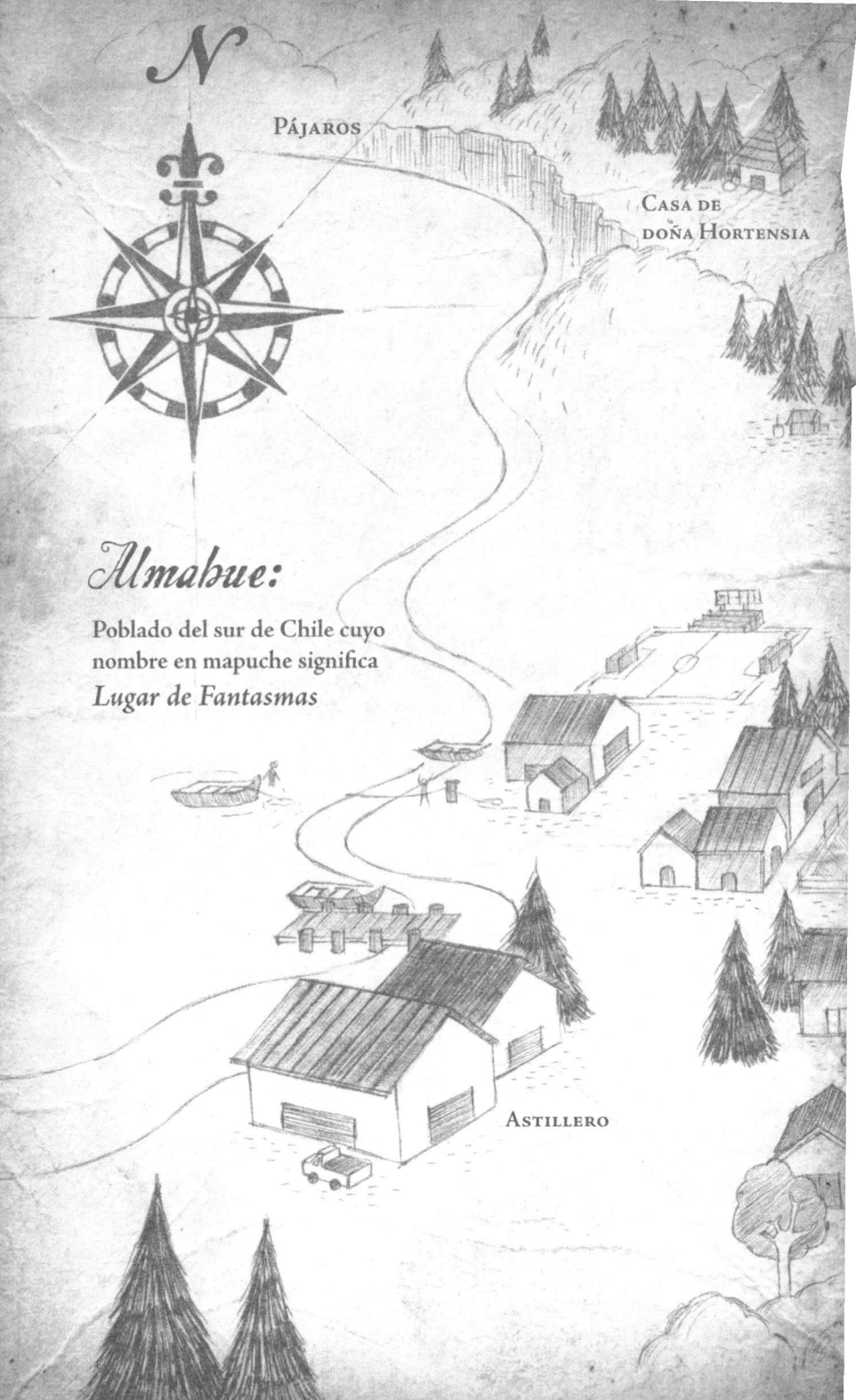

PRIMERA PARTE

*Volver a los diecisiete
después de vivir un siglo,
es como descifrar signos
sin ser sabio competente.*

Violeta Parra, Volver a los diecisiete.

1
Cuerpo nuevo

El chorro de agua, vertido directamente desde la vieja tetera esmaltada, cayó humeante sobre el puñado de hojas de boldo que yacía al fondo de la taza. Un intenso aroma a verde, a raíces, a alcanfor puro, flotó por unos instantes sobre el mesón de la cocina y desde ahí se extendió hacia las cuatro esquinas de la habitación.

La mujer inhaló satisfecha, comprobando una vez más la calidad del brebaje que estaba a punto de saborear. Ella, fiel amante de las costumbres y las tradiciones, nunca se había atrevido a modificar la preparación que llevaba largos años degustando luego de cada almuerzo. Por eso, tal como le había enseñado su madre, hacía ya más de medio siglo, revolvió la infusión siguiendo el movimiento de las manecillas del reloj y luego la endulzó con tres gotas de miel de ulmo. Ni una más, ni una menos.

Porque Hortensia era así: recta e implacable, como el moño que adornaba su cabeza con cabellos que ya comenzaban a teñirse de blanco por las canas. No permitía que la desidia, el cansancio, o incluso el exceso de confianza, relajaran su rutina y sus buenos principios. Sabía que en Almahue algunos se burlaban de ella a sus espaldas, y que otros la llamaban "la mujer más beata del pueblo". Pero eso no la desanimaba. Por el contrario, la llenaba de orgullo. Había logrado conducir su vida por un camino de valores intachables, y podía jactarse de no haber tropezado nunca en su intento de ser siempre la más virtuosa de todas las mujeres del pueblo. Su dedicación, claro, merecía una recompensa que ella ya sabía suya: una apacible vida eterna en el reino prometido en compañía de ángeles, querubines y todos sus seres queridos.

Hortensia asintió, satisfecha, y aspiró el fragante aroma a boldo fresco que despedía su taza de porcelana inglesa.

Junto con el primer sorbo, volvió a concluir que los signos se manifestaban por todas partes. No estaba equivocada. Sólo una mujer de mirada experta, como ella, habría podido identificarlos desde el comienzo: la seguidilla de temblores cuya intensidad iba en aumento; las hojas nuevas que habían reverdecido el ramaje del árbol de la plaza; el inestable ánimo de los habitantes del pueblo, cada vez más propensos a los pecados del cuerpo y de la mente; la agudización del *malamor*, como hacía años no se veía; la aparición de la forastera que alteró a todos con su sola presencia; y, claro, la irrupción de las tinieblas universales, evidente síntoma de que el fin de los tiempos estaba próximo.

Ella lo dijo. Siempre lo dijo. A quien quisiera escucharla. La Biblia no estaba en un error: el apocalipsis iba a anunciar su arribo por medio de la oscuridad total. El fin estaba cerca.

La mujer se persignó al tiempo que volvía a humedecer sus labios con la infusión de hierbas. El calor del líquido deslizándose por su garganta reconfortó por unos segundos al tambor desbocado en el que se había convertido su corazón. ¿De qué tenía miedo? ¿De que todo lo que la rodeaba hubiera llegado a su fin? ¿De enfrentarse a su propio destino y ser juzgada por el Creador? ¿De descubrir, quizá, que todo en lo que había creído había sido una cruel equivocación…? Volvió a persignarse, esta vez con una mano ligeramente temblorosa.

Depositó la taza dentro del fregadero de loza, el mismo que su propio padre había traído a lomo de mula cuando Almahue era apenas un puñado de casas perdidas en medio de la Patagonia, y buscó con la vista su antigua edición de la Biblia. Era un ejemplar de papel tan delgado como la tela de una cebolla, con un reluciente empastado que ella se encargaba de lustrar todos los domingos. Pensaba dedicarle un par de horas a la lectura de ciertos pasajes, con la finalidad de tranquilizar su espíritu que seguía inexplicablemente alterado aun después de beber su acostumbrada infusión de boldo. Se enrolló en la muñeca su rosario de nácar, una hermosa pieza de colección regalo de su madrina de bautizo, y ubicó la primera página del Antiguo Testamento.

Era el fin.

Ella, Hortensia, la solterona más buena y pura de Almahue, iba a ser testigo del ocaso de los tiempos. Deseó sentir tranquilidad y sosiego, sin embargo sólo consiguió estremecerse de temor.

Cuando tomó asiento en su mecedora, junto al enorme ventanal desde donde se apreciaba en toda su grandeza el brazo de mar adentrándose en la costa de Almahue, un inesperado aleteo llamó su atención. ¿Aleteo? Hortensia agudizó el oído y escuchó con claridad un batir de alas que se acercaba. ¿Se habría colado un pájaro al interior de la casa? Imposible. Ella jamás dejaba abierta una ventana. Pero ahí estaba, inconfundible: el ruido de un ave estrellándose contra los cristales, seguramente en su desesperado intento por regresar al exterior.

El corazón se le congeló a mitad del pecho. El temblor de sus manos aumentó a tal punto que fue incapaz de seguir sosteniendo la Biblia. Una bocanada de aire caliente, similar al vaho de un centenar de enormes fauces, le erizó los cabellos de la nuca. Hortensia quiso gritar, pero su mandíbula estaba demasiado rígida como para obedecerla. Lo percibió otra vez: el aire el aire de su casa, súbitamente enrarecido, era cortado de tajo por el incansable movimiento de plumas.

Ya no había dudas: no estaba sola.

Entonces se armó de valor y decidió recorrer la estancia hasta encontrar al inesperado intruso. Apenas se levantó de la silla, su cuerpo se estremeció con la inquietante visión a la que se enfrentó: una enorme ave venía hacia ella, sobrevolando el comedor, con las garras poderosas orientadas hacia su cuerpo y el pico filoso dispuesto a enterrarse en su piel. Su cuerpo estaba cubierto de plumas que brillaban como la plata al entrar en contacto con la luz de las ventanas. Pero lo más impresionante eran sus ojos: dos enormes pozos amarillos interrumpidos sólo por dos redondas y negras pupilas. Hortensia intentó cubrirse la cara con ambas manos, pero no fue capaz de mover los brazos. El pájaro seguía planeando en dirección a ella, afilando el aire con su amenaza de ave de rapiña. La mujer vio acercarse a la monumental lechuza que reconoció de inmediato.

"Es el *Coo*", se dijo. "Es el fin."

El ave dio un giro por encima de su cabeza, rozando apenas sus cabellos, y se alejó hacia la cocina. Por un instante, lo único que se pudo oír fue el jadeo asmático de Hortensia intentando recuperarse del miedo más grande que había sentido en toda su vida. "Es el *Coo*", repitió en un hilo de voz. "El *Coo*." Y por más que trató de bloquear la imagen en su mente, para no aumentar el terror que le invadía el cuerpo, no pudo evitar recordar a su padre narrándole aquella vieja historia chilota que hablaba sobre una lechuza con cuernos y dos enormes ojos amarillos, que anunciaba la muerte de algún habitante en la casa donde se aparecía o en sus alrededores.

Y la única habitante de esa casa era ella.

"Padre nuestro que estás en el cielo, santificado sea tu nombre...", recitó en un susurro que bruscamente quedó inconcluso, ya que todas las puertas y las ventanas de la casa se abrieron al mismo tiempo, como si un impertinente puño las golpeara desde afuera. Una incontenible ráfaga, que acarreó con ella el salitre del mar y el fango del bosque, se precipitó hacia el interior y rodeó a Hortensia con brazos invisibles pero poderosos. Las cortinas se sacudieron cual banderas a punto de desgarrarse, lo mismo que las alfombras en el suelo y el mantel en la mesa. Las paredes de madera crujieron al llenarse de grietas y el techo de tejas de alerce se expandió primero hacia arriba y luego hacia abajo, conteniendo apenas el remolino de aire que convirtió a la apacible sala de Hortensia en un destruido campo de batalla. El chiflón hizo estallar todos los adornos de las paredes a su paso, derribó sillas, mesas e incluso al enorme sofá de cuero de la sala que quedó con sus cuatro patas hacia arriba. A través de las ventanas y la puerta abierta, Hortensia fue testigo del huracán que azotaba sin piedad a su jardín. El vendaval borroneó el paisaje exterior, convirtiéndolo en una mancha imprecisa sin límites definidos.

—¡Dios mío, en tus manos encomiendo mi espíritu...! —gritó apoyada contra una pared, sin que su voz pudiera imponerse al bramido del viento.

Una silueta se recortó contra la luz enmarcada en el umbral de la puerta. Era un menudo cuerpo femenino, con cabellos que se sacudían como serpientes vivas, y un pequeño vestido que la cubría junto con un cúmulo de hojas secas. Dos ojos del mismo color del fuego relampaguearon en mitad de aquel rostro juvenil que atemorizaba con su sola presencia. El caos que la rodeaba parecía no tocarla. Avanzó con gran agilidad por encima del estropicio, acercándose a Hortensia, quien por más que intentó encontrar una explicación lógica a lo que estaba ocurriendo, no fue capaz de dar con una.

—Gracias por tu cuerpo —musitó Rayén casi con dulzura, y extendió su mano hacia la mujer.

Hortensia sintió que cada poro de su piel se convertía en brasa cuando los cinco dedos de aquella misteriosa muchacha le rodearon la garganta. De inmediato, la boca se le llenó de saliva con sabor a sal y dejó de respirar. Lo último que alcanzó a pensar, antes de morir, fue que ese calor que inundaba su cuerpo y evaporaba la sangre de sus venas no era otro sino el del infierno. Con enorme dolor se dijo: ¡Señor, en qué me he equivocado!

El cadáver de la mujer se desplomó al suelo sin hacer ruido.

Rayén avanzó hacia el centro de la sala, buscando el espacio suficiente para su próxima transmutación. Cerró los ojos y se hundió en un pozo sombrío, tan conocido a estas alturas. Respiró hondo, llenando sus pulmones con una brisa de hielo que se le metió por la boca y la nariz. El olor a tierra mojada se adhirió a sus órganos internos, alborotó a sus células e hizo bombear con más fuerza la sangre en su organismo. Un escandaloso tambor se adueñó del ritmo de sus pulsaciones, alterándolas a su antojo. Sus sienes latieron con tanta presión, que la cabeza le crujió desde el mentón hasta la coronilla.

Para apurar el proceso, comenzó a exhalar un aire tibio, cada vez más caliente, que se convertía de inmediato en vaho al entrar en contacto con la temperatura exterior. Sus pies parecieron hundirse en el parquet del suelo al tiempo que sus veinte dedos quedaban rígidos. Esperó a la convulsión que daría inicio al cambio. La sintió incubarse en la base de su espina dorsal: un leve parpadeo parecido a un cosquilleo fue cobrando forma, como una avalancha de lava que trepó por sus vértebras rumbo al cuello. Un calor infernal se extendió hacia sus brazos y piernas, el coraje acumulado de tantos años le ayudó a reprimir un grito al sentirse presa de un insoportable ardor que derretía sus ligamentos.

Estaba a punto de atravesar el umbral.

Entonces, apretó con fuerza los párpados, anticipándose al vértigo mortal que vendría a continuación. Su cuerpo comenzó a vibrar en una breve oscilación. Rayén, que parecía anclada por los pies, se torció de tal manera que desafiaba por completo las leyes de la gravedad. El balanceo fue aumentando cada vez más el grado de inclinación: su frente casi tocaba la tierra y, al instante, se precipitaba en sentido contrario hasta que su nuca rozaba el suelo. La fluctuación aceleró a tal punto que transformó el cuerpo de la joven en una mancha, en un celaje que emitía su propia luz y generaba viento al igual que una hélice.

Ahí estaba: convertida en una explosión humana, un Big Bang de carne al que pronto se le daría un nuevo orden. Podía sentir cómo sus músculos se licuaban y quedaban suspendidos en la nada unos instantes, a la espera de regenerarse en una materia diferente. La aceleración fue disminuyendo poco a poco, y lo que parecía ser un cuerpo humano fue adquiriendo contorno, perfil y figura. Pero en lugar de la anatomía de la juvenil Rayén, del epicentro del temblor surgió otra imagen: la de una mujer entrada ya en años, de riguroso moño y cabello canoso, e idéntica a Hortensia, que yacía en el suelo.

Rayén, satisfecha con su nuevo cuerpo, dejó que el viento de fin del mundo se hiciera cargo de hacer desaparecer el cadáver. Una ráfaga lo levantó de entre los muebles y adornos rotos, para llevárselo lejos, tan lejos donde nadie nunca pudiera encontrarla. Se harían cargo de su rápida descomposición el humus y las hojas podridas del bosque. Esa triste mujer no iba a encontrar nunca una mejor sepultura.

Su nuevo aspecto no levantaría ni la más mínima sospecha. Rayén repasó en su mente los próximos pasos a seguir. De inmediato identificó el primero, el más inmediato. Al hacerlo, sonrió por primera vez en casi un siglo. La sola idea de estar por fin frente a Ángela Gálvez inundó de entusiasta venganza su corazón lleno de odio.

El destino de Almahue estaba en sus manos.

2
La decisión

—¿Estás segura que no vas a arrepentirte...? —preguntó Fabián sin dar crédito a lo que había escuchado unos segundos antes.

A pesar de que su primer impulso fue lanzarse a los brazos del muchacho y celebrar juntos la nueva vida que estaba dispuesta a comenzar en Almahue, Ángela se contuvo y por toda respuesta asintió en silencio. La felicidad que la inundó de pies a cabeza llenó de chispazos amarillos su mirada e hizo brincar de alegría las pecas de su rostro. ¡Era libre! Libre para amar a Fabián sin temores, sin la condena del malamor sobre sus hombros, y sin tener que recurrir a brebajes que aliviaran sólo por momentos los terribles dolores que el hechizo, ahora convertido en un mal recuerdo, provocaba en los enamorados.

Un torbellino de imágenes se le agolpó al otro lado de los párpados, en un caótico desorden que el sentido común le aconsejó organizar antes de que sus días se le complicaran.

    ¿Por dónde empezar? Tal vez por avisarle a su madre, allá en Santiago que no iba a regresar tan pronto como hubiera querido. De hecho, iba a ser necesario explicarle que no estaba en Concepción, como la mujer suponía, sino que llevaba más de una semana a casi dos mil kilómetros de su hogar. ¿Pero cómo comunicarse con ella, cuando en Almahue no existía ni un teléfono? Su *iPhone* yacía en el fondo de una grieta, y el único transmisor de onda corta con el que podría haber conseguido algún tipo de contacto con el resto del país quedó reducido a cenizas luego del brutal incendio del astillero.

    Por otro lado, tenía que solucionar el tema de sus estudios. Lo más inteligente y efectivo era suspender la carrera de Antropología por un semestre, en lo que decidía dónde y cómo vivir los siguientes meses. Quizá Patricia era la indicada para hablar con los profesores y el decano, y así resolver ese conflicto con la universidad. Después de todo, era lo menos que su amiga podía hacer por ella. Por su culpa había tenido que abandonar todas sus actividades para viajar hasta el fin del mundo, poniendo en peligro su vida y su futuro. Y claro, estaba Fabián: el enigmático y atractivo muchacho que bastó que la mirara desde el fondo de sus ojos color aceituna para que ella sintiera que, por fin, había encontrado algo tan valioso e importante que no podría dejarlo escapar.

    Un segundo bocinazo de la Van de Carlos Ule sacó a Ángela de sus reflexiones: el bibliotecario le recordaba desde su desvencijado vehículo que ya era hora de partir.

—Entonces, ¿te vas a quedar conmigo? ¿Aquí? —volvió a preguntar Fabián, ansioso por confirmar lo que la muchacha ya había dejado muy en claro.

—Sí, contigo. No me voy a mover de Almahue —contestó ella con toda convicción—. Te elijo a ti.

Por unos breves instantes, Ángela hizo un esfuerzo para corroborar que era su voz, y no la de alguien más, la que brotaba por su boca. No se reconocía así de segura y categórica. Se percataba que estaba dándole un giro radical a su vida y que se lanzaba al vacío sin red de protección, pero su cuerpo actuaba completamente ajeno a los miedos que inútilmente intentaban frenar sus actos. Sin duda alguna, su viaje a Almahue la había cambiado por completo. A sus diecinueve años, se sentía más madura que nunca y estaba dispuesta a demostrárselo a quien se atreviera a cuestionarla. Incluso a su madre, cuando se enterara que le había mentido, que no tenía intenciones de regresar a casa, que había conocido a un joven llamado Fabián, que estaba profundamente enamorada y que se tomaría un tiempo en volver a sus estudios.

La repentina aparición de Rosa, en la puerta del dormitorio a medio derrumbar, generó un dramático contraste entre la brutalidad del estropicio y la frágil figura de la ciega. Alzó su mano de delicados dedos, pidiendo una pausa en la conversación.

—Carlos te está esperando, Ángela —musitó—. Creo que llegó la hora de despedirnos.

Pero Ángela no iba a decir adiós. No estaba dispuesta a eso. Salió a toda velocidad del cuarto, el mismo donde durmió tantas noches protegida por el grueso cobertor de lana con motivos geométricos, y que ahora estaba hecho jirones bajo una buena parte del techo desprendido a causa del terremoto. Anticipando lo que sus palabras provocarían en el profesor y en su amiga, recorrió el largo y siempre oscuro pasillo, que acompañó con un crujido de tablas viejas cada uno de sus pasos. Abrió la puerta y se precipitó al exterior, donde lo primero que vio fue la destartalada Van de Carlos Ule, con su anuncio de Biblioteca Móvil, recortada contra la imponente pantalla de luz plomiza donde un débil sol de media tarde hacía esfuerzos por imponerse. El color de los verdes recién pulidos por la lluvia, el aroma a madera ahumada que despedían las chimeneas de las casas vecinas, y los lejanos bosques de Coihue con sus ramas grabadas contra las nieves eternas cubiertas por hilachas de nubes, le recordaron a la forastera que realmente estaba en el fin del mundo.

En ese preciso instante, Azabache, que caminaba tras Ángela como su sombra, se le lanzó a los brazos buscando también sabotear cualquier intento de partida. Ronroneó unos segundos refregándose contra su cuerpo, dejando en claro que no pensaba bajarse al suelo, y recostó su cabeza de enormes ojos y puntiagudas orejas sobre el pecho de la muchacha, a la espera de los futuros acontecimientos.

—¡Me quedo aquí! —gritó ella convencida, y una vez más tuvo la sensación de que no era ella quien hablaba a través de sus palabras.

Tanto Carlos como Patricia descendieron desconcertados del vehículo y se enfrentaron a la joven que ni siquiera les dio tiempo para formular la primera pregunta. Con frenético entusiasmo, les explicó que iba a quedarse en Almahue junto a Fabián. Que ayudaría a Rosa a reconstruir su casa. Les advirtió que no iba a aceptar recriminaciones y mucho menos presiones para cambiar sus planes, que entendía perfectamente si pensaban que se había vuelto loca. Le rogó a su amiga que hablara con su madre y su hermano Mauricio, que les explicara en su nombre, paso a paso, la situación y que les asegurara que iba a comunicarse con ellos tan pronto tuviera acceso a un teléfono o señal de Internet.

—¡Tu mamá se va a morir cuando le cuente la verdad! —se quejó Patricia, claramente incómoda con la misión que le habían encomendado.

—Lo sé. Pero no tengo otra alternativa. Por favor, ayúdame —pidió Ángela.

—Viajemos juntas a Santiago. De verdad no entiendo qué vas a hacer sola en este lugar.

—No voy a estar sola. Además, estoy haciendo lo que el corazón me pide que haga…

—¿Y si te arrepientes? —preguntó Patricia que no daba crédito a lo que oía.

—Eso no va a pasar. Confía en mí. Necesito quedarme aquí… con él —susurró Ángela señalando al causante de su insospechada decisión.

Patricia levantó la vista y se quedó mirando a Fabián, quien observaba de pie bajo el cartel de "Alfombras La Esperanza" que se había soltado de uno de sus extremos y colgaba amenazante sobre él. Las pupilas de la joven se ensombrecieron una fracción de segundo revelando sin pudor su envidia que, por más que intentó, no consiguió disimular. Fabián, a pesar de la distancia, alcanzó a descubrir en aquellos ojos ese resentimiento que en nada se parecía al cariño que decía tenerle a su amiga. Con disgusto, vio la realidad entre ambas muchachas, sin máscaras ni disfraces: Patricia sentía celos de Ángela.

Aunque Patricia procuró encubrir con una amplia sonrisa y un cariñoso abrazo el resentimiento que todo su cuerpo gritaba, Fabián supo que lo mejor que podía sucederles es que esa joven se fuera lo antes posible del pueblo. Su instinto le decía que no era de fiar. Incluso Azabache pareció estar de acuerdo con él, pues justo en ese momento dio un destemplado maullido y erizó el lomo. Su pelaje se alzó como un puñado de espinas negras, y por más que la mano de Ángela lo acarició con especial cuidado, el gato no abandonó su posición de alerta.

—Bueno, creo que sólo seremos dos los que viajaremos a Puerto Chacabuco —comentó Carlos Ule—. ¡Que viva el amor! —agregó con una sincera sonrisa de dientes y bigotes.

La Van se alejó por la calle de Almahue, despidiéndose de todos con su temblor metálico y varias fumarolas negras que se escapaban por las rejillas del motor. Fabián se acercó a Ángela y con dulzura le pasó el brazo por encima del hombro. La joven aún decía adiós con la mano en alto, mientras algunas lágrimas se escapaban de sus ojos y Azabache se enroscaba en torno a su cuello.

—Espero que Patricia cumpla con la promesa de avisarle a mi madre —murmuró con evidente inquietud—. No tengo más alternativa que confiar en ella. Por algo es mi mejor amiga.

Fabián no respondió. No quiso contradecirla. Y aunque en su mente intentó dar vuelta a la página y concentrarse en todo lo que se le venía encima, no consiguió olvidar aquella mirada cargada de envidia de Patricia Rendón.

"Por suerte no la volveremos a ver", se dijo cuando el auto de Carlos Ule, convertido en un destello tan inestable como un espejismo, desapareció tragado por las enormes hojas de nalca al final del camino. Sin embargo, Fabián nunca imaginó cuán equivocado estaba. Para su desgracia, y la de todos los que lo rodeaban, lo que él suponía una despedida, era apenas un trágico comienzo.

3
Follaje recuperado

Los habitantes de Almahue necesitaron más que buena voluntad para por fin recuperar la confianza en el suelo que pisaban. Aterrorizados luego del violento terremoto que dejó a la mayor parte de sus viviendas con graves daños y secuelas, no tuvieron más alternativa que levantar un improvisado campamento en plena plaza central para albergar a los doscientos residentes del pueblo. Muchos consideraron peligroso regresar a sus casas, que podían terminar de derrumbarse con alguna inesperada réplica.

Con el paso de las horas, la cantidad de tiendas de campaña, colchones y ponchos de lana colgados como muros, alcanzó dimensiones colosales, convirtiendo al centro de Almahue en una verdadera ciudadela vibrante de actividad. Desde ahí, cada uno de los lugareños se dedicó a observar la evolución del enorme árbol que se alzaba al centro de la glorieta: estaban seguros que el futuro de sus almas tenía directa relación con el color de aquellas hojas que se mecían con indiferente delicadeza en lo más alto del ramaje.

"¡Y para que conozcan todo el odio que les tengo, el día que este árbol se seque por completo, el pueblo entero desaparecerá! ¡Tragado por la tierra y barrido por el viento!" Las palabras de Rayén se repitieron varias veces a lo largo de la jornada, para que nadie tuviera la posibilidad de olvidar que una fatal amenaza gravitaba sobre sus cabezas.

Por eso, cuando al cuarto día después del temblor alguien urgió a que miraran hacia el árbol, todos comenzaron a aplaudir en un frenético ataque de optimismo. Ya no eran sólo dos las ramas reverdecidas: por el contrario, toda la parte superior del enorme tronco lucía frondosa y recuperada, y sacudía con orgullo su flamante y tupido follaje.

—¡Se recuperó…! —gritó alguien sin poder creer lo que estaba viendo—. ¡El árbol de la plaza está reverdeciendo…!

La buena noticia voló de boca en boca con la celeridad de una carcajada que se lleva el viento. Incluso Ernesto Schmied, confinado en su ático del cual nunca salía, a pesar del peligro de morir aplastado a causa de un nuevo remezón de tierra, se enteró del prodigio que estaba cambiando el destino de sus vidas. A través de la claraboya que adornaba el vértice superior del cuarto, el anciano miró emocionado la renovada vida del colosal árbol. Efectivamente, la copa lucía con enorme poderío sus vibrantes tonos de verde, y sombreaba el suelo con una infinidad de hojas de diferentes tamaños, que se apiñaban rebosantes en gran parte de las ramas.

Ernesto recordó que la última vez que vio al árbol en ese estado de plenitud fue el día de su boda con Clara Mora, un lejano diciembre de 1939. Había recorrido a pie la distancia entre su casa y la única iglesia de Almahue, cuidando de no ensuciar su elegantísimo esmoquin importado con los esporádicos charcos de barro que sorteaban su camino. Antes de ingresar a la precaria capilla, se detuvo unos segundos en la plaza central, amparado bajo el enorme paraguas del árbol que, para desgracia de todos, seguía dando manzanas, naranjas y peras en imposibles y fragantes racimos. Ahí, en cada una de esas frutas, seguía viva la prueba del paso de Karl Wilhelm por el pueblo.

Ernesto se separó de la redonda ventana y, con un crujir de huesos que lo acompañó hasta que se tumbó en su cama, decidió que ya no valía la pena seguir recordando. ¿Para qué? Rayén había sido derrotada gracias al amor de Ángela y Fabián, su nefasta maldición era sólo un mal recuerdo, y la única persona de Almahue que la conoció y que quedaba con vida era él: un viejo que muy pronto iba a dejar este mundo. Así, junto a su partida, iba a desaparecer también cualquier posibilidad de perpetuar una memoria que sólo hacía daño por su dolorosa historia de traición, hechizos y corazones malheridos.

El reloj de péndulo marcó con un lejano tañido la llegada de las siete de la tarde. El anuncio quedó rebotando unos segundos entre las cuatro paredes del ático, hasta que terminó de esfumarse como una nota musical que va perdiendo poco a poco su intensidad.

Sí, reflexionó Ernesto Schmied cerrando los ojos, era cosa de minutos para que la noche comenzara a acostarse sobre los terrenos de Almahue, dando fin a un inútil día más de vida. Debía comenzar a despedirse. Y mientras más pronto lo hiciera, mucho mejor.

4
De regreso en Santiago

Su dedo índice estaba a punto de oprimir el timbre, ubicado a un costado de la puerta principal, cuando inesperadamente se detuvo y quedó inmóvil a mitad de camino. Patricia negó con la cabeza sin retirar la mano. Por primera vez en su vida, aquella casa que había frecuentado a diario desde que conoció a Ángela el día que ambas cumplieron trece años, le pareció un lugar inhóspito y poco amable. Con cada una de sus visitas había visto crecer el desorden lila de la buganvilia enroscada en la reja del jardín, y fue testigo de cada una de las modificaciones que se le hicieron a la residencia. Podía decir con orgullo que conocía esa casa mejor que la suya, una vieja y húmeda vivienda que compartía con su abuela paterna en un sector bastante feo de la ciudad.

Entonces, ¿por qué si se sentía parte importante y fundamental de lo que ocurría tras esas paredes, no se atrevía a llamar a la puerta para dar el recado que Ángela le rogó que transmitiera? Tal vez porque a pesar de que su presencia ahí era tan habitual como la del resto de la familia, no era parte de ellos. Aunque lo deseara con afán, no pertenecía a ese mundo. Nadie consultó su opinión con respecto a ningún evento importante, ni tampoco consideró su voz a la hora de tomar alguna decisión. Su paso por la vida de la familia Gálvez era un mero accidente, la consecuencia azarosa de la decisión de una profesora al sentarla junto al banco de Ángela el primer día de clases en su nuevo colegio de Santiago.

A la menor oportunidad, la que siempre dijo ser su amiga inseparable había decidido abandonarla por un casi desconocido, quien la escudriñaba con desconfianza desde el fondo de sus ojos negros y cuyo silencio la exasperaba. Y eso no era justo.

Claro, tampoco había sido justo apropiarse del tema de investigación de Ángela, cuando le robó la idea de reportar sobre la *Leyenda del Malamor*. Pero ésa fue una decisión que ella podía perfectamente explicar e incluso defender. La señora Cecilia, la madre de Ángela, jamás hubiese permitido que su hija viajara hasta Almahue, en plena Patagonia, para hacer trabajo de campo y entrevistas a los lugareños. Esa negativa sólo hubiera provocado el aborto de una idea espléndida y su consiguiente calificación. Ella, una muchacha que se crió sola y sin la tutela constante de un adulto, no iba a permitir que la sobreprotección de una mujer que vivía aterrada del mundo exterior afectara su desempeño académico. Una de las ventajas de compartir un techo con una abuela ausente y enfermiza, más preocupada de resistir el embate de los inviernos que del futuro de su nieta, era precisamente que no tenía que pedir ningún permiso a nadie.

Su dedo seguía ahí: apuntando indeciso hacia el timbre.

¿Estaría dispuesta a volver a Almahue en busca de Ángela? Aún no terminaba de decidirlo. Y no sólo eso: también tenía que resolver qué iba a hacer con ese secreto que había regresado con ella a Santiago. Secreto del que era partícipe y cuya revelación podría prodigarle grandes beneficios. ¿Qué hacer? ¿En qué momento las cosas se habían vuelto tan complicadas para ella?

Sin que nada anunciara lo que iba a suceder, la puerta se abrió de improviso y la silueta de una mujer apareció bajo el umbral. Patricia tardó un segundo en comprender que se trataba de la madre de Ángela, quien se detuvo en seco al descubrirla ahí, inmóvil y silenciosa, frente a ella. Suspendió de inmediato la búsqueda de las llaves del auto dentro de su cartera y la miró sin dar crédito a lo que sus ojos veían.

—¡Qué coincidencia...! —exclamó en un agudo vibrato—. Me dirigía a casa de tu abuela, precisamente a pedirle información sobre ustedes...

Patricia intentó disimular con una falsa sonrisa la mueca de nerviosismo que le torció los labios. La mujer giró hacia la puerta abierta, proyectando su voz hacia el interior de la casa:

—¡Mauricio! ¡Mauricio, ven…! ¡Patricia y tu hermana regresaron de Concepción! —exclamó contenta.

Acorralada por las circunstancias, la muchacha supo que ya no tenía alternativa. Respiró hondo y carraspeó antes de hablar:

—Señora Cecilia, ¿podemos conversar un momento? —dijo y, aunque lo intentó, no pudo evitar cargar de pesimismo el tono de su pregunta.

La mujer abrió la boca para responder, pero no emitió sonido. Se llevó una mano al pecho, en ese característico gesto suyo que la delataba cuando estaba a punto de dar ese irreversible y definitivo paso hacia el terreno de la tragedia. Sus ojos, expresivos por naturaleza, se hicieron cargo de decir sin palabras todo lo que no se atrevió a preguntar por miedo a oír respuestas que no iba a ser capaz de soportar.

—Ángela no está aquí. Nunca viajó conmigo a Concepción —señaló Patricia, sin estar segura de haber comenzado con el pie derecho, lo que imaginó provocaría una larga noche de explicaciones.

El robusto cuerpo de Mauricio Gálvez se asomó hacia el exterior. La vida sedentaria, su irrenunciable vicio de abrir botes de papas fritas en la madrugada, y las infinitas horas frente a la computadora, le habían pasado la cuenta regalándole una barriga y un sobrepeso que no parecían preocuparle mucho. Pelirrojo y excesivamente pálido, por la falta de sol, dejó que sus pecosas mejillas engordaran sin mucho control ni vanidad. Los pantaloncillos cortos, el cabello ensortijado y la enorme camiseta con el logo de

Batman le daban el aspecto de un niño híper desarrollado prófugo de algún mundo virtual.

—¡Tu hermana desapareció! —gritó Cecilia cuando logró recuperar el aliento que había huido lejos de sus pulmones apenas unos segundos antes.

—No, no ha desaparecido. Está en Almahue —intentó calmarla Patricia.

—¿Almahue...? ¡¿Qué es Almahue?!

—Un pueblo ubicado a casi quinientos kilómetros al sur de Puerto Montt —confirmó Mauricio luego de consultar la información en la pantalla de su teléfono inteligente—. ¿Quieres que te muestre *Google Earth* para que veas dónde está...?

—¡¿Qué hace mi hija en ese lugar?! —chilló Cecilia—. A mí me dijo que iba a ir contigo a Concepción... Me llamó, de hecho... Me contó que estaba feliz paseando con tus papás... ¡Tengo los mensajes de texto y los emails que me envió!

—Mintió —disparó la joven a quemarropa.

Durante unos segundos no se oyó nada en el jardín de los Gálvez. Sólo se percibió el sedoso reposo de la buganvilia preparándose a dormir, ajena por completo al inminente conflicto que se iba a librar junto a ella.

—Ángela se enamoró de un tipo llamado Fabián que vive en la zona, y decidió quedarse con él por allá —agregó Patricia sabiendo que la selección de eventos y personajes que había hecho no era la más adecuada para calmar los ánimos.

Cecilia estiró un brazo hacia un costado, buscando con urgencia algo de dónde asirse para evitar caer al suelo. La fuerza de sus piernas comenzaba a fallar, tenía la sensación de irse deslizando sobre una superficie que a cada segundo aumentaba su pendiente. ¿Ángela…? ¿Realmente su hija había sido capaz de mentirle con tanto descaro, y todo para fugarse con un desconocido que seguramente ella como madre nunca hubiese aprobado como yerno?

—Lo mejor será que se recueste —aconsejó Patricia a Mauricio, que seguía revisando los escasos datos que ofrecía la web sobre Almahue—. Tu mamá no tiene buena cara.

—¡Yo no puedo moverme de Santiago! ¡Tengo que trabajar! —exclamó con desesperación la mujer, derribando de un manotazo el teléfono de su hijo mayor que parecía no prestarle atención a sus lamentos—. ¡Tú vas a tener que hacerte cargo de esto!

—¿Yo? —balbuceó aterrado el muchacho y hasta las pecas de su rostro quedaron a la expectativa ante el fatal anuncio de que tendría que abandonar el protegido y sombrío espacio de su dormitorio.

—Sí. Vas a ir a buscar a tu hermana, y punto. ¿Me oyes, Mauricio? ¡Vas a traer a Ángela de regreso a casa lo antes posible!

Sin esperar una respuesta por parte del joven, Cecilia giró hacia Patricia y la tomó con fuerza por un brazo.

—Y ahora tú vas a venir conmigo. Me vas a explicar con lujo de detalles qué fue lo que pasó, y por qué mi hija se convirtió en… en… en *esto*… ¡Qué bueno que estás aquí, Patricia! ¡Qué alivio más grande saber que cuento contigo…!

A pesar de que secretamente allá, en Almahue, alguien había hecho esfuerzos para hacerle ver lo interesante que podía llegar a ser su personalidad y su manera de ver el mundo, por primera vez en su vida la joven supo a ciencia cierta lo que era ser importante para otra persona. Y decidió que nunca, nunca más, dejaría escapar esa maravillosa sensación.

5
La dueña del rosario

A la luz de la milagrosa recuperación del árbol, los habitantes del pueblo consideraron que ya no valía la pena seguir acampando en plena calle y empezaron a desarmar el campamento para regresar a sus hogares. A pesar de las prisas, los empujones y las carreras por llegar pronto a sus deterioradas residencias, nadie se trenzó en una pelea, ni se insultó a viva voz, o se lió a golpes a la menor provocación, como ocurría antes. Era una prueba más de que el *malamor* había sido derrotado y que, por fin, Almahue podía continuar su historia en paz y tranquilidad. El teniente Orellana, la única autoridad del cuartel policial del sector, supervisó personalmente las labores de desmantelamiento, anticipándose a cualquier revuelta que estaba dispuesto a cortar de raíz con el poder que le conferían la ley y su uniforme. Pero no fue necesario amonestar a nadie: en pocas horas la plaza central volvió a quedar desierta, con sus cuatro escaños vacíos y su única farola convertida en silencioso testigo, como si nunca nadie hubiera transitado por ahí.

—Vaya —se dijo el teniente quitándose la gorra para rascarse la cabeza—. Éstos sí que son nuevos tiempos...

A petición de Silvia Poblete, que luego de la tragedia familiar adoptó su papel de viuda con todo el rigor de las circunstancias y el apoyo de un sinnúmero de calmantes que ingería cada cuatro horas, se organizó una misa para recordar la vida, obra y legado de Walter Schmied, muerto dramáticamente en el incendio del astillero durante las tinieblas universales. Ni Ángela ni Fabián, y ni siquiera Egon, su primogénito, quisieron contradecir la versión oficial que convirtió a Walter en una víctima de la mala fortuna y del hecho de haber estado en el lugar menos indicado en el momento menos oportuno. Según el rumor comunitario, que fue cambiando a medida que cada persona dio su propia interpretación de los hechos, el buen hombre había ido a su astillero en medio de la oscuridad reinante para revisar el estado de los hangares luego del devastador terremoto. La mala suerte quiso que llegara justo en el preciso instante en que un cortocircuito hiciera estallar la instalación eléctrica, transformando al cobertizo en un voraz e incontenible infierno. Pero los testigos de lo sucedido aquel día sabían que la verdad era otra: Walter Schmied murió en su ley, intentando acabar con la vida de todo aquel que se le cruzara en el camino, transfigurado en un ser parecido a una descomunal y mortífera raíz vegetal.

El pueblo se congregó en torno a la iglesia, luciendo sus mejores ponchos y chalecos de lana fragantes a humo y leña. La ceremonia religiosa iba a ser presidida por el cura del pueblo vecino, que viajó especialmente para la ocasión. Por solicitud de Silvia, el lugar se decoró con hermosos arreglos de flores blancas, para simbolizar la pureza del alma de su marido que ahora vivía en la gloria eterna. Se encendieron cirios y velas que entibiaron el aire gélido con su titilante incandescencia. Elvira Caicheo no durmió la noche anterior por barrer y ordenar la iglesia, y dejar todo dispuesto para lo que prometía ser la misa más especial de los últimos años.

Nadie faltó a la cita. Incluso don Ernesto accedió a abandonar la tranquilidad de su ático para, por primera vez en muchos años, salir al exterior. Si todos iban a jugar el papel de la familia doliente, él no iba a ser la nota discordante. Estaba dispuesto a aparentar frente a los demás y en especial frente a Silvia, su nuera, que el dolor de haber perdido a un hijo era imposible de superar y que la mejor manera de seguir adelante era fortaleciendo los lazos entre los Schmied por medio de un sentido responso que convocara al pueblo entero.

Sin embargo, no fue fácil para él entrar a la capilla donde vio por última vez a Rayén. Apenas cruzó el umbral y sus cansados pies comenzaron a avanzar por el mismo pasillo de tablones que muchas décadas atrás recorrió como un triste y condenado hombre. Sintió despertar dentro de él aquel dolor que no moría a pesar del paso del tiempo. El eco atrapado entre aquellos muros le trajo, sin piedad alguna, las últimas palabras de la mujer que más amó en su vida:

—¡Te maldigo, Ernesto Schmied! ¡Te maldigo a ti y a toda tu descendencia!

Cuando Ángela se instaló junto a Fabián en la segunda fila de las bancas, frente al altar, no pudo dejar de pensar que estaba en el mismo lugar donde tantas décadas atrás se había llevado a cabo el matrimonio entre Ernesto Schmied y esa mujer aristócrata de la que ya nadie se acordaba. No necesitó hacer mucho esfuerzo para recordar la descripción de aquel dramático evento que había leído en la libreta del anciano y que tanto la impresionó: *"las dos pesadas hojas de madera de la puerta se abren como si un furioso puño invisible las golpeara. Una ráfaga que se desplaza a ras de suelo avanza por el pasillo, deshojando los ramos, alzando los vuelos de los vestidos y levantando el polvo que los hace estornudar a todos".* Ángela giró la cabeza, encontrando las puertas abiertas, a través de las cuales continuaba entrando gente. A diferencia de aquel fatídico mes de diciembre de 1939, ahora todo era sosiego y tranquilidad. *"Un violento relámpago cruza el cielo de lado a lado, partiendo en un tajo de luz la bóveda que se oscureció y que amenaza con desplomarse. El chiflón apaga las velas y derriba los floridos pendones que estaban a los lados del altar."* Por contraste, el cielo de domingo que alcanzó a ver al otro lado de las estrechas ventanas le pareció más plácido que nunca, aportando, con una luminosidad poco habitual, una sensación de total plenitud que embargaba a los presentes.

A todos, excepto a Ernesto Schmied, sentado en primera fila.

Ángela no le quitó los ojos de encima al anciano, a quien imaginó sumido en sus dolorosos recuerdos. No fue necesario que alguien le explicara la situación para que ella comprendiera que no debía ser fácil para él estar en ese lugar, una modesta casucha de madera barnizada mil veces, donde se fraguó la desgracia de todo un pueblo.

De pronto, la inesperada aparición de una extraña mujer llamó la atención de la joven. La vio deslizarse por el pasillo, en total silencio y recogimiento. Traía trenzado entre sus dedos un hermoso rosario de nácar, rematado por una voluminosa cruz de plata que destelló al contacto de la luz proveniente de las velas. Había recogido su canoso cabello en un severo moño a la altura de la nuca, y vestía un oscuro traje de paño que escondía su cuerpo desde el cuello hasta los tobillos. Sin cambiar su expresión de profunda devoción, tomó asiento junto a Ernesto Schmied. Le dedicó al viejo una furtiva mirada llena de intensidad, y volvió a entrecerrar los ojos al compás del rezo que parecía seguir de memoria en las cuentas del rosario. El anciano carraspeó con visible desasosiego, aflojándose el nudo de la corbata negra.

—¿Quién es ella? —preguntó Ángela a Fabián en un disimulado susurro—. No la había visto antes.

—Es doña Hortensia —le contestó el muchacho—. La mujer más beata del pueblo.

Durante toda la ceremonia, la adusta mujer no se levantó de su sitio ni cambió de posición en la banca. Lo único que delató su presencia fueron las repetidas miradas que cada tanto le propinaba a Ángela, con evidente disimulo pero con total intención. La joven no percibió, al inicio de la ceremonia, el poder de aquellas dos pupilas, brillantes como dos brasas de fogata, que la examinaban desde la otra esquina. Sin embargo, hubo un momento donde sintió en su piel la quemadura arrogante de esos ojos que dejaron un rastro de humo en el aire. Se pasó la mano por el cuello y de inmediato la retiró asustada: sus dedos tocaron un camino de pequeñas ampollas que iban desde el lóbulo de su oreja hasta el comienzo de su grueso abrigo relleno de plumas de ganso.

—¿Pasa algo? —inquirió Fabián al notar la incomodidad de la muchacha a su lado.

—No sé. Parece que algo me dio alergia —dijo ella, no muy convencida, señalándole los pequeños granos.

De manera instintiva, dirigió la vista hacia la piadosa mujer que continuaba con sus silenciosas letanías. A pesar de que no había nada que la uniera al sarpullido que inesperadamente enrojeció su piel, Ángela no pudo evitar verla como la responsable. Tal vez era su pose demasiado afectada, para demostrar a todos que era una ferviente puritana. Quizá era esa mirada torva que de vez en cuando deslizaba hacia ella, que contradecía por completo sus ademanes de monja santurrona. Fuera lo que fuera, Ángela decidió que lo mejor que podía hacer era mantenerse alejada de Hortensia y evitar volver a cruzarse en su camino. Aunque también sabía que su curiosidad de antropóloga iba a jugarle en contra y que de alguna manera iba a terminar intentando averiguar todo lo posible sobre su vida, sus costumbres y sus hábitos.

Aunque todo transcurrió en completa calma y sin ningún tipo de sobresalto, la incomodidad de Ernesto Schmied se fue haciendo evidente para todos los que lo rodeaban: por más que trató de acomodarse en la tosca banca de madera, movió con engorro su cuerpo de un lado a otro en busca de una posición que le permitiera soportar el resto de la ceremonia. Incluso, Ángela lo vio abrirse con disimulo el primer botón de la camisa y secarse con un delicado pañuelo de hilo el sudor que hacía brillar su frente. ¿Era posible que don Ernesto tuviera calor, a pesar del gélido viento que sacudía los arbustos de calafate en el exterior, y que por eso no consiguiera el sosiego necesario para poder concentrarse en el responso que se estaba llevando a cabo? A su lado, Hortensia parecía ajena por completo al fastidio del anciano y no exteriorizó nunca ni el más mínimo desagrado por culpa de la temperatura. Sus dedos jamás perdieron el compás al ir pasando una a una las cuentas del rosario, tal vez con un ritmo más acelerado de lo normal para poder recitar completos cada uno de los misterios y plegarias.

Luego de que Silvia hablara frente al altar por más de una hora sobre las infinitas virtudes de Walter Schmied como esposo, padre, hijo y jefe, y que todo el pueblo le dedicara un último y sincero aplauso al descanso eterno su alma, las personas comenzaron a abandonar la iglesia para retomar sus actividades. Cuando Ángela quiso dedicarle una última ojeada a la misteriosa mujer que había capturado su atención, descubrió que ya no estaba junto a don Ernesto, quien lucía por fin más tranquilo y ya no carraspeaba como si el aire no estuviera entrando a sus pulmones. "Hortensia debe haber sido de las primeras en salir", pensó la muchacha intentando encontrarle una explicación lógica a la inesperada ausencia.

Sin embargo, algo llamó su atención: un delicado destello le hizo un guiño desde la tosca banca de madera donde Hortensia había estado sentada. Al acercarse descubrió con sorpresa que se trataba del rosario de nácar, olvidado sobre el cojín del escaño. Lo tomó entre sus manos y de inmediato tuvo que soltarlo: la cruz de plata quemaba como si hubiera estado expuesta a la llama de una vela. Frunció el ceño, totalmente desconcertada. Buscó un pañuelo y con él envolvió el objeto que guardó en el bolsillo, dispuesta a revisarlo con más atención en casa de Rosa, cuando ya se hubiera enfriado y nadie le hiciera preguntas que no podía responder.

De pronto, Ángela escuchó la vertiginosa carrera de un par de zapatos que los tablones del suelo amplificaron. Al levantar la vista vio que Carlos Ule avanzaba hacia ella, con los ojos desorbitados, el bigote despeinado y una expresión de total impacto en el semblante. El profesor se abrió paso en sentido contrario entre todos los que abandonaban la iglesia, y llegó frente a la joven que no fue capaz ni siquiera de preguntar qué estaba sucediendo.

—Necesito mostrarte algo. Es urgente. ¿Dónde podemos reunirnos? —balbuceó el hombre sin quitarle la vista de encima—. ¡No vas a creer lo que tengo que decirte!

6
In hora mortis nostrae

Ernesto Schmied entró a su cuarto con el recuerdo de Rayén, su Rayén, firmemente cosido al interior de los párpados. Concluyó que había hecho bien en encerrarse en su ático y no salir al exterior durante largos años: la presencia de su enamorada vivía aún en cada esquina de Almahue. Era increíble que a pesar de las más de siete décadas transcurridas desde su desaparición, su indeleble imagen permanecía firme en el barrido del viento al arrastrar las hojas secas del bosque, en el canto de la lluvia sobre los techos, en el escándalo de las gaviotas sobrevolando la caleta, o en el recuperado follaje del centenario árbol de la plaza, el sitio exacto donde cayó el rayo que pulverizó su cuerpo y dejó una mancha negruzca en el suelo como única reminiscencia de la que fue el amor de su vida. Le bastaba cerrar los ojos para recuperar del pasado la melodía irresistible de su risa, o el sofoco algo prohibido que la visión de aquellos muslos desnudos provocaba a su masculinidad adolescente.

El anciano carraspeó una vez más intentando retomar inútilmente el ritmo pausado de su respiración. Encendió la lámpara de bronce que colgaba de entre las vigas del techo del ático, y con una crujidera temblorosa de vértebras y huesos tomó asiento en la silla frente a su escritorio. Se quedó unos instantes ahí, observando el baile del fuego al interior de la estufa salamandra que, con toda seguridad, su querida Elvira había alimentado con más leños antes de partir a la iglesia.

Tal vez iba a ser necesario llamar al doctor Sanhueza y pedirle que pasara a examinarlo antes de que cayera la noche. Su respiración no conseguía calmarse y una preocupante taquicardia no permitía que su corazón bajara la intensidad de sus latidos. Recordó el minuto preciso en que comenzó a sentir los síntomas: cuando doña Hortensia, tan silenciosa y devota como de costumbre, se sentó a su lado en la iglesia, con la mirada esquiva y su inseparable rosario en las manos. De inmediato, sus pulmones perdieron fuerza y la garganta se le estrechó a tal punto que debió aflojarse el nudo de la corbata y abrir el primer botón del almidonado cuello de su camisa. A las palpitaciones y la dificultad por respirar se le sumó una oleada de calor que pareció brotarle desde el fondo mismo de las entrañas, y que en menos de un parpadeo se extendió por sus extremidades hasta provocar un verdadero incendio en sus poros.

—Deben ser achaques de la edad —murmuró Ernesto secándose una vez más el sudor que mojaba sus sienes y poblaba de gotitas la curva de su nariz.

Apretó dos veces el timbre que anunciaba allá abajo, en el primer piso, que requería la presencia de alguien en su dormitorio. Iba a pedir que le abrieran la cama, bajaran la intensidad a la combustión de la estufa, y le hicieran una llamada al médico del pueblo para poder dormirse sabiendo que había hecho todo lo necesario por su salud. Se afianzó en su bastón para ponerse de pie. En ese instante, y por una razón que no terminó de comprender, recordó que durante toda la ceremonia hubo algo que llamó poderosamente su atención: la rapidez con la que Hortensia pasaba las cuentas de su rosario. Hasta donde su memoria le permitía evocar, el rosario se rezaba con toda la calma del mundo, murmurando en una interminable letanía cada serie de los misterios. *Maria, Mater Gratiae, Mater Misericordiae, defende nos ab inimicis nostris et protege nos, nunc et in hora mortis nostrae, amen.* La voz de Clara Mora, su esposa por más de cuarenta años, dirigiendo la oración en la sala de su casa llegó hasta Ernesto con total claridad. "Mi peor castigo siempre ha sido tener buena memoria", sentenció el anciano intentando borrar de su mente las palabras que su devota mujer les profería a las jovencitas de Almahue durante las clases de catequesis que realizó a lo largo de su vida. Protegida por el delicado papel tapiz lavanda de los muros del salón y bañada por la cálida luz del candelabro que se balanceaba sobre su cabeza, Clara repetía a sus alumnas una vez a la semana su discurso lleno de vehemencia y fervor:

—El rosario será un poderoso escudo de defensa contra el infierno, destruirá los vicios, librará de los pecados y exterminará las herejías. Rezar el rosario al menos una vez al día, con toda calma y paciencia, hará germinar las virtudes y también hará que sus devotos obtengan la misericordia divina, ¿me oyen? Reemplazará en el corazón de los hombres el amor del mundo al amor por Dios y los llevará a desear las cosas celestiales y eternas. ¡Cuántas almas por este medio se santificarán! —exclamaba tan fuerte y convencida que Ernesto podía oírla desde su despacho, incluso con la puerta cerrada.

Con un nuevo y preocupante acaloramiento que le enrojeció las orejas y lo hizo abrir la boca a causa de la asfixia, el anciano avanzó penosamente hacia su cama. En el camino se detuvo unos instantes para echar un último vistazo hacia el exterior a través de la claraboya. Su pecho redobló su aceleración cardiaca cuando descubrió, con toda nitidez, a Hortensia frente a la casa. La mujer estaba inmóvil, con los ojos fijos y los brazos caídos a cada lado, mirando hacia lo alto como si hubiese estado esperando que Ernesto se asomara por la redonda ventanilla. El viento del atardecer movía el ruedo de su oscuro y largo vestido, lo único que parecía tener vida en ese cuerpo demasiado estático como para haber pasado justo por ahí. Al parecer, Hortensia lo estaba espiando o, al menos, vigilando desde la calle.

Ernesto sintió que sus vías respiratorias se llenaban de un aire caliente que, por más que intentó, no consiguió expulsar. El bastón cayó al suelo, rebotando contra el parquet. Una ronca inhalación anunció que el oxígeno ya no estaba entrando a sus pulmones. La mirada se le nubló antes de poder comprobar si la mujer del riguroso moño en la nuca seguía ahí, impertérrita, provocando todo aquel derrumbe con su sola y lejana presencia. Al desplomarse, le llegó una sensación de vértigo que lo hizo cerrar los ojos, como si se precipitara a un pozo de hielo en donde una inexpresiva Hortensia pasaba las cuentas de su rosario con frenética velocidad. "¿Rezaba o simulaba hacerlo?", fue lo último que alcanzó a pensar antes de estrellarse en la oscuridad y el silencio más absoluto.

Cuando la puerta se abrió, y Elvira entró respondiendo a los timbrazos que escuchó en la cocina, lo encontró a punto de perder la conciencia. Por más que lo sacudió en un desesperado intento por reanimarlo, el anciano sólo fue capaz de recitar, una y otra vez y con la mirada fija en la ventana, una oración en latín que a ella le erizó el cuerpo: *Primo, Beátæ Maríæ Vírginis annuntiatiónem contemplámur, et humílitas pétitur...*

7

Lickan Muckar

Ángela consideró que el mejor lugar donde podía encerrarse a conversar con Carlos Ule y Fabián, era al interior de la cocina de la casa de Rosa. Ahí, arropados por los fragantes aromas que escapaban de las diferentes ollas que borboritaban en la estufa de leña, encontraron el silencio necesario para escuchar al profesor que aún parecía muy alterado.

—¿Dónde está Rosa? —preguntó el chofer de la Biblioteca Móvil apenas puso un pie dentro del cuarto.

—Encerrada en su taller, terminando una alfombra —respondió Fabián.

—Muy bien. Quiero que me presten mucha atención —dijo cerrando la puerta, para evitar incluso que Azabache pudiera interrumpir la reunión—. Lo que tengo que contarles es algo muy serio.

La numerosa colección de plantas que Rosa tenía perfectamente alineadas en la repisa, sobre el mesón principal, pareció suspender el movimiento de sus hojas, tallos y flores, para así colaborar con el total silencio que Carlos solicitaba con tanto apremio. Durante unos segundos no se oyó más que el ruido del agua al hervir dentro de uno de los calderos. Con gran dramatismo, el hombre dejó caer sobre la mesa un viejo libro de empastado oscuro, tan antiguo y estropeado que Ángela tuvo miedo de abrirlo y provocar con ese sencillo movimiento que sus páginas se desintegraran como una moribunda hoja de otoño.

—Lo conseguí en Puerto Montt, dentro de una caja abandonada en la bodega de una biblioteca. Parece que se mojó por culpa de una inundación. Por eso está así, en ese lamentable estado —comenzó Carlos a explicar al tiempo que abría el volumen en la primera página.

Ángela y Fabián estiraron el cuello para ver el título: *Transmutación*, se podía leer en gran y anticuada tipografía. Las trece letras estaban rodeadas por una infinidad de manchas de humedad y moho, lo que le daba a la cuartilla un tono verdoso y aumentaba la sensación de reliquia del texto.

—¿Han escuchado hablar de Stephen Boyle...? —inquirió, clavándoles la mirada a ambos jóvenes que de inmediato negaron con la cabeza— . Es un inglés que llegó al norte de Chile en el siglo XVIII. Escribió algunos textos de investigación muy polémicos sobre el desierto y los pueblos originarios de la zona.

—¿Y eso por qué es tan importante? —Fabián frunció el ceño sin quitarle los ojos de encima al libro que, estaba seguro, era el responsable de toda la ansiedad del profesor.

—¡Es importante porque desciende del famoso Robert Boyle! —exclamó con vehemencia.

Como sus palabras no provocaron la respuesta que hubiera deseado en los jóvenes, evidentemente porque desconocían la existencia de los pergaminos del personaje que estaba nombrándoles, apuró el resto de su explicación. Les contó que Robert Boyle fue un científico irlandés del siglo XVII que desarrolló un importante trabajo en el área de la alquimia tradicional.

—¿La alquimia tiene que ver con la transmutación? —se aventuró Ángela a preguntar.

—¡Exacto! —exclamó Carlos—. La transmutación es un término relacionado con la alquimia, la física y la química, que consiste en la conversión de un elemento en otro. Y ésa fue exactamente el área de trabajo de Boyle. El tipo estaba convencido que iba a ser capaz de transmutar metales, como por ejemplo, convertir el plomo en oro. Eso fue algo muy polémico para su época, lo que le generó muchos enemigos.

Sin pausa alguna, el profesor continuó explicando que Boyle desarrolló una serie de experimentos mucho más escandalosos y prohibidos, destinados a metamorfosear cuerpos humanos entre sí para poder mutar de una apariencia a otra, desafiando de esa manera las leyes de la naturaleza. El científico irlandés suponía que si ciertos animales, como los lagartos o los camaleones, eran capaces de cambiar su apariencia en relación con el entorno donde están ocultos, el ser humano podía llegar a hacer lo mismo por medio de la alquimia. Para él, bastaba que el sujeto que quería transmutar estuviera junto a un cuerpo distinto al suyo, para que por medio de ciertos procedimientos derivados de una ecuación, que el mismo Robert Boyle inventó y desarrolló, pudiera adquirir el aspecto de esa otra persona.

—¿Una ecuación? ¿Algo así como los dibujos que vimos en la cueva donde estaba el cadáver de Benedicto Mohr o en el sótano del astillero? —se agitó Ángela, siguiendo el hilo de la charla.

Por toda respuesta, Carlos Ule se inclinó sobre el libro que reposaba en la mesa de la cocina. Con infinita delicadeza, como quien levanta una mariposa usando sólo la punta de los dedos, pasó un par de páginas hasta dar con la que buscaba.

—¿Reconocen estos símbolos? —consultó.

Ahí estaban, categóricos y precisos, en medio del archipiélago de manchas de humedad y hongos:

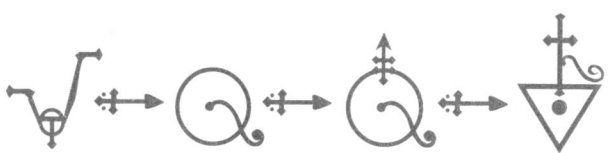

Ángela se llevó una mano a la boca, ahogando una exclamación de sorpresa. Fabián se agachó sobre el maltrecho ejemplar, intentando dar un segundo vistazo a esos cuatro jeroglíficos.

—¿Entonces Robert Boyle fue el creador de esta fórmula para la transmutación? —dijo la forastera.

—Exacto. Y su descendiente, Stephen Boyle, el que escribió este libro que ven aquí y que yo encontré en una caja medio podrida en Puerto Montt, llegó al norte de Chile un siglo después con toda esta información secreta sobre alquimia y transformación de cuerpos —sentenció el profesor.

Fabián se acercó a Ángela. Buscó su mano y la aferró con fuerza, intuyendo que tras todas esas revelaciones su enamorada iba a necesitar apoyo y compañía. Ella pegó su cuerpo al de él, permitiendo que su aroma a madera ahumada, a bosque mojado por la lluvia, a cielo cubierto de nubes, la impregnara por dentro y la invadiera entera. Qué tranquilizador era sentirlo cerca. Qué buena elección había hecho al quedarse en Almahue, aunque tuviera que dormir entre escombros en un cuarto medio destruido. Rogó en silencio que Patricia estuviera haciendo un buen trabajo con su madre, allá en Santiago, para que lograra tranquilizarla con respecto a su larga ausencia y pudiera perdonarla por haberle mentido desde el inicio de su viaje.

—Pero la cosa no se queda ahí... —retomó Carlos inesperadamente.

—¿Aún hay más...? —exclamó Fabián algo aturdido por la avalancha de datos, nombres y fechas.

—¿Quieren saber el nombre del pueblo donde Stephen Boyle se asentó en este país...? Su nombre es Lickan Muckar.

—¿Y ese pueblo existe? No lo había escuchado nunca —confesó Ángela tomando nota mental para, apenas tuviera acceso a Internet, comenzar una investigación en torno al lugar que le acababan de mencionar.

—Claro que existe. *Lickan* y *muckar* son dos palabras que pertenecen al extinto idioma kunza que, hasta el siglo XIX era hablado por el pueblo atacameño en el altiplano de Chile, Bolivia y Argentina. *Lickan* significa pueblo y *muckar*, muertos.

—O sea que el pueblo al que llegó a vivir ese científico se llama *Lugar de Muertos*. Eso es bastante tétrico —comentó la muchacha frunciendo la nariz y las pecas del rostro—. Debe ser el único lugar del mundo con ese nombre.

—No —la interrumpió Fabián, con su mano aún entre la suya—. Ahora estás viviendo en uno que se llama igual.

Ángela volteó hacia él, sin entender su comentario. Pero fue Carlos Ule el que aclaró la situación:

—*Almahue* es un nombre mapuche que quiere decir *Lugar de fantasmas*. Ambos pueblos, Lickan Muckar y Almahue, hacen mención a lo mismo: aquí y allá viven personas que ya están muertas.

—¿Transmutantes...?
—Tal vez.
Ángela se alejó unos pasos de la mesa y de Fabián, dándole un respiro a su mente que corría a toda velocidad. Se asió contra el borde del lavaplatos esmaltado y respiró hondo intentando tranquilizarse. Una mezcolanza de olores entre los que identificó el del romero, perejil y manzanilla, le brincaron encima desde las macetas en una mareadora caricia.

Si lo que Carlos estaba diciendo era cierto, eso significaba que ahí en Almahue parte de la población convivía con seres especiales que podían convertirse, a su simple antojo, en algo totalmente distinto a su apariencia original. Sin ir más lejos, ella dormía bajo el mismo techo de uno de ellos. Se había prometido guardar el secreto de la ciega y su transformación en aquella delicada garza blanca, la misma que le había salvado la vida durante la confrontación con Walter Schmied, allá en el astillero, y que mucho antes la había guiado hasta la tumba donde supuestamente estaban enterrados los restos de Karl Wilhelm. Rosa podía estar tranquila: no iba a revelar jamás aquella información. Pero el conocer de antemano que aquello era posible le permitió asumir de inmediato como cierta toda la información que Carlos Ule les acababa de proporcionar.

Una súbita picazón en el cuello la sacó de sus reflexiones. Se llevó la mano hacia el lugar del cosquilleo y se sorprendió con lo que palpó: lo que antes eran pequeñas ampollas en torno al lóbulo de su oreja, se sentían ahora como abultamientos mucho más grandes y sensibles. El simple roce de su yema con lo que parecían ser burbujas llenas de líquido, le provocó un doloroso estremecimiento que la obligó a retirar de inmediato los dedos y le llenó el corazón de miedos. Necesitaba un espejo con urgencia. Tal vez iba a ser necesario que un médico le revisara aquella zona que se había convertido de pronto en una fuente de ardor y molestia.

Y una vez más, sin razón aparente, se acordó de Hortensia y las solapadas miradas que le había dado durante la ceremonia fúnebre. ¿Por qué cada vez que se tocaba aquellas ronchas recordaba de inmediato la imagen de aquella estricta y severa mujer vestida como personaje del siglo pasado y que sólo parecía dedicarse a rezar el día entero? Palpó a través de la tela de su abrigo el bulto que hacía el rosario de nácar, al fondo de su bolsillo, todavía envuelto en el pañuelo. Quizá lo mejor que podía hacer era ir lo antes posible a visitar a aquella misteriosa mujer, con el pretexto de devolverle lo que dejó abandonado en la iglesia y así, de paso, intentar descubrir un poco más sobre ella.

—¿Quieren sorprenderse con algo aún más increíble? —oyó a sus espaldas preguntar al profesor, que bajó considerablemente el tono de su voz buscando privacidad.

—No sé si pueda soportar más información —se quejó Fabián, alejándose unos pasos.

—Almahue está exactamente a 1,700 kilómetros de Santiago, hacia el sur. Y Lickan Muckar está a…

—1,700 kilómetros de Santiago, hacia el norte —terminó Ángela la frase, girando hacia él y regresando a su sitio junto a la mesa mientras se alzaba el cuello de su abrigo.

—Exactamente —confirmó Carlos y Ángela supo, con certeza, que a partir de ese momento nunca más volvería a creer en las coincidencias—. Ambos poblados están a la misma distancia, en idénticos puntos geográficos. Y en ambos, a juzgar por este libro escrito por Stephen Boyle, y por lo que nosotros hemos podido descubrir y ver aquí en Almahue, hay personas que han cambiado de cuerpo y apariencia.

Carlos Ule terminó su plática y cayó sentado en una silla, rendido por el esfuerzo de intentar ser claro y conciso con esa montaña de información de la que disponía. La lectura del valioso libro escrito por Stephen Boyle, que había devorado la noche anterior sin dar crédito a lo que sus ojos leían, lo dejó convencido de que se estaban enfrentando a algo muchísimo más grande que un simple hecho paranormal, como fue la conversión de Walter Schmied en aquella extraña criatura que murió calcinada en el incendio. Era un fenómeno que venía practicándose por varios siglos y que, al parecer, tenía como origen la figura de Robert Boyle allá en Irlanda.

—Entonces, si el primero de estos seres que llegó a Chile fue el tal Stephen Boyle —masculló Fabián—, ¿podemos pensar que Walter Schmied, Karl Wilhelm y Rayén descienden de él...?

—Sí. Quizá. O podemos ir aun más lejos, muchacho. Tal vez Stephen Boyle venga transmutando desde el siglo XVIII, y en un momento haya sido Karl Wilhelm y luego Walter Schmied. ¡A lo mejor todos ellos son la misma persona!

Sin que ninguno de los tres presentes en aquella cocina fragante dijera una sola palabra, supieron que el siguiente paso era investigar lo más posible sobre el remoto pueblo de Lickan Muckar. Era muy posible que ahí encontraran las piezas perdidas del rompecabezas que comenzaba a formarse frente a ellos. Y quién sabe, tal vez la intrépida Biblioteca Móvil fuera capaz de recorrer los 3,400 kilómetros que separaban aquellos dos remotos lugares que, aunque ellos no lo sabían, tenían en común la misma leyenda, la misma bruja y la misma maldición.

8
Una visita inesperada

Apenas abrió los ojos esa mañana, Fabián saltó fuera de la cama y corrió hacia la silla donde había aventado los pantalones que llevaba el día anterior. De uno de los bolsillos extrajo una servilleta donde había garabateado un diagrama para poder entender mejor lo que Carlos Ule les explicó en la cocina de Rosa.

Volvió a revisar el papel, tratando de descifrar su caligrafía completamente deformada por culpa del apuro al escribir:

Stephen Boyle (1750) ——> Karl Wilhelm (1891) ——> Walter Schmied (2004)

Si el profesor de Puerto Chacabuco estaba en lo correcto, entonces esos tres hombres, que vivieron en tres siglos completamente distintos, debían ser la misma persona.

El mismo ser. Por más imposible que pareciera.

Mientras tomaba una ducha a toda velocidad para subir a ver cómo había amanecido don Ernesto luego de su crisis de salud del día anterior, Fabián recordó lo difícil que había resultado establecer las posibles fechas de las transmutaciones de aquellos tres hombres. Fue necesario que entre Carlos Ule, Ángela y él echaran mano a toda la lógica y a los mínimos datos con los que contaban para poder trazar una ruta cronológica de los diferentes cambios que habían sufrido a lo largo de esos casi trescientos años.

Según el libro encontrado en la caja en Puerto Montt, Stephen Boyle había nacido en Inglaterra en 1750 y no se tenía registro alguno de su origen ni, mucho menos, de sus actividades sobrenaturales. En el caso de Karl Wilhelm fue un poco más fácil dar con la posible fecha de su transformación. Considerando que la teoría desarrollada por Robert Boyle señalaba que para poder mutar de una apariencia a otra el interesado debía estar físicamente próximo al cuerpo al que se deseaba cambiar, Stephen Boyle debió acompañar al verdadero Wilhelm en el momento de su muerte, en 1891 en la ciudad de Múnich. Por lo tanto, era bastante lógico suponer que el falso botánico que llegó a Almahue y que supuestamente había muerto luego del ataque a su laboratorio, llevó a cabo su transmutación en ese mismo momento. Con relación a Walter Schmied, estaban seguros que el fenómeno ocurrió cuando el verdadero Walter tuvo el accidente en el bosque, donde quedó gravemente herido y fue reemplazado por el impostor que se hizo pasar por él durante casi ocho años.

Fabián dejó que el agua caliente cayera por su cuerpo, aflojando músculos y calmando esa ansiedad que no lo abandonaba ni un instante, como si quisiera recordarle a cada paso que en cualquier momento las cosas podían cambiar y volverse en su contra. Por un segundo, se permitió ser pesimista y asumir que todos esos datos y fechas no les iban a servir de nada. Aún no terminaba de comprender realmente qué era lo que estaba sucediendo en Almahue. Y no sólo eso: ni siquiera era capaz de explicarse a sí mismo por qué Ángela había decidido quedarse a su lado. ¿Era realmente amor lo que ella sentía por él? Fabián no tenía la más mínima duda de sus sentimientos hacia la joven: el solo hecho de pensar en el remolino de sus pecas o en el incendio de su cabellera bajo el sol de la Patagonia, le provocaba una inmediata sonrisa y le enrojecía las orejas como dos cardenales floridos. Pero por más que buscó alguna explicación convincente, no consiguió encontrar ninguna razón por la cual ella podría querer cambiar toda su vida allá en la capital por el sencillo destino sin sobresaltos que él era capaz de ofrecerle.

Cortó el agua de la regadera. Se quedó unos segundos mirando sus pies desnudos sobre las baldosas blancas del suelo, goteando como un árbol que estila luego de una intensa lluvia de invierno. El rostro sonriente de Ángela se formó en cada uno de los pequeños charcos que escurrían hacia el desagüe. Con un suspiro de derrota, comprendió que no podía escapar a su destino de hombre enamorado: le bastaba con invocar el nombre de la joven para que su cuerpo entero reaccionara ante ese sentimiento nuevo que no reconocía, pero que podía suponer se trataba de amor de verdad.

Como el amor que alguna vez sintió don Ernesto por Rayén.

Se vistió a toda prisa, dispuesto a subir hacia el ático y quedarse acompañando unos minutos al anciano. Elvira le había contado, con lágrimas en los ojos, el susto que pasó cuando lo encontró de bruces en el suelo de su dormitorio repitiendo una letanía en un idioma que ella no comprendió. El doctor Sanhueza, luego de examinarlo de pies a cabeza, le diagnosticó presión alta y una severa arritmia cardíaca provocada probablemente por el esfuerzo de haber ido caminando hasta la iglesia. Le ordenó un par de días de reposo, alimentación sin sal y, como único consentimiento, una copita de licor antes de dormir.

Al salir de la cocina, rumbo a la escalera, Fabián detuvo sus pasos en el primer peldaño luego de oír la voz de su madre proveniente del despacho. De inmediato, reaccionó con desconcierto, pues ella muy pocas veces entraba en aquel lugar que había sido del padre de don Ernesto, y que luego el mismo patriarca hizo suyo al casarse con Clara Mora. El muchacho, sin hacer ruido, se acercó a la puerta entreabierta. Desde el interior le llegó el olor a madera y cuero que siempre salía a recibir a todo aquel que entraba a dicha estancia.

—Vine especialmente a invitarla a Puerto Montt —oyó decir a un hombre que no alcanzó a reconocer—. Allá podemos ir al cine. O a pasear por Chiloé.

—No, gracias —respondió Elvira y Fabián reconoció de inmediato en esas dos palabras el clásico tono de molestia de su madre.

—Tengo una semana libre. Vámonos juntos a descansar lejos de aquí —insistió el desconocido haciendo caso omiso del poco entusiasmo de la mujer.

—Ya le dije que no —masculló ella—. No insista.

—No voy a aceptar una negativa de su parte. Pídale cinco días a su patrona y venga conmigo. No se va a arrepentir.

—¿Acaso no me oyó? No voy a ir a ninguna parte con usted.

Al escuchar que la voz de Elvira cambió de fastidio a franca irritación, Fabián supo que era el momento preciso para intervenir. Con un certero golpe empujó la puerta e ingresó al lugar. De inmediato, las enormes estanterías repletas de libros, de techo a suelo, se le vinieron encima junto con el fragante aroma de sus empastados y páginas de pergamino. Se enfrentó al robusto escritorio de caoba que hacía juego con dos butacas de cuero negro que daban la espalda a la ventana, al tiempo que una enorme alfombra persa amortiguó sus pasos decididos.

El teniente Orellana se quitó de inmediato la gorra al ver entrar a Fabián. Con un sobresalto, retrocedió de manera instintiva y desde ahí le dedicó una mirada algo desafiante.

—¿Qué está pasando aquí? —preguntó el joven sin quitarle los ojos de encima al uniformado.

—Nada. El teniente ya se iba —sentenció Elvira agradeciendo desde lo más profundo de su corazón la interrupción de su hijo.

Orellana guardó silencio sin saber dónde poner las manos. Hizo un enorme esfuerzo por impedir que aquella biblioteca señorial, pulida y barnizada, que era lo más elegante y lujoso que había visto en toda su vida, terminara por sofocarlo y hacerlo ver aún más disminuido de lo que ya se sentía. Ofendido por el rechazo de la cocinera, no tuvo más remedio que echar los hombros hacia atrás, levantar el mentón y simular indiferencia.

—Si es cierto que ya se va, entonces salga de aquí ahora —espetó Fabián dando un paso hacia adelante y tensando los músculos de su espalda bajo la tela de su gruesa camisa a cuadros.

El teniente sintió que la sangre le subía hasta la cabeza, encendiendo de rabia sus mejillas y nublándole la mirada. ¿Quién se creía ese mocoso insolente para hablarle así a él, la máxima autoridad de Almahue? Tuvo que esconder las manos tras la espalda para evitar que vieran el súbito temblor de sus dedos. Quiso recordarles que ellos dos eran tan ajenos como él para esas cuatro paredes llenas de lujo y tradición. Recordarles que no pertenecían a esa casa aunque llevaran toda su vida viviendo ahí.

Sin duda alguna no se merecía ese trato. De hecho, nadie le hablaba así sin sufrir alguna consecuencia.

El reloj de péndulo marcó con un opaco tañido la media hora.

Fabián se movió hacia su derecha, dejándole libre el paso para que abandonara el lugar. Orellana frunció sus pobladas cejas y se calzó la gorra que ocultó su oscuro e hirsuto cabello. Quiso decir alguna frase final que lo hiciera ver como un hombre inteligente y que está acostumbrado a ser el dueño de la última palabra, pero las dos pupilas retadoras del hijo de Elvira no le permitieron hilar ni siquiera una breve despedida. Haciendo sonar los tacones de sus botas, se retiró con la mandíbula rígida de furia y la mirada fija en el diseño del parquet que lo llevó hasta la entrada principal.

—¿Desde cuándo este hombre la está molestando? —le preguntó a su madre luego de escuchar el portazo en el lobby.

—Desde el fin del malamor —fue la escueta contestación de la cocinera, que hizo el intento de salir del despacho.

—¿Y por qué no me lo había dicho? —quiso saber Fabián frenando su impulso.

—Precisamente para evitar que sucediera esto. ¿Tú crees que Orellana se va a quedar muy tranquilo después del numerito que le acabas de hacer?

La mujer no esperó la respuesta de su hijo y salió al corredor. Cuando cruzó el recibidor rumbo a la cocina, tuvo la impresión de ver un bulto color verde oliva a través del visillo de la ventana. Al asomarse hacia el exterior, se encontró sólo con el barrial de la calle y un remolino de hojas secas que el viento elevó unos instantes como un pájaro de otoño. Segura de que había sido su imaginación, regresó la cortina a su lugar y continuó su camino.

Afuera quedó el teniente Orellana, medio oculto contra la pared amarilla de la casa de los Schmied. Aún no conseguía destrabar la quijada ni quitarse de encima el empalagoso aroma a cuero y maderas que se le había impregnado en el uniforme. Con toda la entereza de su orgullo herido, supo que tenía una deuda de hombría pendiente con Fabián Caicheo. Una deuda que iba a cobrarse en el momento preciso, cuando tuviera todas las cartas a su favor.

De pronto, una sombra sobrevoló por encima de su cabeza. Al alzar la mirada descubrió que se trataba de una enorme lechuza gris que aleteaba en torno a la claraboya en el vértice superior del tejado. Se sorprendió porque nunca había visto un ejemplar de esa especie: parecía tener dos cuernos, uno a cada lado de la cabeza y unos enormes ojos amarillos que se reflejaban en el cristal de la redonda ventana, como si estuviera espiando hacia el interior.

—Quién sabe desde dónde voló esa ave —fue todo lo que dijo, ignorando lo que los lugareños le habían contado sobre un animal de dichas características cuando llegó a trabajar al pueblo; indiferente se echó a andar calle abajo, hasta que la luminosidad blanca del sol matutino se tragó su cuerpo algo rechoncho.

Arriba, a la altura del techo, el *Coo* siguió revoloteando sus malas noticias.

9
La casa de la colina

Ángela despertó con unas ligeras cosquillas en sus fosas nasales. Extrañada de que alguien o, peor aún, algo estuviera tocando la punta de su nariz, abrió de golpe los ojos con cierto temor. Sin embargo, no vio nada. Sólo pudo apreciar la luz del sol que entraba en una columna de luz diagonal por las cortinas entreabiertas, pintándolo todo de amarillo y dando tibieza al estropicio que la rodeaba.

Había conseguido remover la mayor parte de los escombros del suelo, arrinconándolos junto a la puerta de la habitación. Planeaba sacarlos poco a poco al jardín trasero, para despejar de basura y polvo el reducido espacio en que quedó convertido lo que antes era un encantador cuarto de huéspedes. El ropero, ahora completamente descuadrado y con las dos lunas de sus espejos rotas, fue relegado a una esquina como un inútil esqueleto al que ya nadie le daría nuevo uso. A través de un enorme agujero en el muro podía ver el pasillo y, al fondo, la entrada a la cocina.

Entonces comprendió qué la había despertado de esa manera tan abrupta: el delicioso olor a café recién hecho que se colaba hacia su dormitorio por todas las grietas y ranuras. Y no sólo eso: también olfateó el inconfundible aroma del pan al salir del horno y el dulzor amargo de la naranja convertida en jugo.

De un brinco se desprendió del cobertor. A diferencia de las noches anteriores, no había dormido muy bien. A pesar del cansancio con el que se acostó, estuvo largas horas girando sobre sí misma en busca de la posición ideal para invocar al sueño. Algo en las sábanas le incomodaba el cuerpo, como cuando se acostaba sin bañarse luego de un día de playa y el colchón quedaba lleno de arena.

Encontró a Rosa frente a la estufa de leña, al parecer ya totalmente recuperada de la herida de su hombro. Terminaba de revolver un par de huevos, que sazonó con una pizca de merquén y un rizo de mantequilla que se derritió apenas entró en contacto con las yemas y las claras. Luego, con infinita habilidad y pericia, se inclinó sobre una enorme olla donde hervían un par de litros de leche de vaca. Justo en el momento en que el líquido comenzaba a subir, cortó la llama del quemador. Abrió un cajón, sacó del interior una cucharón y, de un certero movimiento, recogió con él la espesa y untuosa capa que se formó en la superficie. Batió con energía la nata hasta convertirla en una cremosa pasta que esparció sobre la miga recién tostada de una crujiente hogaza. Como toque final, dejó caer sobre su preparación un toque de mermelada de mora silvestre que perfumó la estancia con su penetrante aroma a bosque profundo.

Desde el umbral de la puerta, Ángela tragó saliva preparándose para el festín con el que pensaba iniciar su jornada.

—Buenos días, te estaba esperando —dijo la ciega sin siquiera voltear hacia su huésped—. Toma asiento, te sirvo en seguida.

La joven corrió a sentarse y se acomodó la servilleta de hilo sobre su pecho. Al hacerlo, se estremeció de dolor. La tela, dura por el almidón y la plancha, raspó con una de sus esquinas la zona enrojecida de su cuello. Tuvo miedo de tocar y comprobar que las ampollas habían seguido creciendo durante la noche, convirtiendo su piel en una llaga ardiente. De inmediato se acordó de Hortensia y del rosario que aún conservaba envuelto en un pañuelo en el interior del bolsillo de su abrigo.

—¿Tú sabes dónde vive Hortensia, la señora ésa que dicen que es la más beata de Almahue? —preguntó dando con entusiasmo un primer mordisco a la tostada que Rosa le puso enfrente y que le hizo olvidar la sensación dolorosa de su cuello.

—¿Por qué te interesa esa mujer? —quiso saber, sacando del fuego un cazo donde crepitaban rebanadas de tocino ahumado junto a setas de diferentes tamaños.

—Porque olvidó su rosario en la iglesia y me gustaría ir a devolvérselo.

—Su casa es la que está sobre la loma, frente a la caleta —contestó, vertiendo el contenido del cazo sobre un trozo de cordero que pensaba guisar para el almuerzo.

Ángela supo con exactitud cuál era la casa a la que la ciega se refería. La había visto en innumerables ocasiones, ya que su ubicación en lo alto de un pequeño monte permitía que pudiera apreciarse desde los cuatro puntos cardinales. Se bebió de un largo sorbo lo que le quedaba de café, terminó de comerse las tostadas, probó los deliciosos huevos revueltos a los que Rosa había añadido incluso trocitos de jamón y queso, y depositó la taza y los platos sucios al interior del fregadero.

—Hay que curarte esas heridas de azufre que tienes en el cuello —dijo de pronto la cocinera, estirando el brazo hacia la repisa de las macetas para cortar una ramita de cilantro—. ¿Me acercas el aceite de ricino?

Mientras iba en busca de la botella de vidrio color ámbar, coronada por un manoseado corcho, Ángela renunció a la idea de preguntarle cómo sabía lo de sus ampollas. Además de no entender muchísimas cosas sobre la verdadera condición de Rosa y sus capacidades para relacionarse con el mundo que la rodeaba, algo en su interior le aconsejó ni siquiera comenzar a indagar. Tal vez, lo mejor que podía hacer era bloquear el vendaval de preguntas que brotaban incontenibles una tras otra, y dejar que la dueña de la casa la ayudara primero a desinfectar y luego a aliviar esas pústulas dolorosas que sólo empeoraban con el paso de las horas. Ni siquiera iba a averiguar cómo es que estaba tan segura de que eran quemaduras por azufre, cuando no recordaba haber tenido contacto alguno con esa sustancia.

Luego de ducharse y comprobar que tenía el rosario en el bolsillo de su abrigo, salió de la casa. Un grueso manojo de oscuras nubes formaba un impenetrable paraguas sobre el pueblo, congelando la brisa y amenazando con desatar la lluvia en cualquier momento. Se envolvió el cuello y parte de la boca con su bufanda de lana, y se echó a caminar calle abajo. A los pocos segundos, sintió unos ligeros pasos avanzar a sus espaldas. Al voltear, se encontró con la elástica figura de Azabache que venía siguiéndola y que desde el suelo le dirigió una mirada cómplice.

—¿Quieres venir conmigo? —se sorprendió la muchacha.

Por toda respuesta, el gato dio un agudo maullido y se pegó a sus piernas, acompañando cada pisada de sus suelas con el minúsculo sonido de sus cuatro patas.

El sendero de tierra pedregosa, salpicado de charcos de agua semicongelada, la llevó directo hacia la línea de la costa. El brazo de agua que se adentraba en el continente y que daba forma a la bahía de Almahue, reverberaba de manera tan intensa que esfumaba la línea del horizonte y convertía mar y cielo en la misma sábana gris tendida de arriba a abajo.

Una bandada de gaviotas llenó de sombras el suelo y, por unos segundos, su frenético aleteo saturó de sonidos el sosegado paisaje que la rodeaba. A pesar de los discordantes y ásperos graznidos que la obligaron a levantar la cabeza y a distraer la marcha, escuchó con claridad una breve carrera a sus espaldas. A pesar de que no vio a nadie, estaba segura que sus oídos no la habían traicionado: alguien venía tras ella. Incluso el gato parecía otear el paisaje en busca del intruso que debió esconderse con gran habilidad para evitar ser descubierto.

Avanzó un par de metros, siguiendo el borde costero. Al girar la cabeza hacia la derecha, la vio: ahí estaba la casa de Hortensia, coronando una loma a la que se accedía por un empinado camino pedregoso.

De inmediato, Ángela sintió arder las ampollas bajo la bufanda. Contuvo a duras penas un quejido de dolor y dejó que sus botas impermeables guiaran sus pasos a lo largo del sendero delimitado por arbustos de calafate y helechos. Azabache trotaba frente a ella, como si supiera con exactitud hacia dónde se dirigían. A medida que se fueron acercando a su destino, el animal tensó los músculos bajo el pelaje y arqueó el lomo en evidente señal de alerta.

La construcción era de madera, como todas las casas de la zona. El techo era un perfecto triángulo de tejas de alerce, desde donde se asomaba el largo tubo metálico de una chimenea que no despedía ni la más mínima fumarola. El asta de una bandera se erguía altísima a un costado de la entrada principal. "Además de beata, patriota", pensó Ángela antes de llegar a la puerta. Palpó una vez más el rosario al interior de su bolsillo y respiró hondo, llenándose de valor. Por alguna razón, la idea de que en un par de minutos estaría frente a aquella misteriosa mujer de mirada severa y rictus mezquino le erizó los cabellos de la nuca y la hizo estremecer. Sintió bajo la bufanda que una de las ampollas reventaba, haciendo escurrir un viscoso y tibio líquido por su cuello.

Decidida, dejó que su mano golpeara tres veces. Y quedó a la espera de que Hortensia saliera a abrirle.

Sin embargo, nadie contestó a su llamado.

Entonces, volvió a tocar con más fuerza. Pero esta vez, un ligero ruido de bisagras cortó el sosiego que la envolvía. Con sorpresa, comprobó que la puerta estaba entreabierta.

—¿Doña Hortensia? —exclamó, proyectando su voz hacia el interior de la residencia.

Como tampoco obtuvo respuesta, decidió aventurarse y empujó la hoja de madera que se abrió con un quejido. Al instante, Azabache se deslizó hacia el interior sin permitir que Ángela alcanzara a detenerlo. "Parece que ya no tengo alternativa", reflexionó la forastera al darse cuenta que ahora estaba obligada a entrar en busca del gato.

El lacerante dolor de otra ampolla rompiéndose en la parte alta de su cuello la empujó hacia la sala de la silenciosa casa. Con estupor, vio que no había un solo mueble en su sitio: un enorme y viejo sofá de cuero estaba volteado, con las patas hacia el techo; la mesa de comedor yacía en una esquina, junto a sus seis sillas rotas y destripadas de tajo todos los adornos estaban quebrados y esparcidos por el suelo, como si una gigantesca mano se hubiera ensañado contra ellos. El caos era total.

—¿Hay alguien aquí...? —preguntó, ahora con temor a que alguien le contestara.

La única persona que podía responder a esa pregunta, prefirió cerrar la boca y mantenerse oculta entre las sombras de la estancia. "Sólo unos minutos más", se dijo. Por fin había llegado la hora de comenzar su venganza y estaba ansiosa por entrar en acción.

10
Protección bajo la almohada

Las flores amarillas de la hierba de San Juan cayeron sobre el agua del caldero y se quedaron ahí flotando como delicadas estrellas marinas. Un intenso aroma a resina de pino subió hacia el techo de la cocina y permaneció ingrávido a la espera que un nuevo aroma floral viniera a unírsele. Cuatro ramas de cilantro, un poco de leche de cabra, y un chorro de aceite de ricino se añadieron a la infusión que comenzó a hervir sobre la lumbre de la estufa de leña.

Las tersas manos de Rosa parecían bailar sobre las macetas en busca de lo necesario. Se entretuvieron unos momentos en seleccionar las mejores hojas de una rama de acanto, todas de un intenso verde oscuro y profundamente lobuladas. Luego cortó un par de brotes de olivo que extrajo de un poblado y fresco racimo, que dejaron una huella de aceite en sus yemas, y las lanzó al interior de la olla donde el agua ya comenzaba a borboritar. Con la ayuda de un cuchillo separó el polen del pistilo de un lirio y lo espolvoreó sobre el líquido junto con las astillas de la corteza de un roble.

Ahora había que esperar a que el brebaje hirviera por quince minutos. Luego de eso, era necesario retirarlo del fuego para después colarlo y dejar que se enfriara en un recipiente de vidrio, alejado de cualquier fuente de calor o luz solar. Ángela debía beberlo cada cuatro horas para así ayudar a cicatrizar la piel de su cuello y, de paso, deshacerse de las fuerzas oscuras que, sin que ella se percatara, se habían adherido a su cuerpo como garrapatas invisibles. La forastera aún no lo sabía, pero el azufre dejó una huella de evidencia que no permitía el más mínimo error, y eso fue lo que más asustó a Rosa. Debía actuar rápidamente.

Mientras el cocimiento reposaba al interior de una jarra, fue en busca de una servilleta de algodón. La extendió en la mesa de la cocina y sobre ella depositó un par de grumos secos de mirra, que extrajo de una caja de lata. Los rodeó con ramitas de olivo, salvia y ruda que perfumaron la tela y sus diez largos dedos. Incorporó una piedra de ámbar que relampagueó como un ojo amarillo al contacto con la luz de la cocina, y luego agregó siete frutos secos de eucalipto.

—Uno para cada día de la semana —murmuró, tomando los extremos de la servilleta. Con delicadeza y precisión los unió al centro, dando forma a un improvisado saco que ató con un cordel.

Con el pequeño y fragante costal en la mano, salió al pasillo y entró al cuarto de Ángela. Esquivando con habilidad los escombros del suelo y los agujeros que creaban las tablas rotas del parquet, llegó junto a la cama. Levantó la almohada y acomodó ahí el saco. Si tenía suerte, la protección contra hechizos y espíritus que acababa de fabricar bastaría para mantener con vida a su huésped, aunque a juzgar por la intensidad de las ampollas de la forastera, las fuerzas de la oscuridad eran mucho más poderosas de lo que había evaluado en un inicio. Para comprobarlo, palpó la sábana inferior: decenas de minúsculos granitos de sal se adhirieron a su palma, revelando que el mal ya se había extendido hasta el interior de su propio hogar. Rosa se limpió la mano contra la ropa. Ángela estaba en grave peligro y, por primera vez, no estaba segura de poderla ayudarla como requería, ni de que esta protección fuera eficaz.

De pronto, la campanilla del timbre interrumpió su reflexión. Se extrañó de no escuchar la carrerita habitual de Azabache rumbo a la entrada, dispuesto a satisfacer su curiosidad felina por saber quién venía de visita. Atravesó el largo corredor, siempre en penumbras. Sus pies parecían no tocar los tablones del suelo, ya que no emitieron sonido alguno. Al abrir la puerta, una ventisca helada se coló hacia el interior de la casa, arremolinándose en torno a su cuerpo y sacudiendo sus largos cabellos negros. Y junto con los ruidos tan propios de Almahue, que también se precipitaron sobre ella, escuchó con toda claridad una voz desconocida que le dijo:

—Hola, ¿está Ángela? ¿Le podrías avisar que su hermano Mauricio está aquí?

11
El hombre con la máscara de gato

—¿Señora Hortensia?

La voz de Ángela rebotó unos instantes entre las cuatro paredes de madera de la sala, y terminó por esfumarse sin conseguir una respuesta.

—¿Hay alguien aquí...? —insistió la joven.

Buscó con la vista a Azabache y lo encontró a mitad de camino rumbo al pasillo. El gato parecía intranquilo: alzó súbitamente las orejas y curvó el lomo, preparándose para el ataque. Ángela retrocedió un par de pasos, asustada. Por un instante reflexionó sobre la enorme imprudencia cometida al entrar en esa casa: nadie sabía que estaba ahí, había violado una propiedad privada y, para rematar el caso, el desorden y la destrucción al interior de la vivienda sólo evidenciaba alguna desgracia. ¿Dónde estaba Hortensia? ¿Por qué sus cosas estaban destrozadas como si una turba enfurecida hubiera irrumpido sin control, derribando todo a su paso?

Recordó la descripción que leyó en la libreta de Ernesto Schmied del día en que los furiosos habitantes de Almahue perdieron la cordura y arremetieron contra la casa de Karl Wilhelm y su hija Rayén. En aquella ocasión, la furia del pueblo se había desatado por considerar al botánico un brujo que había desafiado a Dios con sus injertos y experimentos científicos. La destrucción que veía a su alrededor le trajo a la memoria los estragos provocados al laboratorio del extranjero. ¿Quién querría hacerle daño a Hortensia? ¿Debía dar aviso al teniente Orellana del estado de esa casa, y de la aparente desaparición de su dueña...?

Un maullido de Azabache la sacó de sus reflexiones. El gato tenía el pelaje completamente crispado, mientras apuntaba con la cabeza hacia una puerta cerrada que, Ángela supuso, era la cocina, por su proximidad con el comedor. El animal emitió un ronco gruñido, inmóvil en su posición de alerta y con las pupilas fijas en aquella hoja de madera oscura que no permitía ver hacia el interior. La joven sintió un ramalazo de miedo nacerle en la parte baja del vientre. Una sensación de vértigo le alteró los latidos del corazón y le hizo temblar el labio inferior.

Era el momento de salir de ahí. Y lo antes posible.

Decidida, dio un paso hacia atrás pero la suela de sus botas crujió al aplastar lo que le pareció un puñado de arena. Al levantar el pie, frunció el ceño con desconcierto. Sobre los tablones de encina había un pequeño montículo de sal. Sal gruesa, algo opaca, de cristales grandes e irregulares y de ásperos bordes filosos como navajas. Al girar la cabeza, Ángela descubrió que había otro en la esquina opuesta de la sala. Y también cerca de la ventana que miraba a la bahía de Almahue. ¿Cómo era posible que esos ordenados y perfectos montones de sal hubieran resistido el vandalismo al que había sido sometida la residencia de Hortensia, sin que alguien los pisara y esparciera por el lugar?

Azabache volvió a maullar, esta vez de una manera mucho más aguda y alarmante. Su mirada de enormes ojos amarillos seguía fija en la puerta cerrada, mientras la tensión de su lomo le advirtió a Ángela que el gato había percibido algo que ella aún desconocía. Fue entonces que escuchó con claridad un ruido proveniente del interior de la cocina. No estaba del todo segura, pero sonó como si un objeto hubiera caído inesperadamente sobre las baldosas.

Era un hecho: había alguien más en la casa. Alguien que, por alguna razón, se había mantenido oculto desde el primer momento. Alguien que no quería ser visto o, que por el contrario, estaba esperando el momento oportuno para abrir la puerta y darle una sorpresa. Y fuera cual fuera la alternativa, Ángela no estaba dispuesta a descubrir de quién se trataba.

Una violenta punzada a la altura del cuello la hizo curvarse por el dolor. Cayó al suelo, hiriéndose las rodillas con los enormes granos de sal que le perforaron la tela de su pantalón y se le incrustaron en la piel. Vio que un goterón oscuro manchó el parquet. ¿Era sangre? ¿Acaso su cuello estaba sangrando? Intentó tocarse las ampollas para verificar si seguían ahí o ya habían terminado de reventarse, pero cuando alzó las manos descubrió que también las tenía llenas de sal. Quiso limpiarlas frotándolas contra su ropa, pero por más que restregaba sus palmas sobre sus jeans, los grumos volvían a aparecer, entre sus dedos, alrededor de sus uñas, siguiendo los pliegues de su muñeca. Un intenso olor a cloro y a sodio se le metió nariz adentro, y tuvo que abrir la boca para dejar escapar aquel aire que se le hizo imposible de tragar.

¿Azabache? ¿Dónde estaba Azabache?

Cuando consiguió levantar la cabeza, Ángela descubrió que la puerta de la cocina estaba abierta de par en par. Quienquiera que haya estado escondido ahí adentro, había salido en su búsqueda. Comprendió entonces que la desesperación nada tenía que ver con gritos, llantos histéricos o arranques de violencia. Por el contrario, la verdadera desesperación, como la que estaba sintiendo en ese preciso instante, era muda: un túnel solitario, de inaguantable silencio, donde había tiempo para recriminar cada decisión tomada. Su vida estaba en peligro y eso era un hecho: se lo advertía cada célula de su cuerpo, cada neurona de su cerebro que le indicaba que huyera en ese preciso instante.

Aterrada, se puso de pie a duras penas, resbalándose por los granos de sal esparcidos en el suelo y algo mareada por una vibración que llegó hasta ella y que fue aumentando su resonancia a cada segundo. ¿Qué clase de ruido era ése? ¿Era acaso el gato que continuaba maullando? El zumbido parecía una nota musical que se prolongaba en el tiempo más de lo que un oído era capaz de tolerar, para convertirse luego en una brisa monocorde que se percibía no sólo con las orejas sino con toda la piel del cuerpo. Y de pronto, muy por debajo de aquel sonido, como si se hubiera mantenido oculta tras la resonancia y el eco, surgió una lejana voz que no alcanzó a identificar. Alguien pronunciaba lo que parecía ser una sucesión de palabras que se evaporaban y deshilachaban en el aire antes de revelar su verdadero significado.

Tuvo la sensación de que el cuarto donde estaba se había quedado inesperadamente sin aire. Abrió la boca, esta vez para llenarse de oxígeno los pulmones. Un resuello de aire caliente avanzó a ras de suelo, trepó por lo muros, chocó contra el techo y se dejó caer sobre Ángela como un cuerpo hirviente que volvió a lanzarla de bruces hacia delante, impidiendo que consiguiera moverse de ahí. Trató de gritar, pero su garganta se había secado por completo, al igual que todos los líquidos al interior de su cuerpo.

Las voces seguían cruzando la estancia en ráfagas. Parecían salir del interior de los muros y, como flechas de palabras, zumbaban por encima de la cabeza de Ángela sacudiendo su cabello. *Lickan*, le pareció escuchar de pronto. *Lickan*, resonó otra vez cerca de ella. *Muckar*, llegó hasta sus orejas en un vaho caliente. *Lickan Muc-*

kar repitieron las tablas de las paredes, los cristales de las ventanas, las planchas de yeso del techo. *Lickan Muckar* oyó sin descanso y las doce letras se le metieron al interior del cuerpo hasta adherirse a cada una de sus células.

En ese momento, un agudo dolor le brotó a la altura del muslo. Fue tan intenso y real, que creyó que alguien le había enterrado un fierro encendido en la pierna. Como pudo se palpó la zona, pero todo parecía estar en orden. Sin embargo, a través de la tela de su abrigo advirtió una extraña quemazón que provenía desde el fondo de su bolsillo. El rosario. Era el rosario de Hortensia que ardía, al igual que cuando lo encontró olvidado en el banco de la iglesia. Al sacarlo, aún envuelto en su pañuelo, sintió un líquido escurrir por su mano. Era un fluido plateado que formó un charco en el suelo, que se extendió en gotas que se unían, separaban y volvían a unir sin dejar manchas o residuos. Ángela desdobló apurada el pañuelo. Pero en el lugar de encontrarse con las cuentas de nácar y la cruz de plata, que hasta unos minutos atrás podía jurar que ahí estaban, se encontró con que el rosario se había fundido a la par que la tela se le deshacía en las manos convertida en agua oscura. De inmediato se unió a la que ya estaba sobre el parquet, haciendo crecer la poza que se movía de manera independiente. La amalgama escurrió por las rendijas del parquet hasta que desapareció por completo, tragada hacia el subsuelo. ¿Qué estaba sucediendo ahí, en esa casa de pesadilla, donde nada parecía tener lógica? Deseó poder gritar, pero una vez más su voz no respondió. Fabián.

¡Fabián, ven a salvarme! Las palabras no conseguían cuajarse en sonido al interior de su garganta. ¿Hacia dónde estaba la puerta de salida? Las distancias habían cambiado. La distribución de la sala ya no era la misma. De hecho, estaba segura que la ventana quedaba a su izquierda cuando entró. Pero ya no la veía. Ya ni siquiera había una ventana. En su lugar pudo apreciar una enorme mancha oscura en el muro, un borrón cuyos contornos seguían creciendo al igual que una gota de tinta se expande en el agua. Y del centro de aquel tizne expansivo surgió el olor más putrefacto que había olido en toda su vida. Una pestilencia que se convirtió en arcada y que le oxidó la lengua, el paladar y el interior de las fosas nasales. Cerró los ojos con la esperanza de volver a abrirlos y encontrarse una vez más en casa de Rosa, protegida por las fragancias de las ollas que siempre humeaban en la estufa de leña. Pero los vapores tóxicos que se desprendían de aquella mancha le sacudieron el cuerpo que comenzó a convulsionar. Quiso estar entre los brazos de Fabián, protegida de cualquier peligro. Pero no. No estaba ahí. Los brazos de Fabián no rodeaban su cintura. Aguzó el oído. Unos pasos. Escuchó con claridad los pasos que venían acercándose a ella. Pasos firmes, rítmicos, uno, dos, tres, cuatro pasos. No fue capaz de mirar, demasiado concentrada en mantenerse con vida en la lucha a muerte que estaba librando contra el hedor que se le adhería a la ropa y a los poros. Otro paso más. ¿Y Azabache? ¿Dónde estaba? Necesitaba de su ayuda de manera urgente. *Lickan Muckar*, repitió un susurro que cruzó de lado a lado. *Ángela*. Esta vez, una voz la llamó por su nombre. ¿Quién era? ¿La persona que estaba escondida en la cocina? Sin fuerzas, terminó de caer hacia delante. Los granos de sal se le pegaron a la mejilla y un par de gotas de aquella agua plateada vibraron cerca de sus cejas. Otro paso más. Abrió la boca con urgencia, porque se había olvidado de seguir respirando. Pero en el lugar ya no quedaba oxígeno. La mancha del muro se lo había tragado todo para convertirlo en fetidez. ¿Cómo iba a seguir respirando? Sus pulmones dejaron de funcionar, convertidos en dos bolsas inútiles cuyas paredes se pegaron entre ellas. Separó los labios, pero todo lo que consiguió inhalar fue un tufo de muerte que comenzó a hacer estallar chispazos de luz frente a sus pupilas. Era el fin. Su cuerpo entero se lo gritaba. Sus órganos iban cediendo uno a uno, colapsando sus extremidades que poco a poco dejó de sentir. Cuando todo estaba a punto de apagarse, alcanzó a ver un pie que llegó junto a sus ojos. Era un pie masculino desnudo de poderosos dedos y toscas uñas, más parecidas a las garras de un animal. Desde abajo, Ángela alzó con un último esfuerzo la vista. Recorrió las gruesas piernas que a duras penas cabían dentro de un burdo pantalón lleno de agujeros. El torso era enorme y cubierto de vello, una coraza invencible cruzada de venas, tendones y músculos dibujados con precisión. El rostro estaba cubierto por una sencilla máscara hecha en madera, simulando las facciones de un gato: dos enormes ojos atravesados por una filosa pupila negra, una breve nariz puntiaguda, una boca de labios mezquinos y un par de largos bigotes de rafia que se extendían hacia los lados. Pero lo que hizo que Ángela supiera que ese hombre estaba ahí para acabar con su vida, fue el hacha que descubrió en una de sus manos. El borde metálico chorreaba sangre fresca, lo que quería decir que había sido usada hacía muy poco tiempo. ¿Doña Hortensia, tal vez? De la otra mano colgaba un bulto que, en un primer momento, la joven no consiguió identificar. Sólo cuando reconoció la llamarada rojiza del cabello y la infinidad de pecas en las mejillas, comprendió que se trataba de su propia cabeza decapitada. La horrible expresión con la que su rostro muerto se quedó observándola como en un espejo suspendido en el vacío, fue motivo suficiente para que renunciara a la idea de seguir luchando. Exhaló el último soplo de aire que le quedaba y dejó que su cuerpo entero se deslizara hacia la abrupta oscuridad que brotó en torno a ella. Hacia allá iba, sin freno, sin control. Ángela. ¡Ángela! La voz detuvo la caída libre. ¡Ángela! Pero ella no contestó, porque los cadáveres no hablan. ¡Ángela! Y sintió que dos manos la asían por los tobillos, impidiendo que cumpliera su destino de muerta. ¡Ángela!, volvió a escuchar, y sus pulmones se llenaron otra vez de aire. Y cuando abrió los ojos, sacando la cabeza fuera del mar de ultratumba donde la tenía sumergida, reconoció la cabeza de Azabache a su lado y la expresión de enorme angustia de Egon Schmied que hacía lo imposible por evitar que otro desmayo volviera a llevársela lejos de ahí.

12
¿Todo fue un sueño?

Cogollo de toronjil
cuando me aumenten las penas...
Las flores de mi jardín
han de ser mis enfermeras.

¿Quién canta? Por más que agudiza el oído, Ángela no consigue identificar aquella voz dulce y melódica que atraviesa apenas la bruma de su inconsciencia, para llevársela poco a poco hacia el otro lado. Se agarra como puede a las palabras, usándolas como una cuerda para salir del pozo oscuro en el que se encuentra. Intenta moverse, pero no lo consigue. El esfuerzo debe ser mayor. ¿Dónde quedaron aquellos acordes que tan bien le están haciendo? Los necesita para despertar su cuerpo de ese letargo inmóvil en el que se encuentra. Y de pronto, como respondiendo a su mudo llamado, sus sentidos se llenan con un nuevo verso que alborota sus músculos y llena de sonidos el interior de su cabeza.

Y si acaso yo me ausento,
antes que tú te arrepientas,
heredarás estas flores,
ven a curarte con ellas...

Ángela abrió los ojos y la boca al mismo tiempo, llenándose de luz las pupilas y de aire los pulmones. Lo primero que vio fue el rostro de Rosa, tan cerca de ella que necesitó parpadear un par de veces para poder enfocarlo correctamente. La ciega dejó de cantar y le sonrió con cariño.

—Bienvenida —dijo mientras retrocedía unos pasos—. Trata de moverte lo menos posible para que no se te caiga el ungüento que tienes en el cuello.

Hasta entonces, la forastera reaccionó ante la fría y gelatinosa sensación que envolvía su garganta de lado a lado. Intentó tocarse la zona, pero Rosa detuvo su mano en el aire.

—No. Quédate tranquila. Te puse un poco de corteza de acacia y roble, aloe vera, y hojas de cilantro y ricino. Eso debería cicatrizar pronto la herida.

—¿Qué me pasó? —preguntó, y su voz sonó algo desafinada por la sensación de aturdimiento de la cual aún no lograba desprenderse.

—Eso es lo que todos estamos esperando que tú nos cuentes —respondió.

Ángela pasó la vista por el espacio que la rodeaba. Sus ojos descubrieron el delicado papel tapiz lavanda que cubría los muros, iluminados por la tenue luz del candelabro que pendía sobre su cabeza. Eso le bastó para saber que estaba en el salón de los Schmied, recostada en uno de sus sillones. De hecho, a lo lejos, cerca de una ventana, vio a Egon mirándola con preocupación. Por lo visto, desde el día de la muerte de Walter, no había vuelto a usar gel en el cabello para peinárselo hacia atrás. Con su nueva apariencia ahora se veía, incluso, más joven, y su rostro ya no tenía aquel rictus de prepotencia que tanto la irritaba.

—Ahora quiero que bebas cada cuatro horas esto que preparé especialmente para ti —pidió Rosa, extendiéndole un vaso lleno de un oscuro y fragante líquido—. Todo, hasta la última gota.

El primer sorbo le provocó una inmediata picazón en el paladar, que intentó apaciguar frotando la lengua contra él una y otra vez. Fue inútil. Resignada, Ángela tomó un poco más. Siguió la ruta de aquella agua que fue enfriando su tráquea, y luego la boca del estómago. Una indescriptible fragancia, mezcla de eucalipto con frutos de olivo, de raíces subterráneas y miel, de aceite puro y leche de cabra, le salió por la nariz y le invadió las vías respiratorias. Al instante, las dolorosas llagas de su cuello calmaron su fuego y un refrescante alivio se instaló bajo la cataplasma que cubría parte de su cuello.

—Sin duda, eso era una quemadura por contacto de azufre —escuchó de pronto una voz masculina a un costado.

Era Carlos Ule. Hablaba mientras estaba sentado directamente sobre la alfombra persa, sosteniendo sobre sus rodillas un enorme libro que leía con atención. Cuando Ángela iba a preguntarle qué hacía ahí, oyó a Fabián que, desde el otro lado, atrajo toda su atención.

—¿Ya te sientes mejor?

Iba a decirle que sí, que estar frente a ese par de ojos oscuros y labios suyos que sólo sabían sonreírle a ella, la hacía la mujer más feliz del mundo. Iba también a comentarle que con el simple hecho de saber que él estaba ahí, a su lado, el desasosiego desaparecía por completo. Tenía tantas cosas que mencionar. Sin embargo, sólo fue capaz de emitir un hondo sollozo y por más que lo intentó, no consiguió frenar las lágrimas que brotaron de sus ojos. Al instante, Fabián se inclinó sobre la joven y la rodeó con sus brazos. Ángela se aferró con fuerza a ese cuerpo tan sólido y firme como el tronco de un árbol, que olía a madera ahumada, a bosque mojado por la lluvia, a cielo cubierto de nubes. La tosca mano del muchacho acarició su cabello, mientras su boca buscaba la delicada oreja para murmurarle directamente al oído: Tranquila, tranquilita, ya todo pasó.

Más calmada, Ángela les contó de su visita a casa de doña Hortensia. Rescatando de su memoria los jirones de imágenes que aún conservaba, procuró ser lo más fiel a los hechos que había vivido. Les describió de los muebles arrumbados con violencia en las esquinas de la sala, de las oscuras manchas de humedad en los muros, de los pasos y ruidos que escuchó en la cocina. Se detuvo unos momentos para describir con precisión los montículos de sal que vio repartidos en diferentes sectores del suelo y el olor nauseabundo que de pronto se expandió por el interior de la casa.

—Luego de eso parece que me desmayé —dijo, paseando su vista de un rostro a otro.

—Eso es correcto —intervino Egon, tomando la palabra—. Yo la encontré en el suelo, sin sentido.

Ante la desconcertada expresión de Ángela, que parecía pedirle una explicación con la mirada, el hijo mayor de los Schmied se apuró en explicarle que esa mañana la vio cruzar la plaza de Almahue con un gesto de profunda angustia en el rostro. Se extrañó de verla tomar rumbo hacia la caleta, abandonada luego del terremoto. Por eso se decidió a seguirla, por si necesitaba ayuda. Cuando descubrió que el destino de la forastera era aquella solitaria casa, en lo alto de la colina, supo que había hecho bien en ir tras ella. Por alguna razón, esa residencia siempre le había parecido algo tétrica, igual que su enloquecida dueña. No iba a dejarla sola bajo ninguna circunstancia, considerando los misteriosos eventos que recién habían ocurrido en el pueblo.

—Cuando me decidí a entrar, pensé que estaba muerta —agregó Egon bajando el tono de voz—. Me costó muchísimo hacerla volver en sí.

—Yo no recuerdo nada —dijo la joven—. Cuando me desvanecí, fue como si todo se apagara a mi alrededor. Lo único que tengo en mi mente son imágenes de las pesadillas que tuve.

—¿Recuerdas qué pesadillas? —quiso saber Carlos Ule con cierta inquietud.

Sin hacer el menor esfuerzo, tras sus párpados volvió a aparecer el rosario de Hortensia convertido en un enorme río de plata líquida, escurriendo por entre los dedos de su mano y formando charcos movedizos en las tablas del parquet. Y junto a él un pie humano, de uñas sucias y mal cortadas. Una máscara hecha en madera que simulaba rasgos felinos. Un hacha que goteaba sangre fresca… y una cabeza degollada colgando de una mano.

Ángela calló de inmediato. Redobló la intensidad de su abrazo con Fabián, quien la protegió contra su pecho.

—¿Estuviste frente al Decapitador? —exclamó con incredulidad el profesor, a través de sus bigotes.

—¿Qué? No. Ahí no había nadie. Fue un sueño —respondió Ángela intentando apaciguar el frenético latido de su corazón—. Todo fue un sueño.

De un salto, y sin importarle que el ungüento que tenía en su garganta cayera sobre el tapiz del sillón, corrió hacia su abrigo que descansaba sobre una silla. Metió con urgencia la mano en los bolsillos, en busca del rosario de nácar. Si aún estaba ahí, envuelto en el mismo pañuelo donde ella lo dejó, podría demostrarles que todas las alucinaciones que había vivido, incluida la del asesino enmascarado, formaban parte de la fantasía. Sin embargo, el rosario había desaparecido. Miró a Carlos Ule, que estaba tan pálido y asustado como ella.

—¿Quién es el Decapitador? —por fin se atrevió a preguntar, sin estar muy segura de querer escuchar la respuesta.

Sólo el ruido del timbre, que anunció visitas inesperadas y alteró aun más a todos los presentes, contestó a su angustiosa pregunta.

13

Tierra adentro

Los árboles se inclinan a su paso, rasguñando el suelo con la fronda altísima de sus ramajes. Fieles custodios de su existencia, vuelven a enderezar sus troncos como centinelas milenarios, oteando el horizonte en busca de peligros que pudieran acecharla. La vegetación le abre paso, lanza hojas que alfombren su camino, permite el paso de la luz en el bosque para que no confunda su trayecto. La oyen murmurar palabras en voz baja, la escuchan arañar las piedras de coraje y rabia contenida, la ven surgir y esconderse furiosa tras el vapor del agua que se eleva como un velo desde el humus que inmortaliza sus huellas.

Ella, la mujer que vive tierra adentro, esta vez no celebra ni repara en todas las atenciones que se tejen a su alrededor. Está demasiado ocupada en maldecir a la forastera que llegó a arruinar sus planes. Todo iba tan bien.

El malamor había hecho miserable a cada uno de los habitantes de Almahue, los mismos que descienden de los que destrozaron su vida y que condenaron su matrimonio con Ernesto Schmied. Tenían que pagar por su ignorancia. Claro que sí, iban a pagar por su atrevimiento. Y el árbol, ese monumental árbol que todos los días se secaba un poco más, había renacido desde que la forastera aquella puso un pie en el pueblo. Por alguna razón, no fue capaz de matarla cuando la tuvo ahí, a escasos centímetros de su cuerpo, en la vieja casa de la beata. Había invocado a todos los elementos necesarios para provocar su muerte. De sus manos brotaron la sal, el mercurio y el azufre, los tres componentes esenciales que sostienen o destruyen a cada materia en crecimiento. Los usó sin tregua alguna, envolviendo con ellos el cuerpo de la infeliz que supo resistir con entereza.

No entendía. No podía comprender.

Si el nieto de Ernesto Schmied no hubiera entrado de pronto, interrumpiéndolo todo, la habría aniquilado. A esta hora, Ángela Gálvez sería apenas un puñado de cenizas esparcidas sobre los tablones del suelo. Ella, la mujer de la tierra, tiene el poder para vencer al mundo entero si es necesario. Ella sería capaz de destruir Almahue para cumplir la promesa que hace muchos años hizo frente a la iglesia donde Ernesto traicionó su promesa de amarla hasta el fin de los tiempos. Su cuerpo se estremece, vibra con la intensidad de un maremoto, crece, alcanza las copas de sus guardianes, abre los brazos para espantar al sol, grita relámpagos que desordenan las corrientes marinas, deja que el viento azote sus cabellos que provocan tormentas y malas noticias, hunde los pies en la tierra atravesando capas de lodo, magma, fuego líquido, hasta llegar al centro de la energía.

Necesita recuperar fuerzas. La forastera le arrebató el vigor. Sus poderes están débiles. Nunca antes le ha sucedido algo así y no está dispuesta a que le vuelva a ocurrir. Tal vez sea necesario regresar después de tanto tiempo a Lickan Muckar para recobrar su potencia, la misma que la convirtió un día en leyenda. Lickan Muckar es el lugar perfecto para echar raíces y alimentarse de la vida que late entre el cielo del desierto y las arenas que nunca se enfrían. Después de su peregrinaje de siglos, de cambiar de cuerpos y escenarios, decide salir en busca del ímpetu que tantos años de aislamiento y soledad han minado al punto que una muchachita insolente es capaz de resistirse a su poderío.

Pero antes de recorrer los 3,400 kilómetros que la separan de aquel otro pueblo de muertos, cumplirá su promesa de asolar a Almahue, barrido por el viento y sepultado por la tierra. Junto con el pueblo, desaparecerá también Ángela. Y para llevar a cabo su plan, la existencia de Fabián Caicheo va a ser su mejor cómplice.

Más tranquila, Rayén cierra los ojos. Permite que la savia que corre por sus venas se alimente de los minerales que sus pies y manos absorben a borbotones de la tierra. El bosque es suyo. Siempre lo ha sido. Por eso se entrega sin condiciones al arrullo de todo el verde que la rodea, y que como el mejor de los consuelos, le susurra al oído *Lickan Muckar,* envuelto en una fresca brisa de hojas y raíces.

14
Los signos están clarísimos / Sal, azufre y mercurio

Las puertas del salón se abrieron de golpe para permitirle el paso al recién llegado. Vestía un grueso abrigo que le llegaba a las rodillas y que lo hacía ver aún más robusto de lo que era. Una larga bufanda le cubría las orejas rojas de frío y parte de la nariz. El cabello ensortijado, de un vibrante color cobre, hacía juego con el centenar de pecas que luchaban por mantener su tonalidad en las mejillas congeladas por culpa del clima exterior. En una de sus manos enguantadas sostenía un bote metálico lleno de crujientes papas fritas que venía devorando con evidente ansiedad.

—¿Mauricio? —se extrañó Ángela al ver aparecer a su hermano en medio de la residencia de los Schmied.

—Mamá me mandó a buscarte. Nos vamos ahora mismo a Santiago —dijo, terminando de mascar con la boca llena.

Antes de que la joven tuviera la posibilidad de organizar alguna respuesta en su confusa mente, Patricia Rendón hizo su entrada al lugar. Se veía más respuesta desde la última vez que estuvo en Almahue. Egon, que seguía en su esquina de la sala, sonrió contento al verla. Patricia sólo le dedicó una rápida y cómplice mirada, que él supo leer y descifrar a tiempo. Frenó en seco su primer impulso y permaneció inmóvil en su sitio, disfrazando con indiferencia las ganas de salir hacia ella y abrazarla como hubiera querido.

Fabián, por su parte, no pudo esconder su expresión de desagrado. De manera instintiva se separó de Ángela y retrocedió un par de pasos, acercándose a Rosa que aún sostenía en sus manos el vaso ahora vacío de la infusión. Desde su lugar, la muchacha les dedicó un distante vistazo a todos los presentes, sin hacer el menor esfuerzo por parecer contenta de estar ahí.

—¿Cuándo llegaron aquí? ¿Cómo...? ¡¿Por qué...?! —quiso saber Ángela con apremio.

—Patricia y yo viajamos hasta Puerto Montt. Ahí rentamos un auto —explicó Mauricio—. Vine manejando desde allá. Lo bueno fue que el GPS del teléfono funcionó siempre de maravilla —agregó, enseñándoles con la mano libre y un gesto de triunfo el moderno aparato.

—Bueno, funcionó hasta que entramos a este pueblucho —dijo Patricia, sacando la voz—. Aquí parece que todo se echa a perder.

Fabián debió girar la cabeza hacia la pared para impedir que alguien viera el furioso rictus que torció su boca.

¿Quién se creía esa forastera para hablar así de Almahue? Por más que hizo el intento, no consiguió entender qué podía unir a Ángela con esa prepotente y envidiosa muchacha que había teñido de incomodidad, con su sola presencia, el aire que se respiraba al interior del salón.

—Vamos, ponte de pie —exigió Mauricio—. Mientras antes regresemos a Puerto Montt, mucho mejor.

Ángela negó con la cabeza y le clavó la vista a su amiga que, de inmediato, levantó los brazos en señal de inocencia.

—A mí no me mires. Yo hice lo que me pediste, pero tu madre está furiosa. Lo mejor que puedes hacer es volver con nosotros a tu casa.

—Ángela sufrió un desmayo esta mañana —intervino Rosa, dando un paso hacia el centro del lugar—. No creo que sea una buena idea obligarla a emprender un viaje en estas condiciones.

La piel del rostro de Mauricio palideció bajo sus pecas.

—¿Un desmayo? ¿Pero estás bien...? —se preocupó—. ¿Ya te vio un médico?

Sin esperar respuesta, soltó el tubo de papas fritas que rebotó contra el suelo. Con infinita torpeza, a causa de los guantes que nunca se quitó, abrió como pudo una pesada mochila que le colgaba al hombro. Del interior sacó una computadora portátil, un *iPad*, varios cables enrollados sobre sí mismos y un bote cerrado de papas que dejó con todo cuidado a su lado, hasta que por fin encontró un estuche blanco que lucía una vibrante cruz roja en su tapa.

—Mamá compró especialmente este botiquín para el viaje, y ahora lo vamos a inaugurar —dijo acercándose a su hermana con impaciencia—. ¿Qué necesitas? ¿Tienes fiebre? Si me das los síntomas puedo buscar en Google algún tratamiento. ¿Hay señal inalámbrica aquí...?

Con la misma ineptitud, abrió con demasiado ímpetu la tapa del estuche de primeros auxilios, provocando que todo su contenido de gasas, frascos de povidona, curitas y tijeras metálicas cayeran al suelo con estrépito. El termómetro saltó fuera de su funda y se partió en dos, derramando su contenido sobre el parquet.

—¡Cuidado, que nadie se acerque que se puede cortar! —exclamó Mauricio con más urgencia de la necesaria—. Yo me hago cargo.

Ángela dio un suspiro más parecido a un lamento de cansancio que a una simple exhalación de aire. Con cierta vergüenza ajena vio a su hermano de rodillas, persiguiendo el líquido plateado que se separaba en gotas independientes y que, al solo contacto de sus dedos enguantados, se volvían a unir sin dejar huellas en los tablones.

Frunció el ceño. ¿Dónde había visto esa imagen? El fragor de una ardiente bocanada fétida le trajo de golpe el recuerdo de la pesadilla vivida en casa de Hortensia, sólo unas horas antes.

—¡El rosario se convirtió en mercurio! ¡Eso es! —exclamó alterada, sin que nadie entendiera lo que acababa de decir.

Nadie, excepto Carlos Ule que, en silencio, negó con la cabeza. Ya no le cabía duda: los signos estaban clarísimos. Sal, azufre y mercurio. Todos juntos y anunciando el fin.

—Si me disculpan, tengo cosas que hacer —dijo Fabián avanzando hacia la puerta, siempre mirando hacia la punta de sus gastados zapatos para evitar encontrarse con los desagradables ojos de Patricia Rendón.

—Pero Fabián... —suplicó Ángela al ver que se quedaba sola.

—Regreso pronto —la calmó—. Sólo voy a buscar al doctor Sanhueza, que quedó de venir a ver de nuevo a don Ernesto. Y de paso, podemos hacer que te examine.

Con paso rápido para que ninguno de los presentes pudiera detenerlo, Fabián salió. Antes de echarse a andar calle abajo, se quedó unos instantes en silencio, con los ojos cerrados, dejando que el viento helado de la Patagonia le limpiara la cara y barriera de su piel toda la negatividad que la presencia de Patricia había diseminado en el ambiente.

A pesar de la confusión de su mente, y de lo rápido que estaban ocurriendo las cosas a su alrededor, tenía claras dos cosas: la primera, no iba a permitir que nadie se llevara lejos a la mujer que amaba; y, la segunda, no estaba dispuesto a dejar que nada malo le volviera a suceder a alguna de las personas que lo rodeaba. Con esa certeza anclada entre ceja y ceja, atravesó la plaza central rumbo al dispensario del doctor Sanhueza. Cruzó sin detenerse frente al cuartel de la policía, ubicado en una de las esquinas de la glorieta, desde donde el teniente Orellana lo siguió con la vista hasta que lo vio perderse, a través de su ventana, en un quiebre de la polvorienta calle.

Un dejo de resentimiento, endureció la mirada del uniformado. Ahí iba el insolente hijo de Elvira Caicheo, el único que se había atrevido a enfrentarlo sin pensar en las consecuencias. Tamborileando sus dedos sobre la deteriorada superficie de su escritorio, se entretuvo imaginando diferentes venganzas que terminaban todas con el mismo desenlace: Fabián encerrado en el calabozo del cuartel, suplicando a gritos que lo dejaran salir de ahí, mientras Elvira prometía amarlo por el resto de sus días a cambio que le devolviera la libertad a su hijo. Tan concentrado estaba que no escuchó el alboroto que se formó en la plaza central. Varios sorprendidos y asustados peatones juraban haber visto una enorme mancha de humo sobrevolar por unos instantes el rejuvenecido árbol, para de ahí salir disparada como una veloz y mortal flecha en dirección a la casa de los Schmied.

15
Ernesto, ¿me escuchas?

¡Ernesto!
Ernesto Schmied escuchó que alguien lo llamaba por su nombre. Ernesto, Ernesto, repetía la voz que parecía salir del fondo mismo de la tierra, a juzgar por lo lejana y algo distorsionada que se oía. Con gran dificultad abrió los ojos. Le resultaba mucho más cómodo sobrevivir las horas del día con los párpados cerrados, arropado por la penumbra eterna de su propio cuerpo, navegando en la inconsciencia de no saber si era de día o de noche, o si seguía vivo o ya estaba definitivamente muerto.

Lo primero que llamó su atención, fue la penumbra color sepia en la cual se encontraba sumido su dormitorio: una marea de luz ambarina se derramaba hacia el interior por la claraboya, pintando de un tono nostálgico los muros blancos y llenando de sombras mortecinas las esquinas del ático. Le pareció estar flotando en el interior de una pecera repleta de refulgente oro líquido.

—Ernesto —escuchó de nuevo—. ¡Mi Ernesto!

Intentó despegar la cabeza del enorme almohadón de plumas pero no fue capaz. Su delgado cuerpo parecía estar cosido al colchón. Sólo se adivinaba que había un ser humano en esa cama por los repentinos montículos que sus puntiagudos huesos formaban en las sábanas. Los dos brazos, lánguidos y estáticos a cada lado de su cuerpo, ni siquiera hicieron el intento por alcanzar el timbre que se encargaba de anunciar con su chicharra, en el primer piso, que requería la presencia de alguien en su dormitorio.

—Ernesto, ¿me escuchas?

Claro que la escucha. Lleva setenta años escuchándola. Puede oír con toda claridad el tintineo cantarín de aquella voz, que junto con el sonido de sus palabras arrastra los olores del bosque milenario, el sabor inconfundible de la lluvia, el aroma del viento al sobrevolar la tierra mojada. Almahue entero se cuela al interior de su dormitorio, despegando por un instante su espalda de las sábanas. Ernesto inhala profundo, despierta uno a uno sus órganos envejecidos y a punto del colapso. Ahí está otra vez el resoplido brioso de su corcel, el azote gélido de las corrientes en su rostro al internarse cerro arriba sobre el lomo del animal, las carcajadas de la muchacha que la propia vegetación esconde para mantener su amor en secreto. *Apenas la conocí, supe que usted era una mujer muy distinta a las de Almahue. ¡Por eso me gusta...!* La puerta de su memoria se abre de par en par. Y a diferencia de las otras ocasiones, ahora no pretende frenar sus remembranzas. *Quiero que se case conmigo. Yo la adoro. Quiero envejecer a su lado. ¿Ernesto? ¿Me oye?* Y él asiente desde la cama, con los ojos abiertos y fijos en el humo negro que empieza a colarse desde el exterior por las rendijas del marco de la claraboya, mientras el humo se queda unos instantes ahí, flotando como un velo de luto en medio del ático. *¿Puede escucharme, amor...? Le aseguro que a mi lado va a tener una buena vida. Usted es dueño de mi corazón desde el primer día. Cuando lo conocí supe que íbamos a ser uno solo de ahí en adelante.* Las palabras del pasado regresan incontenibles, sin esfuerzo. Cada una de sus propias promesas incumplidas choca contra su cara como una bofetada que no se ve, pero que duele mucho más que cinco furiosos dedos. La niebla desciende desde las vigas del techo, se contrae y expande como una enorme y oscura boca que pregunta:

—¿Me recuerdas, Ernesto?

Y entonces la ve surgir del vapor, iluminada por dentro, convertida en un sol dorado que arrincona las sombras y lo obliga a entrecerrar los ojos para poder apreciarla como ella se lo merece. Ahí está otra vez el desorden insolente de su cabello que tanto se asemeja al ramaje frondoso de los árboles. Sus brazos color canela, juguetones y en movimiento. La chispa encantadora de aquellos dos ojos de miel en los que tanto le gustaba perderse. El breve y tosco vestido que a duras penas puede ocultar el paraíso de sus muslos fibrosos como un tronco de tepa.

Rayén. Por fin. Su Rayén.

Sus pies desnudos ni siquiera rozan el suelo cuando se acerca a la cama. El anciano no se atreve a respirar, seguro que el breve soplido de su aliento ahuyentará al fantasma que flota frente a sus ojos. Pero la joven extiende una mano hacia él. Roza con cariño la curva de su mejilla mal afeitada. El tacto es real, concreto. Aquella piel tibia de inmediato anima la memoria de su propia piel, que retrocede setenta años en el tiempo.

—Mi Ernesto. Vine a buscarte —oye que los labios de Rayén susurran cerca de su oreja.

Las sábanas perfumadas en lavanda caen al suelo. Los botines de cuero negro del joven Ernesto Schmied resuenan al pisar las tablas, y una mano de dorso lozano y uñas bien cortadas ordena el remolino de cabellos que puebla su cabeza. A pesar de todas las décadas que han transcurrido, son sólo dos adolescentes que se persiguen por el bosque. Como antes, los pies desnudos de la mujer se desplazan veloces por encima de las hojas secas. Sortean con habilidad los obstáculos del camino: algunos leños caídos, un delgado riachuelo, un par de piedras de filosos bordes. En sólo dos zancadas desaparecen tragados por el follaje. Tras ellos vienen los otros pies, enfundados en elegante calzado. Ernesto se detiene unos momentos, jadeante por el esfuerzo de la carrera. Apoya sus diecinueve años en un tronco, y busca calmar el alboroto de risa y cansancio de sus pulmones y corazón.

—¡Ya la voy a alcanzar! —promete, respirando hondo—. ¡Y esto no es justo, porque usted va descalza… y yo con estas botas que todo lo dificultan!

Ernesto se descubre en el centro de un claro del bosque: un redondel perfecto de árboles y frondosa vegetación que le permiten tener una panorámica completa de los cuatro puntos cardinales. Sus ojos azules se fruncen al recibir la luz del sol de manera directa.

—¡Rayén! ¡Rayén, ¿¿dónde está?! ¡Rayén!

Nadie responde. Sólo se oye un insistente murmullo de hojas y de animales ocultos en la espesura. El corazón se le inquieta, asustado porque no alcanza a distinguir qué provoca el rumor ensordecedor que lo rodea. Sin embargo, allá, lejos, se escucha el ruido del mar al precipitarse dentro del fiordo sobre el cual se levanta Almahue. Y en sus oídos también retumban el canto del follaje que se alborota en las alturas, el desplome de ramas que caen al suelo, las rocas que ruedan por las laderas y se pierden tragadas por los precipicios, la arena que va y viene impulsada por las corrientes marinas, los pájaros que aletean frenéticos y se ocultan entre las nubes que rozan los picos de las montañas.

El planeta entero, en su estado original, rodea a Ernesto que se siente el primer hombre de la historia. Para disimular el súbito temblor de sus manos, se peina con los dedos el desorden rubio de su cabello y se acomoda la camisa dentro del pantalón.

—Ah, ya entiendo... Lo que usted quiere es jugar —dice con fingida picardía—. Muy bien. Juguemos. ¿Quiere que la encuentre? ¡Aquí voy!

Ernesto comienza a adentrarse en el bosque. La luz cae en columnas diagonales, dibujándose con claridad por el vapor húmedo que se eleva desde la tierra. Allá adentro, el mundo entero adquiere el color verdoso de un fondo marino. Las enormes hojas de nalca son un techo vegetal, y los helechos parecen pulpos de cientos de tentáculos que le rozan la cara y vuelven a despeinarlo. Hay un permanente zumbido de insectos, de miles de alas en movimiento y patas arrastrándose.

—Apenas la conocí, supe que usted era una mujer muy distinta a las de Almahue. ¡Por eso me gusta, Rayén! —exclama—. ¿Por qué se esconde, si aquí estamos solos? ¿Dónde está?

Ernesto se detiene porque ha escuchando algo: alguien camina a sus espaldas.

Voltea veloz y alegre, pero su sonrisa se congela en el desconcierto. No hay nadie. Frunce el ceño, turbado. Cuando voltea otra vez hacia adelante, para seguir con su camino, se encuentra cara a cara con una joven que le cierra el paso y parece surgir de la algodonosa luz del atardecer.

—¡Sorpresa! —le grita ella.

Atónito, Ernesto retrocede de manera instintiva. El tacón de su bota se engancha en una raíz y cae de espaldas al suelo. Ahí queda, entre las hojas que se le pegan a la ropa, mirándola sonriente.

Así lo encontró Fabián cuando entró al cuarto junto al doctor Sanhueza: risueño, la vista fija en el techo, y los brazos inmóviles a cada lado del cuerpo.

El clamor de auxilio y el llanto de dolor no permitieron al muchacho advertir que allá afuera, al otro lado de la claraboya, un oscuro y vengativo humo se llevaba el alma del anciano poniendo fin a una larga y atormentada vida.

SEGUNDA PARTE

Y oí una voz del cielo como estruendo de muchas aguas,
como sonido de un gran trueno.
(14, 2)

Y se abrió el pozo del abismo,
y subió humo como humo de un gran horno;
y se oscureció el sol y el aire.
(9, 2)

Y en aquellos días los hombres buscarán la muerte,
pero no la hallarán;
y ansiarán morir, pero la muerte huirá de ellos.
(9, 6)

Libro del *Apocalipsis*

1
El principio del fin

El primer puñado de tierra cayó sobre la tapa del féretro, provocando un fúnebre sonido que el eco se encargó de esparcir incluso más allá del pequeño cementerio de Almahue.

—Por alguna razón, Dios todopoderoso, en su sabia providencia, quiso llevarse de este mundo el alma de Ernesto Schmied. Encomendamos su cuerpo a la tierra, ceniza a la ceniza, polvo al polvo, con la esperanza segura de la resurrección a la vida eterna de todos los que ya duermen para siempre —predicó el sacerdote, que fue llamado de urgencia por la familia y tuvo que venir desde Puerto Chacabuco para oficiar el inesperado funeral.

El pueblo entero se congregó para despedir al patriarca de los Schmied. Las doscientas personas permanecieron en un total y respetuoso silencio mientras el sacerdote alzaba cada vez más la voz para imponerse a los lejanos truenos que estremecían la bahía con su rugido de borrasca, y afirmaba el ruedo de su sotana que se sacudía frenética por la súbita ventisca que se descolgó de los montes aledaños.

Hasta la enorme fosa abierta parecía lamentarse por la muerte del anciano junto con cada terrón de tierra que fue lanzando a sus entrañas. El primero en despedirlo fue Egon. Con sorprendente entereza, el joven, vestido de riguroso luto, permaneció firme a un costado de su madre, con la vista fija en el tosco cajón de madera que fue imposible cubrir con flores a causa del viento reinante. Ante una seña del sacerdote se acercó a la tumba, se inclinó hacia el suelo y tomó un puñado de piedras y barro. Con la mandíbula apretada, lo arrojó hacia la cubierta del ataúd dando inicio al entierro de su abuelo.

Silvia Poblete fue incapaz de moverse de su lugar. Se encontraba demasiado aturdida por los calmantes que se tomó al conocer la noticia de la muerte de su suegro. Elvira Caicheo, con los ojos enrojecidos de tanta lágrima incontenible, repitió el gesto de Egon sabiendo a plena conciencia que una parte de su trabajo en casa de los Schmied también había llegado a su fin. Rosa sorprendió a todos al abrirse paso entre los presentes y lanzar, con un delicado movimiento de sus dedos, una flor que pareció flotar unos instantes en el remolino de una ráfaga para luego desaparecer tragada por el agujero.

Fabián fue el último en rendir homenaje al hombre más importante de su vida. Soltó la mano de Ángela, que no se despegó ni un segundo de su lado desde que descubrieron el cadáver del anciano acostado en su cama, y caminó despacio hacia el sacerdote. Sintió el golpe del viento darle de lleno en el rostro, secándole de un soplo las mejillas. Cada paso que lo acercaba al cajón que contenía los restos de su único amigo, provocaba en él una oleada de recuerdos que sólo hacían aumentar el temblor de su mentón. Ahí estaba otra vez don Ernesto, celebrándole su décimo cumpleaños con un hermoso libro de Julio Verne, regalo que Fabián leyó en innumerables ocasiones. Volvió a escuchar los consejos que el viejo le repetía cada tarde, en aquellas plácidas conversaciones, amparados por el calor de la estufa salamandra en el ático. Ya no volvería a ver esa sonrisa algo melancólica que siempre lo recibía cuando llegaba al tercer piso de la casona. Tampoco escucharía más el sonido del bastón al chocar contra el suelo, haciéndole eco a sus pasos cansados.

Al igual que los truenos que presagiaban un próximo aguacero de fin de mundo, el dolor en el corazón del muchacho le anunciaba un largo período de tristeza. La muerte de Ernesto Schmied lo cambiaba todo. Por completo. Le resultaba imposible imaginarse el futuro sin su presencia organizando las horas del día. Por eso, cuando le correspondió lanzar su puñado de tierra, se quedó inmóvil unos instantes. Se negaba a dejarlo partir. Ángela se acercó y lo abrazó con dulzura. Todos los habitantes de Almahue la vieron murmurarle algo al oído, mientras el joven negaba con la cabeza, con la vista fija en esa oscuridad insondable que devoraba los restos del ser más cercano a la imagen de un padre que había tenido. Fabián, finalmente vencido, dio un hondo suspiro al soltar todas las amarras de su desconsuelo.

Y junto con él, lloró el pueblo entero.

El teniente Orellana, sin embargo, no derramó una sola lágrima. Desde una esquina del cementerio, simulaba custodiar el orden público y el normal desempeño del funeral más concurrido del que tenía memoria. Pero desde su lugar de trabajo no le quitaba los ojos de encima a Elvira, quien a todas luces hacía esfuerzos por no encontrarse con sus pupilas, ni con las de su hijo que seguía lamentándose de pie a un costado de la fosa.

Se quitó la gorra y se rascó la cabeza. Le dolía la rodilla derecha, señal de que muy pronto el cielo desencadenaría también su duelo. Levantó la vista y corroboró su presentimiento: un puñado de nubes negras, gordas y amenazantes, comenzaban a concentrarse a la altura de las cumbres de la cordillera. Más valía que el entierro terminara pronto o todos iban a quedar empapados. Todos, incluso aquellos dos extraños que no supo identificar: un muchacho pelirrojo, algo obeso, cubierto por un grueso abrigo de pies a cabeza; y una joven con cara de aburrimiento, que consultaba la hora con impaciencia en el reloj de su muñeca, y que desde su sitio vigilaba sin pudor cada uno de los movimientos de Egon Schmied.

Patricia Rendón vio a Mauricio sacar con disimulo su iPhone del bolsillo, encenderlo, y buscar algún tipo de señal. A juzgar por la enorme expresión de desilusión que cruzó su rostro, el hermano mayor de Ángela no consiguió su propósito. El muchacho frunció el ceño, algo intrigado. No podía negar que la abrupta geografía de la zona colaboraba en obstruir el paso de cualquier señal proveniente de una antena repetidora, pero le parecía que la ausencia de líneas telefónicas, señal inalámbrica o incluso la señal de televisión, tenía un origen distinto al simple bloqueo de las montañas. Le era prácticamente imposible comprender que el pueblo estuviera aislado de esa manera tan categórica, y que apenas cruzaran el cartel de bienvenida de Almahue, todos los aparatos electrónicos sufrieran un inmediato e inexplicable apagón.

Ése era un misterio que pensaba resolver. Y para hacerlo, pensaba invertir las siguientes horas en recorrer los alrededores con su dispositivo para medir la cobertura y la potencia de las posibles señales que cruzaran el espacio circundante. Estaba seguro de haberlo echado dentro de su mochila, a la hora de preparar el viaje junto a Patricia, aun cuando ésta le advirtió de la falta de señal.

Sin que nadie reparara en él, ni siquiera el teniente Orellana que seguía con la vista firme en Elvira, Mauricio comenzó a alejarse. Iba tan concentrado mirando la pantalla luminosa de su teléfono, con la esperanza de poder darle vida útil al aparato, que no reparó en los montículos de sal que sus zapatos comenzaron a pisar. Atribuyó los desniveles del suelo al escarpado terreno y no a los gruesos cristales de filosos bordes que iban quedando adheridos a sus suelas.

Antes de salir de los terrenos del cementerio, sintió que alguien lo observaba desde la distancia. Tuvo la certeza de tener dos ardientes pupilas clavadas en su espalda, traspasando con su calor incluso el grueso abrigo que le protegía el cuerpo. Al girarse, no vio a nadie. El visor de su iPhone se apagó de golpe, aunque aún tenía más de la mitad de su carga de batería. Confundido, iba a retomar la marcha cuando un nauseabundo olor cruzó frente a sus narices, arrastrado por uno de los vientos de lluvia con dirección al mar. Sin terminar de entender lo que estaba sucediendo, retomó la marcha en dirección de la plaza central.

Varios metros atrás, Rayén suspendió el fragor de su mirada. Cerró los párpados y dejó que la vibración de su cuerpo fuera calmándose poco a poco. Sintió las primeras gotas de lluvia caer sobre su piel, lo que ayudó a enfriarla provocando un ligero vapor de humedad que de inmediato barrió la brisa. El hermano de la forastera, ese niñato de mejillas infladas, no era de su interés por ahora. Para él tenía en mente un destino muy especial. Pero antes, eso sí, debían ocurrir un par de cosas. La primera: hacer contacto con la amiga de Ángela.

Desde su escondite, la ubicó en medio de la muchedumbre y le clavó la mirada. Patricia Rendón tuvo de pronto un ligero estremecimiento al tiempo que una incómoda sensación de calor le pobló de gotas de sudor la frente y le llenó la boca de saliva con gusto a sal. Nunca imaginó que, a partir de ese preciso instante, tenía las horas contadas.

Un violento trueno, que estremeció a los presentes e hizo vibrar con energía el follaje de los árboles, alborotó el vuelo de los queltehues que huyeron despavoridos e hizo vibrar las piedras del suelo, dio por iniciada una violenta tormenta. La última en la historia de Almahue.

2
Buscando una señal

Mauricio Gálvez nunca salía de su habitación sin acarrear con él todos sus aparatos electrónicos. *El kit de supervivencia*, como solía llamar a una vieja mochila repleta de cables, enchufes y teclados, consistía en una liviana *MacBook Pro* de aluminio, un imprescindible *iPad* y un moderno rastreador *Bloodhound* de señales de alta y baja frecuencia, de pequeño tamaño, pero de gran alcance, que era capaz de encontrar incluso un dispositivo eléctrico aunque estuviese apagado.

—El día que se acabe el mundo, yo podré sobrevivir con estos aparatos —sentenciaba siempre a su hermana menor cuando se burlaba al verlo salir de la casa, aunque fuera a comprar el periódico a la esquina, cargando su mochila llena de insignias de superhéroes y naves espaciales.

Acto seguido, y sin que nadie le pidiera una demostración, comenzaba a enumerar una a una las maravillas de la tecnología y se vanagloriaba de cómo él, en las condiciones más precarias, podía conseguir comunicación, incluso, donde no la hubiera. Para alcanzar con éxito tamaña proeza, le bastaban un celular, un cable USB y un codiciado aparato que era capaz de rastrear el espacio que lo rodeaba hasta ubicar alguna señal que ondeara sobre él. Alertado gracias a un agudo y persistente pitido, que aumentaba o disminuía su intensidad a medida que se acercaba o alejaba de alguna fuente de emisión, conectaba su computadora o teléfono, y de esa manera podía enviar un email, un mensaje de texto, o realizar una llamada de audio y video a través de Skype. Y si por alguna razón climatológica la potencia de dicha señal era muy débil, él era capaz de fabricar una antena direccional que amplificara la capacidad de recepción de su rastreador, usando sólo un bote de papas fritas o incluso un tubo metálico como en el que se guardan las pelotas de tenis.

En resumidas cuentas, Mauricio Gálvez era todo un experto en electrónica. O un nerd de tomo y lomo, para todos los que no entendían ni compartían sus intereses.

Por eso el joven supo, apenas entró a Almahue, que era imposible que la localidad entera estuviera sumida en un total apagón tecnológico. Debía haber alguna señal —ya fuera telefónica, satelital o inalámbrica— sobrevolando el firmamento por encima las montañas. Su experiencia y conocimiento le aseguraban que no estaba equivocado. A no ser que algo estuviera impidiendo que esas señales pudieran ser recibidas en el pueblo.

Un trueno, que esta vez retumbó sobre su cabeza, le recordó que una violenta tormenta se dejaba caer sobre la zona. El muchacho subió el cierre de su abrigo impermeable hasta el borde mismo de su mentón, se amarró la bufanda sobre la nariz, boca y orejas, y se calzó un gorro forrado en piel sintética que además repelía el agua de lluvia. Del interior de su morral sacó el rastreador de señales Bloodhound, lo encendió y comprobó que estuviera funcionando. Una parpadeante luz roja le indicó que todo estaba en orden. De ese modo, y ante el asombro de los habitantes del pueblo que regresaban poco a poco del cementerio luego de despedir a don Ernesto Schmied, se lanzó a recorrer las calles con el aparato en alto esperando que la alarma sonora le informara que había encontrado alguna frecuencia que le permitiera recuperar el uso de su celular. Pero no hubo ni siquiera el más mínimo ruido en ese dis,positivo que indicara que estaba cerca de conseguir su propósito.

—Es imposible —masculló Mauricio lleno de frustración después de recorrer un gran trecho por el pueblo—. ¡Es imposible!

Entonces decidió trepar al monte más cercano, sabiendo que la altura siempre ayuda a conseguir una mejor recepción. La lluvia estuvo a punto de hacerlo desistir en su empresa, incapaz de vencer el lodo que escurría pendiente abajo y que convertía su camino en una verdadera cascada color café con leche. Agarrándose como pudo de raíces y hojas de helechos, alcanzó el vértice más alto del sector. Desde ahí pudo apreciar cómo una gruesa cortina de agua se precipitaba sobre la bahía, desordenando el movimiento de las olas del mar y alterando al ganado que corría en círculos buscando protección. Se acomodó una vez más el gorro, que no era suficiente para contener la cantidad de líquido que se desprendía desde el cielo, y alzó el brazo con el rastreador firmemente sujeto en una mano. Ni siquiera respiró, esperanzado de conseguir la señal que tanto necesitaba.

Pero nada sucedió.

Mauricio, que goteaba de pies a cabeza, supo que se encontraba ante uno de los enigmas tecnológicos más grandes a los que se había enfrentado. Y sabía también que bajo ninguna circunstancia iba a permitir que ese misterio le ganara la partida.

Se echó a correr cerro abajo, jadeante, desordenando las gotas de lluvia que rebotaban contra su cuerpo. Tenía una idea que pensaba poner en práctica de inmediato. Volvió a cruzar la plaza central ante la mirada atónita de varios transeúntes que se limitaron a seguirlo con la mirada y a cuchichear, desconfiados y escondidos tras sus ponchos y chamantos de lana húmeda, hasta que el joven se perdió calle abajo. Luego de un par de minutos de carrera que se le hicieron eternos, y que por poco lo dejan sin aire, Mauricio llegó al punto exacto que estaba buscando. Haciendo un esfuerzo por controlar el asma que le estrechaba las vías respiratorias, y que le dilataba las aletillas de la nariz, se detuvo junto al cartel ubicado a la entrada del pueblo. El cartel replicaba una casa típica de la zona, de paredes café oscuro, una ventana pintada de rojo, y un triangular techo que caía en dos aguas donde se alzaba una chimenea sin humo. "Bienvenido a Almahue", se leía en grandes letras blancas.

Armado de una larga rama que encontró en el camino, Mauricio trazó una línea en el barro del suelo: representaba la frontera exacta donde acababa el pueblo. Volvió a encender el rastreador. La luz roja se iluminó, alerta. Miró el visor, donde todo seguía en blanco. Entonces cruzó al otro lado de la raya que acababa de dibujar, pisando tierra que ya no correspondía a Almahue. Al instante, un intenso e intermitente sonido salió de los parlantes del aparato, mientras que la pantalla del dispositivo se llenaba de diferentes códigos y números que representaban las diferentes señales que la antena capturaba.

—¡¿Qué está pasando aquí?! —exclamó sorprendido.

Dio un salto por encima del límite imaginario que ya se había borrado con los arroyuelos formados por la lluvia, y cayó al otro lado del cartel de bienvenida. El rastreador se apagó de inmediato. No era posible. Era técnicamente inviable. Algo al interior de Almahue funcionaba como un gran anulador de señales. Una fuente de poder tan poderosa que podía absorber las diferentes frecuencias y bloquear su paso como una pared invisible e infranqueable. Era la única explicación lógica que Mauricio consiguió articular al interior de su mente, perturbada aún por el asma, los ventarrones cruzados que amenazaban con desplomarlo al suelo, y el aguacero que a cada instante aumentaba su intensidad y le curvaba los hombros.

Entonces decidió alterar la función de búsqueda del rastreador: ya no deseaba que le avisara cuando encontrara una señal en el ambiente, sino que, por el contrario, quería que lo hiciera cuando ubicara la fuente que las anulaba. Era la última carta que se iba a jugar.

Apenas volvió a apretar el botón de ON, un débil sonido intermitente le hizo saber que esta vez sí tendría éxito. En el monitor apareció un 5%, señalándole que aquello que estuviera tragándose como una gran boca todas las posibles conexiones con el mundo exterior aún se encontraba lejos.

Bajo un cielo convertido en un oscuro pizarrón que amenazaba con desplomarse como un peso muerto sobre la geografía abrupta de la Patagonia, Mauricio se echó a caminar con el artefacto en la mano.

20%.

A duras penas podía ver el camino que recorría a causa de la violenta tempestad. Sin embargo, el ruido que salía por las bocinas se iba haciendo cada vez más intenso, señalándole la ruta a seguir.

58%.

Se orientó unos instantes, eligiendo hacia dónde enfilar sus pasos. El rastreador indicó que doblara hacia la derecha y que tomara la calle rumbo al centro de Almahue.

Ya no quedaba nadie fuera de su casa cuando Mauricio llegó a la plaza. Todo su cuerpo se había convertido en un manchón borroso a causa de la lluvia, y hasta las pecas de sus mejillas parecían escurrir por el exceso de agua. Pero no le importó. La señal crecía junto con cada paso que daba en dirección de la glorieta. La poca luz del sol que conseguía atravesar las nubes le permitió ver que en el visor se dibujó un 90%.

Estaba ahí: lo que estuviera buscando... estaba ahí. A su lado. Muy cerca de él.

Giró en redondo, confundido. A su alrededor no había nada que pudiera ser un anulador de señales. Nada. Sólo vio casas dañadas y reblandecidas por la lluvia, cuatro escaños de metal cubiertos de óxido, un farol con la bombilla a la vista, y un enorme y colosal árbol de frondoso follaje y robusto tronco.

Impulsado por una incomprensible corazonada, avanzó hasta quedar exactamente bajo las ramas del árbol. Acto seguido, el dispositivo vibró en la palma de su mano al tiempo que el sonido de la alarma retumbó en las cuatro esquinas de la solitaria plaza.

100%.

Era él: el árbol. El monumental árbol absorbía todas las señales que hubieran permitido que en Almahue funcionaran con normalidad los celulares, la televisión o el Internet. Mauricio levantó la vista, intentando abarcar de un simple vistazo la enorme extensión del ramaje, sin importarle que la lluvia se le metiera por los ojos y la boca abierta de la impresión.

No podía ser. Nunca antes había escuchado que algo así pudiera suceder. Nunca.

¿Qué tenía ese árbol?

Y lo que era aún peor: *¿qué clase de extraño lugar era ése...?*

3
Un secreto bien guardado

Silvia Poblete se quedó unos instantes observando en silencio su dormitorio desde el umbral de la puerta. Paseó su vista por la enorme cama matrimonial, de labrado respaldo de caoba y altísimo colchón siempre cubierto por una esponjosa colcha de plumas importadas que mandó a pedir especialmente a la capital. Las dos mesitas de noche, una a cada lado del cuarto, eran de madera clara y tenían una gaveta que se abría gracias a una redonda manilla de porcelana pintada a mano. Nunca supo qué contenía el cajón de Walter. El de ella, en cambio, estaba repleto de medicamentos: pastillas para combatir el dolor de cabeza, para inducir el sueño y para ayudarla a mantenerse despierta; antidepresivos que conseguía gracias a los contactos del doctor Sanhueza, y un puñado de poderosos ansiolíticos que se tragaba religiosamente cuando el temblor de sus manos comenzaba a jugarle malas pasadas.

Desde la inesperada muerte de Walter, y ahora con la ausencia de don Ernesto, había redoblado su provisión de píldoras y fármacos. Aunque por fuera no había perdido la rigidez de su pelo, ni el rictus tenso de sus facciones, ni el altivo aplomo de su cuello y mentón, por dentro estaba convertida en un amasijo de nervios. La culpa era de las pesadillas que ya no la dejaban dormir. Por más que hacía esfuerzos, arropada entre las sábanas de hilo y los almohadones de encaje de su lecho, no conseguía dominar las terroríficas imágenes que asaltaban sus párpados cerrados apenas apagaba la luz. En ellas veía a su marido ardiendo como una antorcha humana en el astillero, el rostro deformado por el grito de espanto y dolor. Luego se imaginaba subiendo en medio de la oscuridad al ático donde tantos años vivió encerrado su suegro. El crujido de las viejas tablas del pasillo la acompañaba hasta llegar junto al antiguo catre donde el anciano estaba cubierto por un edredón. Al levantarlo hacia atrás, un esqueleto de cuencas vacías y espeluznante sonrisa se le venía encima junto a una carcajada de horror.

Cada noche, Silvia despertaba entre gritos y convulsiones.

Por eso, incapaz de seguir dentro de ese oscuro y estrecho agujero que era para ella la melancolía, decidió que lo mejor que podía hacer era comenzar de nuevo. Cuando fue su turno de lanzar un puñado de tierra sobre la cubierta del féretro de don Ernesto Schmied, tomó una determinación que luego llevó a la práctica. Era su deber regalarse una mejor vida, lo que en su caso implicaba redecorar la enorme casona donde residía. Generar un nuevo ambiente, que no le recordara a cada paso a los dos fallecidos que ahora dormían su sueño eterno, era la mejor solución para exorcizar los fantasmas que no le permitían vivir en paz.

—Consigue cajas de cartón —ordenó a Elvira apenas llegaron del funeral—. Cuando las tengas, sube a mi recámara.

Abrió las dos puertas del ropero y se quedó mirando la ropa de Walter que repetía la imagen de su marido en cada uno de los ganchos. El inconfundible olor a colonia inglesa, que ella siempre se encargó de tenerle en el baño para que se aplicara después de cada afeitada, la envolvió en un doloroso abrazo que la lanzó de bruces al pasado. Al día en que todo comenzó: cuando ella y ese atractivo joven estanciero se vieron por primera vez, en un paseo a Puerto Chacabuco. Luego vino la ceremonia religiosa para la cual Silvia se vistió de princesa y se convirtió, al menos por un par de horas, en la mujer más importante del pueblo. Más tarde, el nacimiento de Egon llenó de juguetes y llantos infantiles los rincones del enorme caserón, y le regaló una nueva razón para despertar cada mañana. Los diferentes momentos que daban pie a su historia personal se esfumaron junto con la fragancia, que terminó de evaporar cualquier duda que hubiese podido tener en relación con lo que estaba próxima a realizar.

Lo primero que sacó del armario fue la bufanda favorita de Walter, la misma que lo acompañó cada vez que salía al frío exterior y la que encontraron abandonada en mitad de bosque cuando se accidentó. Luego siguió con las camisas, todas de grueso algodón y las cuadriculadas en tonos rojos y verdes. Cuando Elvira entró al dormitorio, llevando un par de cajas de cartón, se encontró con un alto cerro de ropa masculina sobre la cama y una desconsolada Silvia que respiraba jadeante frente al ropero medio vacío.

Un nuevo trueno sacudió con fuerza la casa e hizo tintinear la lámpara que pendía sobre sus cabezas. Ambas mujeres supieron que la dirección del viento había cambiado de improviso, pues una ráfaga de lluvia y aire se estrelló contra los cristales de la ventana deformando lo poco que se apreciaba del paisaje.

—Dobla y mete todo dentro de las cajas —susurró la mujer—, que lo vamos a mandar a algún albergue en Puerto Montt. Ya no lo quiero aquí.

Elvira asintió y comenzó a hacer lo que su patrona le ordenó, sabiendo que ambas hacían lo correcto. La mejor manera de comenzar un duelo era ayudar al corazón a reponerse lo antes posible de la pérdida. Ya le tocaría a ella subir al ático y hacer lo mismo con las pertenencias y las prendas de don Ernesto.

La cocinera fue separando los pantalones en un montón, los suéteres en otro. Hizo lo mismo con las camisetas, los calcetines, la ropa interior y los zapatos. Dobló las chaquetas del difunto, volteándolas de adentro hacia fuera para proteger la tela. De pronto, una de sus manos palpó un objeto al interior del bolsillo de uno de los sacos. Supuso que se trataba de un trozo de cartón, por lo duro y poco flexible que le pareció al contacto. Al meter sus dedos en aquel doblez del forro, extrajo un cuaderno de tapas duras y corroídas por el tiempo. Un costurón mantenía en sus sitio las páginas amarillentas y llenas de palabras. Sabiendo que podía tratarse de algo importante, Elvira leyó la primera hoja: "Diario de vida de Benedicto Mohr", decía en perfecta y ordenada caligrafía. Junto al nombre estaba escrito el año de "1953".

Veloz, sin que Silvia notara lo que hacía, se echó la libreta al bolsillo del delantal. Estaba segura de haber escuchado a Fabián hablar de un tal Benedicto Mohr, en una de esas misteriosas conversaciones que tenía con la forastera de cabellos rojos y el chofer de la Biblioteca móvil. Tal vez podría serles de utilidad leer el contenido de ese cuaderno que por alguna razón el difunto dueño de esa casa había mantenido bien escondido al fondo de su ropero.

Un par de horas más tarde, cuando la noche ya se había echado sobre el pueblo y la lluvia continuaba cayendo, Elvira bajó al primer piso cargando las cajas repletas de ropa de Walter Schmied. Se sorprendió al encontrar a Fabián echándole leña a la enorme cocina esmaltada. El calor de las hornillas encendidas luchaba por imponerse sobre el frío implacable que se colaba por las rendijas de las ventanas y por debajo de la puerta de servicio. La mujer se acercó a su hijo, que aún tenía los ojos brillantes de lágrimas retenidas y la mirada fija en las llamas que bailaban al otro lado del vidrio templado de la puerta de la estufa. Le puso la mano en el hombro y se sorprendió de lo helada que se sentía su piel a través de la ropa.

—Todavía no puedo creer que se haya ido —musitó Fabián en un hilo de voz.

—Don Ernesto está mucho mejor ahora —le contestó, sin sonar demasiado convencida de sus propias palabras.

El muchacho chasqueó la lengua al interior de la boca y siguió inmóvil en su posición frente a la estufa. Elvira aprovechó para ponerle el viejo cuaderno sobre las piernas. De inmediato, Fabián bajó la vista.

—¿Qué es esto? —preguntó.

—Averígualo tú mismo —dijo su madre alzando la tapa de una de las ollas que humeaba sobre la lumbre y que esparció en un segundo su fragante aroma a papas guisadas en cebolla dulce.

Abrió la libreta al azar y le bastó leer aquella hoja para levantarse como un resorte de la silla. Los enormes ojos oscuros del muchacho se llenaron de preguntas. Apenas tuvo tiempo de echarse encima su grueso chaquetón de lana y de guardar la libreta para que no se mojara con la lluvia que no daba tregua al otro lado de la puerta. Sin despedirse de Elvira, se echó a correr bajo el aguacero que atronaba contra las tejas de alerce. Enfiló rumbo a casa de

Rosa, sorteando en la oscuridad de esa noche sin luna los enormes charcos de barro y hielo que minaban el camino. En su mente, repetía una y otra vez la primera frase leída en aquella amarillenta página que, estaba seguro, iba a cambiar el rumbo de la sus pesquisas: *"Estoy decidido a encontrar el verdadero origen de aquella mujer llamada Rayén en Lickan Muckar, o dejo de llamarme Benedicto Mohr".*

4
Una recién llegada

—No, Patricia, no voy a irme ahora a Santiago. No voy a hacer ese viaje de noche.

—¿Y cuándo, entonces? Con tu hermano renté un auto en Puerto Montt y hay que devolverlo lo antes posible. Cada día que pasa la deuda aumenta.

—Lo siento, pero todavía tengo muchas cosas que hacer aquí.

—¡Ángela, tu mamá te está esperando! No te imaginas lo furiosa que se puso cuando descubrió que le habías mentido.

—Si le mentí, fue sólo para poder venir a salvarte. ¿O acaso ya se te olvidó?

Patricia hizo una pausa en la discusión para buscar en su mente un nuevo argumento. Con su respuesta, su amiga había logrado enviarla directo a un callejón sin salida. Era un golpe bajo: efectivamente, ella era la responsable de que las dos estuvieran en Almahue, y seguir insistiendo en ese tema sólo iba a darle más autoridad a Ángela para dejarla sin nada que contestar.

Probó entonces otra ofensiva:

—Dame una buena razón para seguir aquí y no volver a tu casa —lanzó, dándole un giro a la conversación.

—¡Ay, Patricia!, ¿de verdad quieres seguir discutiendo?

La muchacha sonrió, satisfecha: era obvio que su compañera de curso no tenía una respuesta sólida frente al hecho de por qué pretendía seguir instalada en ese pueblo perdido en el fin del mundo. Y ésa era una debilidad que no estaba dispuesta a dejar pasar.

—Primero decidiste quedarte en Almahue por Fabián. Después, por la muerte de ese viejo…

—¿Viejo? ¡Se llama Ernesto! ¡Ernesto Schmied! —exclamó Ángela, molesta—. Un poco de respeto, por favor. ¡¿Qué te pasa…?!

—Pasa que le hice una promesa a tu mamá, Ángela. Y déjame decirte algo. En estos momentos, ella confía más en mí que en ti. Me lo confesó.

Patricia volvió a suspender su agresivo ataque porque una sincera emoción le apretó el pecho y le enmudeció la boca con el dulce sabor de saberse apreciada. *¡Qué bueno que estás aquí, Patricia! ¡Qué alivio más grande saber que cuento contigo…!* Recordó las palabras de Cecilia, en la puerta de su casa en Santiago, cuando fue a verla con la difícil misión de justificar la mentira de Ángela y con su poco convincente explicación para que le autorizara a quedarse en Almahue. Y para su sorpresa, muy pocas personas la habían hecho sentirse tan importante. Casi nadie había valorado tanto su palabra. Por lo mismo, tenía una deuda de honor con esa mujer que lo único que estaba pidiendo era volver a ver, y pronto, a su hija menor. Si ella tuviera una madre así de cariñosa y preocupada, nunca la haría pasar por una situación similar. Jamás le mentiría. Y, mucho menos, reemplazaría su cariño de madre por el amor de un hombre. Sobre todo si ese hombre era Fabián, el tipo más desagradable, huraño y desconfiado que había conocido en su vida.

Desde la cocina de Rosa, donde ambas estaban discutiendo, escucharon los insistentes golpes en la puerta. Ángela se puso en marcha de inmediato: reconoció la urgencia de Fabián en aquel repentino llamado que cortó su pelea con Patricia. Mientras atravesaba el oscuro pasillo rumbo a la entrada principal, seguida de cerca por las pisaditas inseparables de Azabache, pensó que algo se había roto entre ella y su amiga. Había algo nuevo en su mirada, en el tono de su voz, en el gesto agresivo de su rostro, que le provocaba una inevitable y dolorosa desconfianza. ¿Qué les estaba pasando? No era capaz de recordar un solo momento, en su larga historia compartida con Patricia, donde la continuidad de su amistad hubiese estado en juego.

Al abrir, la empapada silueta de Fabián se dibujó en el marco de la puerta. Tras él, una gruesa cortina de agua impedía apreciar la calle o el trozo de acera donde el muchacho se alzaba, con la respiración jadeante y los ojos muy abiertos.

—¡Necesito que veas algo! —fue todo lo que dijo antes de entrar corriendo al interior de la residencia.

Ángela lo llevó a su dormitorio, donde le echó encima una mullida toalla con la cual Fabián se secó la cara, el pelo, y parte del pecho. Con sumo cuidado, extrajo del bolsillo delantero de sus pantalones la libreta de Benedicto Mohr, que le extendió a la joven.

—¿Qué es esto? —preguntó ella al recibirla.

No fue necesario que le contestara. Apenas abrió la libreta, sintió que la sangre se le helaba en las venas y que el corazón se le trepaba hasta la garganta: *"Estoy decidido a encontrar el verdadero origen de aquella mujer llamada Rayén en Lickan Muckar o dejo de llamarme Benedicto Mohr".*

Miró a Fabián con ojos desorbitados.

—¡¿Dónde...?! ¡¿Cómo...?! —quiso saber, sin atinar por dónde comenzar a hacer la pregunta.

—Mi mamá lo encontró escondido entre la ropa de don Walter.

—¿Y por qué Walter Schmied tenía escondido el diario de Benedicto Mohr? —exclamó ella.

—No lo sé. Tal vez se conocieron en persona cuando Walter era Karl Wilhelm, o alguno de esos otros tipos que cambian de cuerpo... ¡Qué sé yo, ya no entiendo nada! —se quejó Fabián, algo frustrado de no poder ofrecer ninguna explicación convincente.

—¿Y ya lo leíste?

—No. Me lo acaba de entregar. Y lo primero que hice fue traértelo, porque estaba seguro que te iba interesar.

Por respuesta, Ángela avanzó hacia Fabián y le pasó los brazos por detrás del cuello. Pegó su cuerpo a ese otro cuerpo húmedo, que ya estaba aprendiendo a conocer tan bien. Sin decir una sola palabra de agradecimiento, buscó sus labios y le regaló un beso que él celebró, primero con sorpresa y luego con entusiasmo. Inesperadamente, Patricia entró al cuarto. Frenó en seco en el umbral de la puerta al verlos abrazados y endureció aún más su gesto de molestia.

—Ángela, tú y yo tenemos una conversación pendiente —dijo, intentando disimular un aleteo de envidia que crecía y parecía salir a través de los ojos. Si tan sólo ella pudiera demostrar así sus afectos...

—No hay nada que discutir —contestó su amiga separándose de Fabián y acercándose a la recién llegada—. No voy a moverme de Almahue.

—¡Pero tu mamá se va a querer morir cuando lo sepa!

—Lo sé. Pero yo hablaré con ella. En este momento, esto es mucho más importante —respondió, y sacudió el cuaderno del explorador frente a su cara.

Patricia supo que era inútil seguir insistiendo: lo confirmó en las pupilas de su amiga, que brillaban de un modo que jamás había visto. Sin que pudiera hacer nada por evitarlo, esa conocida y terrible sensación de no pertenecer a nadie, ni a ningún lugar, volvió a instalarse dentro de su pecho. La recordaba a la perfección desde su niñez, cuando sus padres la enviaron desde Concepción a Santiago a vivir con su abuela, para así tener mayor libertad de criar a sus hijos más pequeños. Lloró semanas enteras extrañando su dormitorio y haciendo esfuerzos por acostumbrarse al olor a humedad y decrepitud que dormía con ella en su nueva casa. Durante mucho tiempo buscó una amiga que le fuera incondicional por más de una semana. Su regalo de cumpleaños a los trece fue conocer a Ángela Gálvez y, gracias a ella, haber sido capaz de erradicar de su vida la impresión de sentirse siempre fuera de sitio y del alcance de los afectos de los demás. Hasta ahora, que había sido reemplazada sin aviso por Fabián, un tipo que, a pesar de haberla rescatado del sótano donde ese sicópata la tenía secuestrada, nunca había demostrado el menor aprecio por ella.

Sintió que los ojos se le llenaban de lágrimas, pero no supo si era de rabia o tristeza. Y no pretendía quedarse ahí, frente a su ex amiga, a descubrirlo. Antes de que alguno de los dos pudiera impedírselo, Patricia salió corriendo fuera del dormitorio. Rescató de la cocina su abrigo, que se echó encima rumbo a la salida. Al abrir, un golpetazo de frío y agua le dio en el rostro y se mezcló con las gotas que ya mojaban sus mejillas desde antes de abrir la puerta.

¿Qué iba a hacer con lo que su corazón estaba comenzando a sentir? Le dio miedo confesarse a sí misma que era la hora de confrontar sus propios sentimientos. Quizá la mejor solución era escapar una vez más, dejar todas las preguntas sin respuestas y evitarse el mal trago de una despedida que se anticipaba dolorosa.

Revisó sus bolsillos: aún conservaba las llaves del auto que ella y Mauricio habían rentado en Puerto Montt. Era cosa de subirse, encender el motor, meter la primera velocidad... y acelerar. Sólo acelerar, sin pensar en todo lo que iba a dejar atrás. Acelerar hasta que el llanto también fuera un recuerdo. Acelerar hasta conseguir que la traición de Ángela dejara de doler tanto. Acelerar hasta que su corazón se cansara de exigirle tantas definiciones.

Iba a echarse a correr rumbo al vehículo, cuando un súbito olor a azufre la paralizó. A pesar del intenso aroma a tierra mojada que se desprendía del suelo, una ráfaga pestilente a pantano o cañería se abrió paso hacia ella, le confundió las ideas y la dejó desorientada en mitad de la calle y de la noche. Al girar alcanzó a ver, a la luz de un relámpago que rajó en dos la oscura bóveda sobre su cabeza, la figura de una menuda joven, de intensos ojos color miel, de alborotado cabello que ni la lluvia parecía domar, y un breve vestido que dejaba a la vista sus torneados muslos. Desde su sitio la miró unos instantes en silencio, inmóvil en medio del remolino de gotas y oscuridad que parecía acompañar a la inesperada visitante.

—¡Por favor, necesito ayuda...! ¿Tú sabes dónde podría pasar la noche...? —preguntó Rayén, con su mejor y más hipócrita expresión de falsa angustia. Y se quedó ahí esperando la respuesta, satisfecha de haber puesto en marcha su plan.

5
Desde el ático

Pasó la palma de la mano sobre la sábana recién planchada, y pudo sentir cada uno de los sedosos hilos que la conformaban en las yemas de sus dedos. Luego, inhaló hondo el aroma a lavanda y almidón que se desprendía de las plumas de ganso del cobertor y también de las dos almohadas donde debía reposar su cabeza. Llevó la mirada hacia el fuego al interior de la estufa salamandra, recién alimentada con leños secos, y gracias a ese baile de flamas rojas y amarillas que llenó de sombras movedizas las paredes del ático recordó la fogata de la cueva donde durante tantos inviernos se protegió en el bosque.

"Estúpidos", pensó Rayén. "Qué ilusos y fáciles de engañar resultaron." Como si todas esas comodidades que se esforzaron en brindarle hicieran alguna diferencia con ella. Con sólo esbozar una tímida sonrisa les había hecho creer que sus atenciones iban a tranquilizar su alma supuestamente atormentada. ¡Qué saben ellos de sobrevivencia! ¡Cómo pueden siquiera imaginar lo que he tenido que vivir para llegar a ese preciso instante!

Estiró su cuerpo en la cama y se quedó unos instantes mirando el techo, cruzado por vigas de madera barnizadas desde donde colgaba una hermosa lámpara de pantalla de cristal opaco. A lo lejos escuchó el aleteo desordenado de pájaros que, a pesar de la oscuridad, probablemente escapaban de la lluvia que no les daba respiro. Todo había salido perfecto. Tal vez más que eso: estaba acostada en el mismo lecho donde Ernesto Schmied había dejado de respirar un día antes, mientras una fragante taza de manzanilla y miel se enfriaba en la mesita de noche en espera de ser bebida para conseguir dulces sueños, y su cuerpo se entibiaba dentro de una elegante camisón que Silvia Poblete le ofreció luego de buscar en sus cajones personales.

El primer paso de su plan se cumplió con estricto rigor: el gran maestro iba a estar muy satisfecho cuando fuera su turno de ponerlo al día sobre su desempeño, allá en Lickan Muckar.

Había sido una gran decisión la de salir al encuentro de la amiga de la forastera, en mitad de la noche, amparada por esa tormenta que parecía no tener fin y que ya comenzaba a enloquecer a los lugareños. Le bastó simular una mueca de angustia y pronunciar apenas dos palabras claves —"necesito ayuda"— para que todo se pusiera en marcha: tal como lo deseaba. Patricia había llamado a gritos a Ángela que salió del interior de la casa de Rosa acompañada por Fabián.

—¡Dice que necesita ayuda! —exclamó la joven señalando a Rayén que chorreaba agua en mitad de la calle.

De inmediato, la pasaron a la cocina, que era la habitación más temperada de toda la vivienda. Una vez ahí, Ángela fue en busca de un par de toallas para secarla, mientras Patricia se dedicó a improvisar una comida caliente que fuera capaz de reanimarla y así detener el escalofrío que le sacudía todas sus extremidades. Azabache fue el único que no recibió con cordialidad a la recién llegada: para sorpresa de todos, apenas la vio ingresar por la puerta, retrocedió en posición de alerta y abrió el hocico mostrando sus puntiagudos y filosos dientes. Por más que hicieron el intento de sacarlo de la cocina para impedir que siguiera maullando en torno a la silla donde Rayén estaba sentada, nadie fue capaz de evitar que el gato lanzara un par de violentos zarpazos al aire, con uñas por delante, en una actitud completamente inusitada en él.

—Tienes que disculparlo —pidió Fabián haciendo el inútil empeño de empujar al animal hacia el pasillo—. No sé qué le pasa. Nunca antes se había portado así.

Rayén se incorporó en la cama, interrumpiendo por un instante el recuerdo de lo que había sucedido a su llegada a la casa de Rosa. Fabián bien merecía una reflexión especial. Era, indudablemente, un muchacho apuesto que provocaba un efecto tan reconfortante como misterioso en los que lo rodeaban. Podía entender que la forastera se hubiera enamorado de él a simple vista. El amor era un problema que sólo enturbiaba sus planes. Por lo mismo, había que aniquilarlo. Lanzar a todos a las aguas del malamor y que ahí aprendieran a nadar en el desconsuelo, tal como ella debió hacer tantos años atrás. Por eso el romance entre Ángela y Fabián tenía que llegar a su fin, mucho antes de lo que todos imaginaban. Se encargaría personalmente de provocar el rompimiento entre ellos apenas el sol volviera a despuntar al otro lado de la cordillera.

Se puso de pie y caminó un par de pasos hacia el escritorio donde tantas veces se sentó Ernesto Schmied mientras estuvo con vida. Alzó y bajó la cortinilla que como un acordeón de madera cubría el área de gavetas. Podía sentir su presencia en cada uno de los objetos de ese cuarto: en el olor a cuero de los libros que descansaban en una repisa; en el bastón de brillante empuñadura que yacía olvidado en una esquina; en la colección de bolígrafos y plumas alineados sobre el tapete verde de la superficie. Cerró los ojos, abrumada por los malditos sentimientos que, de vez en cuando, le jugaban malas pasadas. Estaba segura que volvería a amar a Ernesto con la misma entrega y devoción si la vida le permitiera revivir su historia. Y concluyó que también sería capaz de maldecir nuevamente al pueblo y a todos sus habitantes si él le rompiera el corazón una vez más.

El amor debía ser castigado con máxima dureza. Ése era un hecho irrefutable.

Recordó cómo, sólo un par de horas antes, provocó en Fabián el nacimiento de una idea que necesitaba que él planteara en voz alta para que así su objetivo se llevara a cabo. Fue muy simple: bastó hacer contacto con sus ojos y mantener la mirada unos instantes, en un intenso duelo de pupilas que ocasionó una ligera picazón en los párpados del muchacho. Sin que él se diera cuenta, murmuró casi sin despegar los labios la pregunta precisa que Fabián, de inmediato, repitió sin saber por qué la hacía:

—¿Y si le peguntamos a la señora Silvia si puede dormir esta noche en el cuarto que era de don Ernesto?

—Ésa es una estupenda idea —lo respaldó Ángela mientras frotaba a Rayén con una toalla, para hacerla entrar en calor, y mantenía a raya a Azabache que aún daba la pelea por acercarse y lanzar un arañazo furioso a la visitante.

El gato sólo consiguió calmarse cuando Rosa entró a la cocina. Sin decirle una sola palabra a ninguno de los presentes, atravesó el lugar rumbo a la mesa central, donde descansaba una jarra cubierta por un trozo de tela. Vertió un poco del contenido en un vaso que le extendió a Ángela, muy seria.

—¿Acaso no tienes ganas de que cicatricen tus heridas del cuello? —dijo con reproche—. Te advertí que debías beberlo cuatro veces al día.

La joven, algo confundida por la actitud de la ciega, bebió de un trago el líquido que le llenó de olores y sabores las vías respiratorias y su camino hacia el estómago.

Una vez que no quedó ni una gota dentro del vaso, se lo quitó de las manos y lo dejó dentro del lavaplatos. Regresó hacia la puerta de la cocina. Antes de salir, murmuró con toda la intención de ser oída:

—Están cometiendo un grave error.

Rayén sólo esbozó una sonrisa. La presencia de Rosa era una prueba difícil de vencer dentro de esa casa. Y, al parecer, había sorteado con éxito el primer encuentro.

Ángela, cada vez más confundida con la manera de actuar de la dueña de la casa, miró a Fabián en busca de apoyo y respuestas, pero él parecía no haber escuchado nada. El muchacho, que pestañeaba más rápido de lo normal y mantenía la vista fija en el menudo cuerpo de la recién llegada, ajeno a todo lo que sucedía a su alrededor, repitió nuevamente con voz algo monótona y sin inflexiones:

—¿Y si le peguntamos a la señora Silvia si puede dormir esta noche en el cuarto que era de don Ernesto?

A partir de ese momento, el resto de la noche se desencadenó de la manera más previsible. Un suceso empujó al siguiente y en menos tiempo del que hubiera esperado, Rayén se encontró de pie en el elegante lobby de acceso de la residencia de los Schmied, protegida por el fino papel tapiz de los muros y la mullida alfombra que acolchonó sus pasos. La misma dueña de la casa bajó la escalera envuelta en una gruesa bata, el cabello firmemente sujeto tras su nuca, y una expresión de angustia en la mirada.

—Me dicen que no tienes dónde dormir esta noche —exclamó antes de terminar de recorrer los escalones desde el segundo piso—. ¿Qué fue lo que pasó? ¿Está lastimada? ¿Alguien le hizo daño? —preguntó sin pausa mirando a Fabián y Ángela, que habían acompañado a la desconocida.

Rayén se limitó a bajar la vista, paseando la mirada por el labrado diseño de marquetería del parquet de encina del recibidor. Su estudiado silencio —sólo interrumpido por el alto y delgado reloj de péndulo que anunció la medianoche a golpe de doce tañidos— provocó que la mujer se alterara aún más, echando a correr su imaginación poblada de temores y pesadillas. Tal como debía ocurrir.

—No podemos olvidarnos que hay un ser muy malvado suelto por ahí, que secuestra muchachas desconocidas —dijo Silvia llevándose una mano al corazón al tiempo que un estremecimiento de pánico le recorría la espalda—. Tu amiga... ¿cómo se llama ella? ¿Patricia? Bueno, ella vivió hace muy poco y en carne propia las atrocidades de ese monstruo —volvió a la carga mirando a Rayén, quien permaneció en silencio—. ¿Tú también estuviste en peligro? ¿Es eso...? ¡Dios santo, quién sabe qué pesadilla acaba de vivir esta pobre muchacha!

Despertaron a Elvira que fue rápidamente puesta al tanto de lo sucedido. Sin que nadie se lo pidiera, subió al tercer piso y con gran eficiencia y rapidez acomodó todo en el cuarto de don Ernesto para recibir a la inesperada huésped que les había interrumpido la noche y el descanso. Tuvo incluso la delicadeza de prepararle un té de manzanilla con miel a esa muchacha de cabellos rebeldes y penetrantes ojos de almendra, para favorecerle el descanso. Eligió el mejor juego de sábanas para la cama y esponjó las mismas almohadas que hasta hace tan poco sostenían y velaban el sueño del anciano patriarca de la familia. Si su patrona tenía razón, esa joven debía haber vivido aterradoras experiencias que era necesario ayudarla a olvidar, y nada mejor que esos pequeños detalles domésticos para aliviar un alma acongojada. Por lo visto, cosas terribles estaban sucediendo en Almahue. A primera hora, ella misma llamaría al teniente Orellana para que viniera a tomarle declaración. Si un desequilibrado lunático raptaba y atormentaba a mujeres desconocidas, era hora de que lo encerraran y le dieran una condena de por vida.

Rayén decidió que ya no valía la pena seguir recordando cada uno de los eventos que la dejaron exactamente donde quería estar: bajo el techo de la misma familia que provocó su mayor tragedia. Fueron ellos, los Schmied, los que impidieron que Ernesto pudiera desposarla en el lejano verano de aquel lejano 1939. Fueron ellos los que desgraciaron su vida y la condenaron a vivir en el infierno de la desesperanza. Fueron ellos los que, protegidos por sus muebles de caoba, sus alfombras persas y sus ropajes de gruesas y costosas telas, consideraron que ella era simplemente una salvaje que merecía el desprecio y el olvido.

Y ella no olvida. No olvida nunca.

Por lo mismo, no pensaba moverse de ese ático en varios días: los necesarios para separar a Fabián de Ángela, borrar a Almahue del mapa, y partir rumbo a Lickan Muckar con un nuevo cautivo que ofrecer en sacrificio al gran maestro.

Se acercó a la claraboya, cuyo vidrio escurría a causa de la lluvia que ella misma había provocado. Ancló con firmeza los pies desnudos contra los tablones del suelo. Cerró los ojos y dejó caer los brazos a cada lado de su cuerpo. Inhaló profundo y soltó un aire tibio por la boca, que de inmediato empañó la ventana y sacudió las cortinas. Su cuerpo comenzó a vibrar, hacia delante, hacia atrás, difuminando sus propios límites y confundiéndose por un segundo con las sombras angulosas que se creaban en las esquinas de los muros.

De pronto, un furioso relámpago, concebido por ella, iluminó la noche y recortó la silueta del enorme árbol de la plaza contra el cielo encapotado. Rayén dejó la vista fija en las ramas superiores, sintiendo cómo sus pupilas se abrían paso en la oscuridad hasta entrar en contacto con el follaje. No necesitó ver para intuir que a partir de ese momento el reluciente verde de algunas hojas empezaba a ser reemplazado por un opaco café de otoño. Al instante, un breve pero intenso temblor estremeció la casa e hizo tintinear los cristales de las lámparas. Escuchó algunos gritos al otro lado de la ventana: eran los asustados habitantes del pueblo que, a pesar de la tormenta, habían salido a la calle alterados por el fugaz y poderoso temblor.

Un movimiento de tierra tan escueto e inofensivo que no hacía presagiar en nada el gran cataclismo que estaba próximo a llegar.

Satisfecha por todo lo que había conseguido, Rayén dejó de mover su cuerpo. Despegó los pies del suelo, dejando sus huellas dibujadas en carbón sobre los tablones de madera. Regresó a la cama, que de inmediato se entibió al contacto con su piel ardiente, con la certeza de que nadie sospechaba el origen de su verdadera identidad, lo cual le ayudaría a prolongar al máximo su mentira. Cerró los ojos. Lo último que escuchó fueron las carreras de algunos vecinos que chapoteaban en el barro buscando protección en caso de que una réplica aún mayor sacudiera a Almahue. "Pobres infelices", dijo con desprecio en un suspiro antes de dejarse llevar por las vicisitudes de un sueño de amores imposibles, con olor a lavanda y almidón.

6
Leer antes de dormir

Ángela se metió de un salto bajo el grueso cobertor de lana. Como ya era su costumbre, acomodó los almohadones tras la cabeza, movió con energía los pies hasta calentar las sábanas, y buscó la mejor posición en la cama para empezar a leer. Sobre la mesita de noche reposaba el diario de Benedicto Mohr, que estaba dispuesta a devorarse desde la primera hasta la última página. Estiró la mano y tomó la libreta entre sus dedos. En ese mismo instante, la cama dio un pequeño salto que la elevó del suelo unos centímetros, y un polvillo de yeso y cal se desprendió desde el techo.

—Un temblor... —la joven se incorporó veloz sobre el colchón, alerta al devenir de la situación.

De un barrido de ojos comprobó que su mochila estaba junto a la puerta, sus zapatos a mano derecha, su abrigo descansaba sobre una silla y un paraguas esperaba ser desplegado. Tenía todo lo adecuado para escapar hacia la calle si era necesario. Eso la tranquilizó.

Escuchó a lo lejos algunos gritos y lamentaciones de los vecinos que, con el pasar de los minutos, se fueron apagando. Lo que no se aplacó fue el golpeteo monótono de la lluvia sobre las tejas. Sabía que tendría que acostumbrarse al incesante repiqueteo del agua saltando sobre el tejado y escurriendo por los muros exteriores hasta convertir en verdaderos ríos de lodo las calles de tierra de Almahue.

Por lo visto, los movimientos de tierra habían regresado. Era un hecho peculiar, considerando que el árbol de la plaza había reverdecido por completo aboliendo la maldición que pendía sobre el pueblo.

Durante unos instantes dudó si levantarse o no a ver cómo se encontraban Patricia y Mauricio, alojados en otros cuartos de la casa, pero renunció a la idea al ver que ninguno de los dos dio señales de necesitar ayuda o incluso de estar despiertos. Tampoco tenía intenciones de despertar a Rosa para corroborar su estado, considerando la actitud algo hostil de la ciega en la cocina. ¿Estaría acaso molesta por la invasión de desconocidos en su hogar, antes tan silencioso y plácido?

Entonces pensó en la misteriosa muchacha que su amiga había encontrado un par de horas antes. ¿Tendría ella miedo a los temblores? Reflexionó en que nunca les dijo su nombre ni tampoco les contó qué fue lo que le sucedió para terminar en mitad de la noche, sola bajo la tormenta en un pueblo desconocido, pidiendo ayuda a gritos al primero que cruzara por su camino. Era un hecho curioso, por decir lo menos. Además, había algo en aquel rostro que se le hacía conocido, como si eso rasgos y facciones los hubiera visto antes en alguna parte. Sin embargo, estaba segura que era la primera vez que estaba cara a cara con ella.

Fue incapaz de borrar de su mente el recuerdo de Patricia esposada a la húmeda pared de piedra del sótano. ¿Habría vivido algo similar la silenciosa joven que dormía ahora en casa de los Schmied? Si eso era cierto, entonces otros seres similares a Walter andaban por ahí a la caza de forasteros. ¿Por qué? ¿Con qué fin?

De pronto, un breve temblor sacudió otra vez el colchón y sintió un repentino peso sobre sus piernas. Aterrada de que un nuevo terremoto azotara la zona, alzó la vista y con alivio se encontró con los ojos de Azabache, mirándola desde el final de la cama. El animal buscó un lugar cómodo junto a sus pies y se echó sobre el cobertor.

—Miren quién va a dormir conmigo esta noche —murmuró Ángela acariciándole el lomo—. ¿Se puede saber por qué fuiste tan grosero y agresivo con esa muchacha allá en la cocina?

El gato entrecerró los ojos, convirtiendo sus pupilas en dos tajos amarillos que destacaron nítidos contra el negro de su pelaje. Ronroneó unos instantes y apoyó la cabeza junto a sus patas delanteras mirando sin pestañar la puerta cerrada del cuarto.

Entonces Ángela se acomodó contra los almohadones y recuperó el diario de Benedicto Mohr. No pudo evitar un estremecimiento de amargura al pensar que conoció al autor de esas páginas reducido a un triste esqueleto olvidado al interior de una cueva en lo más profundo del bosque. Volvió a ver la perturbadora imagen de los fémures y peronés asomados bajo un abrigo de cuero en mal estado, y la boca desdentada de la calavera que parecía sonreírle desde el suelo.

Sacudió la cabeza, intentando suprimir de su mente aquellos desagradables recuerdos.

Antes de abrir la libreta le envió un beso a su enamorado, que imaginó durmiendo en aquella estrecha e incómoda habitación que tenía en casa de los Schmied. Por alguna razón sintió una punzada de recelo al saberlo tan cerca de aquella joven de piel dorada y ojos que no era posible dejar de admirar. Decidió que se levantaría a primera hora para estar allá temprano y acompañar a Fabián desde el momento preciso en que él se despertara. Ésa era una buena idea.

Más tranquila, por fin posó sus ojos en la primera línea de la primera página. Nunca sospechó que en ese mismo instante, sólo un par de calles más arriba, la responsable de todos los males de Almahue se recostaba en su lecho de fragantes sábanas y hacía planes para terminar con su vida. De manera inconsciente, Ángela se llevó la mano al cuello, donde sus heridas ya estaban prácticamente cicatrizadas gracias a los ungüentos y brebajes de

Rosa. Sin embargo, un ligero y renovado ardor en la zona la hizo fruncir el ceño, pero no la detuvo en su propósito. Convencida de que nada ni nadie impediría su lectura de esa noche, se entregó a la caligrafía del explorador y, junto a ella, comenzó a retroceder en el tiempo.

7
Mayo, 1953

Miércoles 13 de mayo de 1953:
Estoy decidido a encontrar el verdadero origen de aquella mujer llamada Rayén en Lickan Muckar, o dejo de llamarme Benedicto Mohr. Y lo aseguro con toda la convicción de mi carácter.

No ha sido fácil seguirle el rumbo. Es hábil y sabe desaparecer cuando logro descubrir sus pasos. Sin embargo, y para su desgracia, la furia de su carácter y el poderío de su destrucción es la mejor manera de rastrear su trayectoria. Mi primer acercamiento a ella este año ocurrió la noche del 31 de enero, cuando recibí un cable de la base naval ubicada en la desembocadura del río Rin, en el mar del Norte. Se me informaba que una trágica combinación de adversas circunstancias climatológicas comenzaban a provocar estragos en las provincias de Zelanda y Holanda Meridional. De inmediato me di a la tarea de conseguir comunicación con esa zona de los Países Bajos. A través de una radio de onda corta pude hablar con un guardiamarina, que me explicó que el desastre comenzó por culpa de una borrasca formada al sur de Islandia, que muy pronto se convirtió en huracán. Al mismo tiempo, una inusual marea alta se encontró sin que nadie pudiera preverlo con la tormenta. Eso hizo que el nivel del mar se elevara en casi cinco metros con respecto a su altura promedio, algo nunca visto hasta ese momento. Los diques de la zona del Delta fueron incapaces de contener la monumental cantidad de agua enfurecida, y terminaron por vencerse bajo la potencia de las olas y las corrientes marinas. ¿El resultado? Casi dos mil muertos y gran parte del continente e islas costeras completamente inundadas.

La responsable de esa tragedia es ella, Rayén. Estoy completamente seguro.

Nadie asoció el inesperado y trágico desborde con la prolongada oscuridad que asoló la zona sólo una semana antes. Fue una extraña noche que se prolongó más de la cuenta, y que inquietó a algunos campesinos al no escuchar cantar a sus gallos esa mañana. A las pocas horas todos se olvidaron de las desconcertantes tinieblas. Todos, excepto yo.

Fue ella. Es obvio. Una de sus maneras de manifestarse es oscureciendo el cielo a su paso para evitar que el sol entibie la tierra y los entendidos descubran los restos de azufre que dejan sus pisadas. Pero a mí no me engaña.

He aprendido a leer en la naturaleza los signos que evidencian la presencia de Rayén, tal como sucedió hace un par de días en este lejano país llamado Chile donde ahora me encuentro. Ocurrió el 6 de mayo, hace una semana, para ser más exactos. Un violento temblor de tierra, que los expertos calificaron de 7.6 grados en la escala de Richter, azotó la zona centro-sur del territorio. El epicentro tuvo lugar en el pueblo de Cachapoal, en la provincia de Ñuble, a 87 kilómetros de Santiago. Nadie se extrañó del sismo (ésta es una tierra sísmica por naturaleza) y, a pesar de que murieron doce personas y más de cuarenta quedaron heridas, siete días después del evento ya nadie habla de él. Nadie, excepto yo.

El lunes previo al temblor, un extraño fenómeno tuvo lugar en Cachapoal: el gigantesco arrayán de la plaza central, que en invierno y verano luce verde y frondoso, amaneció seco. Yo me enteré leyendo el periódico de la zona, que consignó el hecho en primera plana. La totalidad de las hojas cayeron al suelo al mismo tiempo y, aunque parezca increíble, todas estaban amarillas. A mediodía del martes, la enorme estructura del tronco se inclinó hacia un costado, igual que un mástil al que alguien derriba de un hachazo. Hubo algunos gritos y maldiciones, puesto que su derrumbe amenazaba con cortar el tránsito de la calle principal del pueblo. Finalmente, el árbol se desplomó el miércoles a las 08:43 de la mañana. El enrejado de sus raíces salió a la superficie, levantando los adoquines de la plaza y partiendo el asfalto de las aceras. En el preciso instante en que el tronco se estrelló contra el suelo, comenzó el movimiento telúrico que provocó pánico en toda la zona.

¿Casualidad? No lo creo. Estoy seguro que no fue así. Ayer mismo me enteré que una gran cantidad de árboles murieron sin explicación alguna el mismo lunes 4 de mayo, como si el fuego los hubiera chamuscado. Una de las propiedades del azufre es quemar todo a su paso. Incluso entrevisté a un par de desafortunados agricultores, que vieron sucumbir todos sus frutales simultáneamente. Uno de ellos me dijo: "Las hojas quedaron achicharradas de un momento a otro. Y en la tierra, al lado del tronco, había montoncitos de sal gruesa".

Nota: idénticos montículos de sal gruesa fueron encontrados por los rescatistas de las provincias de Zelanda y Holanda Meridional luego de la violenta inundación, una vez que el agua regresó a su cauce normal. Lo anterior apareció en una nota de un periódico local, que van a enviarme por correo para mi archivo personal.

No necesito más pruebas para afirmar que esa mujer llamada Rayén está en Chile. ¿Dónde? Cerca, muy cerca.

Si lo que Stephen Boyle plantea en su libro Transmutación es correcto, en Lickan Muckar están sucediendo cosas muy, muy peligrosas, como los sacrificios humanos ofrecidos para aplacar la ira destructora del Gran Maestro o también llamado Decapitador. Recordar: Lickan Muckar significa "Lugar de Muertos" en idioma kunza. El kunza era hablado en la zona atacameña, antes de que a sus habitantes se les impusiera el aymara, el quechua y el español. Se extinguió a comienzos del siglo XX. Lo más destacado de dicho idioma es su falta de flexiones y la escasez de tiempos verbales. Para entenderlo, era de suma importancia la expresión corporal, principalmente de las manos.

¿Qué muertos moran en ese lugar perdido en medio del desierto de Atacama?

Lo mejor que puedo hacer es seguir investigando sobre Lickan Muckar. Lo curioso, es que casi nadie ha oído hablar sobre él en el país. Pero Boyle establece su ubicación a 1,700 kilómetros al norte de la capital. Llegar hasta allá no será fácil. A esa altura, Chile es en un peligroso desierto, el más seco del mundo, dicen los lugareños, y son pocos los que se aventuran a recorrer sus arenas.

Yo no tengo miedo. Para enfrentarme a lo desconocido, no requiero más que mi grueso abrigo, mi bolsa de cuero, un bolígrafo, mi inseparable lupa, mi pipa de madera y el paquete de tabaco que siempre procuro esté lleno. Esos mismos elementos me han acompañado durante todas mis travesías, y seguirán haciéndolo hasta el fin de mi existencia.

Necesito seguir leyendo más sobre el trabajo que Stephen Boyle hizo sobre la transmutación. Ésa es la mejor manera que tengo de entender realmente qué o quién es Rayén. He ido tomando diferentes notas de su libro. Aquí resumiré algunas:

Los experimentos que Boyle desarrolló los hizo por medio de diferentes procedimientos: por contacto con el fuego, el vitriolo, el vinagre y la destilación gota a gota. También perfeccionó preparaciones de hierro, de antimonio, plomo y mercurio, y plomo solo. Dedicó mucho tiempo a estudiar las variaciones del azufre y el ácido sulfúrico. Hizo investigaciones sobre amalgamas con mercurio, cobre, alumbre y sus diferentes usos, y diversos gases que emanaban de algunas piedras porosas. Todas estas pesquisas culminaron en su famosa "Teoría de las tres sustancias". Y ésta es la raíz primigenia y necesaria para crear cualquier cuerpo con sólo tres elementos: azufre, mercurio y sal.

Para Boyle, el azufre representa el fuego; el mercurio, el agua; la sal, la tierra. Es decir, la volatilidad, la fluidez, y la solidez. Y ésos son los tres pasos necesarios para transmutar de un estado a otro. El cuerpo en un primer momento pierde sus contornos, luego comienza a derretirse, y más tarde se condensa en algo nuevo. En otra cosa.

Por eso Rayén, y los que la acompañan en su peregrinaje, son tan peligrosos: porque contienen en sí mismos los poderes más implacables de la naturaleza. Son capaces de manipular el magma de las profundidades, los vientos de las alturas y las corrientes de los mares. De ese modo, dominan todo cuanto les rodea. Son invencibles. Inmortales. Y yo soy el único... ¡el único!... que sabe de su existencia. Qué honor. Y qué espanto.

Viernes 29 de mayo de 1953:
Estoy temblando. Son casi las tres de la madrugada y acabo de despertar luego de tener una extraña pesadilla. Es curioso, pues no soy el típico hombre que recuerda sus sueños. Mis noches, desde que tengo uso de memoria, son sólo los espacios donde el cuerpo descansa y el momento en que el constante parloteo de mi mente se suspende. Pero ahora fue distinto. Todo fue muy vívido. Por eso encendí la luz, para consignarlo en estas páginas:
A juzgar por la gran diversidad de especies arbóreas, el denso sotobosque que crecía formando una esponja húmeda y resbalosa, los diversos estratos de vegetación, el moho en los troncos de los árboles y el musgo que cubría las piedras, me hallaba dentro de un tipo de rainforest *o selva subtropical, cercano a uno de los polos de la tierra. Hacía frío. Mucho frío. A pesar de que yo andaba cubierto por mi abrigo de cuero, las bajas temperaturas traspasaban la tela impactando de lleno en mi piel que imaginaba azulada. Yo seguía avanzando, maravillado por la exuberante flora y la enorme variedad de hongos, todos propios de clima isotermo de abundantes precipitaciones durante el año. La belleza del lugar era un espectáculo que lograba quitarme el aliento.*
De pronto oí una risa femenina. Se parecía al ruido del agua al caer sobre más agua, o al de los guijarros al chocar entre ellos, pero a pesar de lo extraño que puede sonar tenía la certeza que se trataba de una risa femenina. El sonido traspasaba la enorme masa vegetal que me

rodeaba. Durante un momento las carcajadas se fueron acercando. Llegué incluso a sentir un aliento tibio cerca de mi oreja. Pero no había nadie junto a mí. Nadie. Aunque yo sabía que alguien había exhalado casi encima de mi oído.

El último tramo del camino resultó mucho menos fatigoso de lo que imaginé. El terreno bajo mis pies fue dejando atrás su pantanosa textura para convertirse en un suelo más firme y pedregoso en el cual mis botas avanzaban con facilidad. No fui capaz de calcular qué hora era. Había perdido la noción del tiempo.

Recuerdo que el sendero por el cual avanzaba terminó abruptamente contra lo que parecía una altísima pared cubierta también de musgo y hongos: de inmediato descubrí que se trataba de la elevada ladera de una montaña. La ausencia de luz solar y el exceso de vegetación me impedían abarcar sus verdaderas dimensiones y altura con un simple vistazo. Por lo visto la selva llegaba hasta el borde mismo de esa altísima cordillera.

Dispuesto a trepar dicha ladera para continuar mi camino una vez que hubiese escalado con éxito ese obstáculo, comencé a arrancar raíces y ramas para dejar el terreno más expedito, me encontré con una enredadera que, como una cuerda, tejía una red sobre el talud. Al tirar de ella con fuerza, para desprenderla, infinidad de plantas de enormes hojas cayeron a mis pies. Entonces pude ver una estrecha grieta que se dirigía hacia el interior de la montaña.

Todavía estoy temblando. La sensación de horror con la que terminé este sueño aún no se va.

Recuerdo claramente que iba a ingresar a la cueva cuando una enfurecida lechuza salió del interior, ululando estridentemente, con sus patas orientadas hacia el frente y dispuesta a defender su territorio. Se lanzó directo sobre mí, intentando hundir sus garras en mi piel, pero logré esquivarla. Todavía tengo fresco en la memoria su cuerpo gris, los dos enormes y amarillos ojos llenos de infinito odio, y un par de plumas a cada lado de la cabeza que semejaban dos cuernos. El ave se elevó unos metros, giró en círculo, y se encaminó para repetir el ataque. Aproveché ese momento y entré corriendo a la gruta.

Al sumergirme en la más completa oscuridad, una bocanada de aire viciado me dio en la cara. Abrí mi bolsa y extraje mi linterna. El haz de luz señaló una angosta galería que se extendía por varios metros, y que terminaba en una oscura boca. Recorrí el trecho hasta llegar al final. El camino se estrechó a tal extremo que me fue necesario seguir en cuclillas. Me arrodillé y comencé a gatear para atravesar una suerte de túnel excavado en la misma roca. Durante un instante pensé que moriría enterrado en vida, atrapado entre el suelo y el techo que presionaba de manera inclemente mi espalda y hombros. Sin embargo, el túnel se fue ensanchando y con alivio me descubrí dentro de una gruta de grandes proporciones. Veloz, pude ponerme de pie otra vez. La potencia de mi linterna no fue suficiente para perforar la oscuridad, y sólo se limitó a ofrecerme un círculo amarillo que fui paseando por las paredes de la caverna, la gran mayoría cubierta de grandes manchas de humedad y moho.

Entonces volví a escuchar esa risa femenina. Seductora. Casi infantil. Estaba ahí, dentro de la cueva, porque podía oír la musicalidad de su voz rebotar contra las piedras para luego convertirse en eco. Era imposible identificar la posición exacta de dicha mujer, ya que su sonido parecía llegar simultáneamente de arriba y abajo, y de derecha e izquierda, todo al mismo tiempo. De manera inesperada, pude ver dos ojos rojos suspendidos en la negrura de la caverna. Eran dos ojos hechos de fuego puro, de brasa ardiente. Dos ojos que con el poder de sus pupilas incendiaron mi cuerpo que se convirtió en una antorcha. Lo último que recuerdo, antes de despertar cubierto en sudor y preso de convulsiones, fue la imagen de mis propios huesos cayendo al suelo, abandonados para siempre al interior de esa montaña.

Acaban de dar las cuatro y media de la madrugada y soy incapaz de volver a conciliar el sueño. Estoy seguro que Rayén hace intentos por manipular mi mente. Pero no me va a vencer. No le tengo miedo. Esta pesadilla muy pronto se me olvidará, y yo dejaré de temblar ante la imagen de mi esqueleto tirado en la tierra húmeda de esa cueva, y seguiré adelante con mis pesquisas. Rayén no va a detenerme. Todavía me quedan muchos, muchísimos años para seguir explorando el mundo de norte a sur, de este a oeste, con mi bolsa de cuero como único y fiel acompañante.

8

Violento despertar

—¡El árbol se está secando!

Sí, eso mismo debieron haber dicho los habitantes del pueblo de Cachapoal al enfrentarse, una mañana cualquiera, al enorme arrayán convertido en un tronco de ramas desnudas. Podía imaginar sus rostros de desconcierto, arremolinados en torno a la plaza, sintiendo que Dios les estaba jugando una broma macabra. Los mayores miedos siempre tienen que ver con la alteración de las leyes de la naturaleza. Saber que luego del invierno vendrá la primavera tranquiliza el alma, permite hacer planes y proyectarse en el tiempo. El arrayán no merecía morir. El arrayán era un árbol fuerte, poderoso, estaba gozando de la fertilidad de esas tierras y el avance imponente de sus raíces. ¡¿Por qué mataron al arrayán...?!

—¡El árbol se está inclinando!

Entonces habrá que buscar al culpable de la inesperada muerte que consternó a un pueblo entero, allá por 1953. Convertirse en sabueso y olfatear su rastro infractor, armado sólo con una imprescindible lupa, un bolígrafo y una bolsa de cuero con hebillas metálicas. Perseguirlo hasta que no pueda escapar. Acorralarlo. Acercarse a él, que pedirá clemencia por haber calcinado al arrayán y todos los frutales de la zona. Sin pensar en lo que se hace, se alzará el hacha de filo implacable por encima de su cabeza, para luego decapitarlo sin piedad. El Gran Maestro necesita sangre fresca para saciar su sed y apaciguar su furia monumental, ésa que es tan grande e infinita que un enorme desierto no basta para contenerla.

—¡El *malamor*! ¡El *malamor*...!

Poco a poco fue traspasando la frontera del sueño, ésa que separa lo que no existe de la realidad más concreta, tan real como aquel rayo que se filtró a través de la cortina mal cerrada y le dio directo en el rostro. Ángela apretó la boca, se pasó la mano por los párpados, intentó crear un espacio de sombras con la almohada para seguir durmiendo. Pero todo fue inútil, la luz se derramó en una bocanada incontenible hacia el interior del cuarto, acarreando junto con ella una renovada mañana llena de gritos en la calle:

—¡Volvió el *malamor*...!

Esta vez Ángela abrió los ojos, cortando de golpe el sueño donde había mezclado de manera confusa y sin sentido gran parte de lo que leyó la noche anterior en el diario de Benedicto Mohr. La libreta seguía a su lado, sobre las sábanas, a la espera de seguir revelándole episodios de la vida del explorador. La joven volvió a estremecerse al recordar el relato que hiciera el hombre sobre una terrible pesadilla que se parecía de manera inequívoca a la forma en la que finamente encontró la muerte: en una cueva perdida en mitad del bosque de Almahue. ¿Había sido un sueño premonitorio? ¿Era cierto entonces que Rayén había comenzado a controlar su mente? Quiso entregarse a una nueva sesión de lectura pero por desgracia no era el momento de retomar aquellas páginas. Algo estaba sucediendo en el exterior. Y, a juzgar por la intensidad de las exclamaciones que podía escuchar, se trataba de algo muy grave.

Se vistió a toda velocidad, se echó encima el abrigo, se calzó las botas impermeables y sin reflexionar en lo que hacía, salió a la calle. El aguacero seguía derramándose sin contemplaciones sobre Almahue, empantanando las calles y reblandeciendo todas las maderas que encontraba a su paso. El viento gélido de la mañana le congeló el contorno de la nariz y las comisuras de la boca, pero la curiosidad por descubrir qué alteraba tanto a los lugareños fue incluso más fuerte que el frío. Mientras trotaba calle arriba, y atravesaba cortinas de agua que le obstaculizaban el paso y convertían la vegetación en un confuso paisaje de fondo marino, reflexionó en que ya no era normal tanta lluvia. ¿Cómo era posible que no amainara ni siquiera por un par de horas? ¿Soportarían las construcciones ese exceso pluvial, sobre todo, las más dañadas por el terremoto?

Al girar en la esquina, frenó y resbaló casi un metro en el lodo y agua. Durante unos instantes creyó estar sumergida en su sueño, ése donde combinó los sucesos acontecidos en Cachapoal, en la década de los cincuenta, y los gritos al otro lado de la ventana que terminaron por despertarla. Ahí estaban, frente a ella, gran parte de los habitantes de Almahue, apretados los unos contra los otros, con expresiones atormentadas y con una actitud de derrota.

Todos miraban hacia lo alto, hacia el mismo punto.

—¡Hola! —exclamó de pronto la voz de Mauricio a su lado—. ¿También viniste a verlo? Está a punto de caerse…

Ángela descubrió a su hermano junto a ella. Vestía su largo abrigo que le llegaba más abajo de las rodillas y se había envuelto el cuello y la parte del mentón con una bufanda lo suficientemente larga como para alcanzar a dar varias vueltas en torno a la cabeza. Apenas se le veían los ojos, ocultos bajo un ridículo gorro de piel que simulaba ser de animal, pero a todas luces se apreciaba que era sólo una mala imitación de plástico. En su mano, Mauricio llevaba una moderna cámara digital con la que registraba cada uno de los penosos eventos.

—¿A ti también te despertaron los gritos…? —preguntó el muchacho con un claro tono de molestia—. Tanto escándalo por un simple árbol que se está secando —agregó, displicente. ¿Tú sabes por qué ese árbol es tan importante para todos? —agregó, sin poder olvidar su descubrimiento sobre el verdadera razón de que no hubiera comunicación inalámbrica en Almahue.

Entonces, Ángela alzó la vista y pudo enfrentarse, a pesar de las gotas de agua que le empapaban las pestañas y le corrían por las mejillas, al dramático espectáculo que ofrecía el árbol de la plaza. Todo el ramaje superior estaba completamente café, como si una ráfaga de fuego lo hubiera abrasado con su soplo evaporando hasta la última gota de savia de su interior. Las hojas, que hasta hace muy poco lucían verdes y saludables, yacían en una espesa nata en el suelo y ni el lodo embarrado en ellas conseguía ocultar su amarillo de muerte. En tanto, el tronco se había inclinado de manera peligrosa hacia un costado, y sus raíces comenzaban a agrietar el cemento de la glorieta.

Ángela se paralizó de impresión. ¿Un árbol que pierde súbitamente todas sus hojas y caen al suelo marchitas? ¿Un tronco que se inclina y que amenaza con desplomarse? ¿Un puñado de raíces que sin razón aparente emerge a la superficie rompiendo el asfalto? ¡Si era cierto lo que presenciaba, entonces en Almahue iba a ocurrir lo mismo que en el pueblo de Cachapoal, en mayo de 1953!

Recordó las palabras de Benedicto Mohr, escritas con perfecta caligrafía en una de las páginas de su diario: "*A mí no me engaña. He aprendido a leer en la naturaleza los signos que evidencian la presencia de Rayén*". Giró alerta la cabeza hacia los cuatro puntos cardinales: ella debía estar por ahí cerca, acechándolos desde algún escondite, dispuesta a provocar más destrozos y cataclismos.

Iba a advertirle a su hermano que era el minuto de ubicar a Carlos Ule para hablar con él, cuando vio a lo lejos al teniente Orellana correr en dirección a la casa de la familia Schmied. Llevaba con él un grueso cuaderno que Ángela imaginó sería el libro de actas y denuncias. De inmediato recordó a la joven que habían encontrado la noche anterior frente al hogar de Rosa, y concluyó que el uniformado se dirigía apurado a cumplir con su deber de interrogarla para descubrir las razones que la llevaron a pedir ayuda a gritos en mitad de la noche.

¿Por qué razón no podía evitar fruncir el ceño cada vez que pensaba en aquella joven?

¿Sería acaso porque una inquietud lacerante se agitaba dentro de su pecho cuando la imaginaba a solas junto a Fabián? Decidió que no perdía nada con obedecer a su presentimiento: por algo no le gustó la empalagosa mirada con la que él recibió a la desconocida en la cocina de Rosa, y el vehemente pestañeo que le dedicó el resto de la noche. Era el minuto exacto para visitar a su enamorado y quedarse ahí, a su lado, el resto de la jornada.

El visor de la cámara digital de Mauricio grabó a su hermana cuando, de improviso, se echó a correr hacia la enorme casa de paredes amarillas y altos techos puntiagudos que se ubicaba en la esquina opuesta de la plaza. Decidió no apagar la función de Rec, y permitir que el aparato siguiera rodando. Si hubiera puesto más atención, el muchacho habría visto que, sin proponérselo, también grabó unos extraños y blancuzcos montículos de pequeños cristales que parecían disolverse al entrar en contacto con la lluvia. Un intenso olor salino lo hizo estornudar un par de veces, pero él atribuyó la irritación nasal a la frialdad que no respetaba el relleno de plumas de su abrigo y entraba por su respiración al grado de hacerle temblar de pies a cabeza.

El desenlace estaba escrito en el tiempo, en la alquimia, incluso en el diario de vida de Benedicto Mohr. Almahue estaba condenado a desaparecer.

9
Ella quiere agua

—¿Cuál es tu nombre?

El enérgico sonido de la voz del teniente Orellana se sumó al crepitar de la chimenea, donde ardían algunos leños con la misión de entibiar el aire del salón de los Schmied, y escondió por un instante el barullo de la lluvia contra el techo y los cristales de las ventanas. Repitió una segunda vez su pregunta y, ante el prolongado silencio de la aludida, lo hizo en una tercera ocasión sin conseguir que ella abriera la boca. Orellana giró la cabeza hacia Elvira, quien alzó los hombros mientras miraba la situación de pie, apoyada contra el marco de la puerta.

—¿Es muda? —susurró, buscándole una explicación al fracaso de su interrogatorio.

—Ayer pidió ayuda, pero desde entonces no ha querido hablar —respondió la cocinera, haciendo caso omiso al prolongado vistazo que, de pies a cabeza, le propinó el uniformado.

—Tal vez vivió una experiencia traumática y eso la tiene en un estado catatónico —dijo Silvia Poblete, vestida de impecable luto y con un dejo de compasión en sus palabras—. Pobrecita. ¡Pobrecita!

La dueña de la casa se acercó a Rayén, que seguía mirando hacia el suelo, en una incansable actitud de desamparo y derrota. Consciente de que todos los ojos estaban sobre ella, Silvia respiró hondo y enderezó el cuello. Se acomodó con estudiada maestría un mechón de cabello que había cometido la imprudencia de escaparse fuera del moño, y adoptó una postura de caritativa superioridad al poner su mano sobre el hombro de la joven.

—Puedes quedarte en este hogar todo el tiempo que quieras —señaló—. Y si no deseas hablar, no te preocupes. De igual manera vamos a cuidar de ti hasta que estés completamente recuperada. ¡Te lo prometo!

Dicho eso, encaró al resto de los presentes mientras se llevaba una mano al pecho para aferrarse, en un dramático gesto, a su elegante collar de perlas.

—¿Se dan cuenta? El destino me arrebata a dos seres queridos, pero al mismo tiempo pone en mis manos a alguien que necesita de toda mi ayuda. ¡Y lo acepto! ¡Acepto gustosa el desafío de hacerme cargo de esta adolescente!

Satisfecha por sus palabras llenas de compasión que, estaba segura, muy pronto y gracias a Orellana el pueblo entero estaría comentando, hizo el intento de sentarse junto a Rayén pero Fabián no se lo permitió. El muchacho no se había movido de su lado desde las primeras horas de la mañana, sorprendiendo incluso a su madre que parecía no entender la súbita obsesión de su hijo por convertirse en el devoto acompañante de aquella jovencita tan poco comunicativa. Lo oyó incluso subir de dos en dos los peldaños de la escalera la noche anterior, para ir a comprobar personalmente que todo estuviera bien en el ático tras el breve temblor que azotó Almahue.

Silvia volvió a hacerle un gesto a Fabián para que se cambiara de lugar, pero él ni siquiera reparó en su presencia. Con total entrega, seguía mirando fijamente a Rayén. Sus ojos pestañeaban un poco más rápido de lo normal, mientras su entendimiento permanecía alerta ante cualquier cosa que ella pudiera requerir.

Derrotada, la mujer no tuvo más remedio que sentarse en un sillón lateral y no en el puesto de honor que el hijo de Elvira le había arrebatado. En ese momento, el timbre de la casa interrumpió la nueva ronda de preguntas que el teniente Orellana se aprestaba a realizar. La cocinera abandonó el salón, atravesó el amplio lobby de acceso, y abrió la puerta. Se encontró con la figura de Ángela, empapada y con la respiración agitada luego de correr hacia la casa. Junto con ella entró, por breves segundos, la conmoción que estremecía las calles de Almahue por culpa del árbol de la plaza que moría sin remedio y que ella misma se encargó de contar al cerrar de un portazo.

—¿Qué hace ese policía aquí? —preguntó la recién llegada entre dientes, al encontrarse con el uniformado dentro de la sala.

—Yo lo mandé llamar —le contestó Elvira—, para ver si así descubríamos qué le pasó a esta muchachita. Pero ella no ha querido hablar. Ni siquiera sabemos cómo se llama —se quejó con resignación.

Pero Ángela ya no estaba escuchando a la mujer: sus pupilas se habían quedado atrapadas en aquella intensa mirada que Fabián le regalaba a la joven que lo acompañaba en el sillón. Al ver el cuerpo de su enamorado contra ese otro cuerpo, en apariencia tan frágil y desvalido, no le cupo duda de que su intuición había sido correcta. La boca se le llenó de un amargo sabor a derrota y un incontenible deseo de llorar amenazó con inundar sus ojos. Quiso retroceder fuera del salón, abrir la puerta ante el desconcierto de todos los presentes y escapar hacia el exterior, donde sólo la esperaban la lluvia y la ventisca helada que corría briosa por las calles del pueblo. Sin embargo, no fue capaz de moverse. Ni siquiera pudo girar la cabeza hacia otro lado para evitar el tormento de ver a Fabián completamente flechado por aquella recién llegada a quien odió con toda la intensidad de su alma a partir de ese instante. A tientas, buscó apoyo contra el marco de la puerta justo cuando sintió que sus rodillas iban a renunciar a su deber de sostenerla. Sólo consiguió cerrar los ojos, convencida de que cuando volviera a abrirlos estaría en su casa, allá en Santiago, llorando sobre su cama y sintiéndose la mujer más miserable del mundo. Fue ahí, en esa oscuridad de párpados caídos, que advirtió un leve cosquilleo en las heridas de su cuello, como si resurgieran las pústulas que tanto dolor le habían causado.

—Bueno, ¿podemos seguir con los procedimientos legales para los cuales se solicitó mi presencia? —exclamó Orellana, mirando su reloj pulsera.

Quería terminar pronto con su interrogatorio porque debía montarse cuanto antes en el vehículo oficial del retén para ir a ver los estropicios que la inundación estaba causando en la zona norte. "Maldita lluvia", pensó quitándose la gorra para aplacar con la mano el remolino que siempre disparaba hacia el cielo el pelo de su coronilla. Tres días ininterrumpidos de lluvia ya estaban comenzando a provocar estragos en Almahue. ¿Qué estaba sucediendo con el clima? Tinieblas universales, temblores a cada momento, temporales que no tenían fin y un árbol que finalmente había terminado por morir y estaba a punto de desplomarse, era mucho más de lo que él podía lidiar como autoridad a cargo del orden. Y ahora, para colmo, tenía la obligación de hacerse cargo del caso de esa desconocida que no tenía la menor intención de colaborar para ayudarlo a descubrir qué —o quién— había provocado su evidente mutismo.

Si se hubiera tomado su semana de vacaciones, tal vez en Puerto Montt o Chiloé, junto a Elvira, lejos, no tendría que estar soportando nada de esto. Pero ella lo rechazó sin contemplaciones y él, en un arrebato de furia por no haber podido cumplir sus deseos, renunció a hacer efectivos sus días libres. ¡Qué torpe había sido!

—Yo le exijo que haga algo pronto —lo confrontó Silvia cortando sus reflexiones—. Estas cosas no sucedían antes en el pueblo. Primero fue el secuestro de la santiaguina, la que encontraron en el sótano de nuestro astillero. Y ahora esto... ¡¿Qué más tendremos que soportar antes de que usted se decida a poner manos a la obra?! —se quejó, mirándolo directo a la cara.

Airado por el cuestionamiento a sus labores, el hombre abrió la boca para responderle. Pero un rabioso trueno lo dejó mudo. La casa se estremeció desde sus cimientos hasta la techumbre, provocando un sobresalto de temor en todos los presentes. Rayén se aferró con fuerza a Fabián, que de inmediato la rodeó con sus brazos en un intento por protegerla de cualquier inminente peligro que fuera a amenazarla. Del exterior llegaron algunos gritos a través de las ventanas, y un par de relinchos de caballos desbocados por el estruendo que se multiplicó como una bomba encajonada por las montañas.

—¡¿Qué está pasando en Almahue?! —gritó Silvia en un vibrato casi tan agudo como el tintineo de la lámpara de lágrimas que aún se mecía de lado a lado.

Y de pronto, cuando ya nadie sabía qué decir, se oyó una delgada voz femenina:

—Tengo miedo.

Todos, menos Ángela, que no le había quitado los ojos de encima, voltearon hacia la joven que aún abrazaba a Fabián con el rostro estremecido de angustia y el cuerpo tembloroso.

—¡Pobrecita! ¡Es obvio que está traumada por una mala experiencia! —exclamó Silvia acercándose a su nueva huésped.

—¿Quieres un vaso de agua? —le ofreció Fabián con un tono que sonó a afirmación y no a pregunta.

La joven asintió, aún entre sus brazos.

—Yo se lo traigo... —dijo Elvira desde la puerta.

—No —la cortó su hijo—. Yo se lo ofrecí, y yo se lo voy a traer.

El muchacho se separó con infinita delicadeza de Rayén, dejándola sola entre los cojines del sillón. Caminó hacia la cocina, cruzando frente a Ángela, a quien ni siquiera le dedicó una mirada. Ella, que en ese instante sintió transformar su profunda tristeza por una incontenible rabia al interior de su pecho, tomó la decisión de seguirlo. Lo encontró sumergido dentro del refrigerador, sacando del interior una jarra con agua fresca a la que Elvira le había echado unas rodelas de limón.

—¿Se puede saber qué te pasa? —lo encaró, haciendo un esfuerzo por mantener a raya sus enormes deseos de llorar.

—Ella quiere agua —fue toda su respuesta.

—¡No estoy hablando de esa intrusa! Estoy hablando de ti. ¿Qué te pasa, Fabián? ¿Por qué actúas así conmigo...?

—Ella quiere agua —repitió.

Luego de llenar un vaso, el joven enfiló apurado rumbo a la puerta, dispuesto a regresar al salón. Pero Ángela le bloqueó el paso con su cuerpo.

—Mírame.

Fabián mantuvo la vista fija en el vaso que sostenía entre sus manos.

—¡Mírame, Fabián!

Como por segunda vez su orden tampoco obtuvo respuesta, entonces Ángela tomó el mentón de Fabián obligándolo a levantar la cabeza. Se enfrentó a sus ojos oscuros, tan conocidos a esas alturas, pero que por alguna razón ahora le eran ajenos y extraños.

—¿Te interesa saber lo que leí en el diario de Benedicto Mohr? —le dijo, buscando su complicidad—. ¿Ya viste cómo amaneció el árbol de la plaza? ¿Sentiste el temblor de anoche…?

Se produjo un silencio entre ambos que el repiqueteo de la lluvia se encargó de llenar con su eco mil veces duplicado. Ángela aprovechó la pausa para observar el rostro de Fabián, su cabello revuelto que le caía en desorden sobre la frente, los músculos de los brazos que tensaban la tela de su camisa a cuadros, sus labios carnosos que permanecían cerrados y que no quisieron pronunciar su nombre. Tuvo que controlar el impulso de abrazarlo hasta que reaccionara y le pidiera perdón con el corazón en la mano, reconociendo, a golpe de besos, que había sido un cretino. Pero ni ella se movió de su sitio ni él recapacitó. Por el contrario, volvió a bajar la vista hacia el vaso y masculló a modo de despedida:

—Ella quiere agua.

Y sin dedicarle una mirada, salió apurado fuera de la cocina.

10
Conversaciones bajo la lluvia

Carlos Ule encendió los limpiaparabrisas de su vehículo en un intento por volver a darle forma al borroso paisaje que se perdía al otro lado del vidrio de la Biblioteca Móvil. A pesar de que las plumillas se movían rítmicamente de un lado a otro, la lluvia continuó licuando el exterior sin piedad alguna. Lo que antes eran paredes, líneas rectas y estructuras, desde el interior del auto lucían como toscos manchones derretidos y ríos de barro imposibles de recomponer.

Ángela y él habían decidido encerrarse a conversar en privado dentro del auto, el único lugar donde estarían realmente a solas y ajenos por completo a cualquier interrupción. El hombre había estacionado su deteriorada Van a un costado de la casa de Rosa, de frente a la calle principal. Desde ahí podían ver el manchón borroso de la plaza central y las fachadas de algunas de las residencias que la rodeaban.

De pronto, un bulto más oscuro que el ya oscuro panorama cruzó de derecha a izquierda, apurado por guarecerse del diluvio. El profesor frunció los ojos y el ceño, tratando de identificar quién era.

—Mira, ahí va tu amiga —le señaló a Ángela, sentada en el asiento del copiloto—. ¿Qué va a pasar con ella? ¿Se va o no?

—No lo sé —respondió la joven—. Patricia está furiosa conmigo porque decidí quedarme en Almahue. Me imagino que estará esperando que deje de llover para regresar a Santiago. Aunque no estoy segura. Ha estado extraña y misteriosa estos últimos días.

—¿Y de verdad piensas quedarte aquí? —preguntó, haciendo bailar su bigote al compás de las palabras.

Ángela levantó los hombros, indecisa. Si la hubieran interrogado un día antes, su respuesta hubiese sido un sí rotundo. Pero ahora, con Fabián embobado como un cachorro con esa recién llegada que parecía haberlo hipnotizado con sus largas pestañas y sus aires de doncella en peligro, ya no estaba tan segura que su presencia tuviese un verdadero motivo en el pueblo. Un zarpazo de tristeza le rasguñó por dentro el pecho y la obligó a respirar lo más profundo que pudo para controlar un vergonzoso temblor en su mentón. No, no iba a hablar de Fabián. Por más que lo intentara, la sola referencia de su nombre abría sin piedad una herida en el corazón que le llenaba de lágrimas los ojos y de desilusión el alma. Para cambiar de tema, dejó la pregunta de Carlos sin respuesta y sacó del bolsillo de su abrigo el diario de Benedicto Mohr.

—Aquí está lo que Elvira encontró dentro de un saco de Walter Schmied —dijo.

—¿Y por qué lo tenía ese tipo? ¿Cómo lo consiguió? —inquirió, pasando a toda velocidad las páginas.

—No lo sé. Lo único que se me ocurre —se aventuró Ángela—, es que lo haya extraído de la bolsa del cadáver del explorador cuando estuvo en la cueva.

—Pero entonces el papel tendría que estar podrido por la humedad... No, este cuaderno nunca estuvo en esa caverna. Eso te lo aseguro.

—¿Y entonces...?

El profesor negó con la cabeza, sin saber qué responder. Se entretuvo unos instantes leyendo algunos párrafos y pasando las páginas escritas con perfecta letra manuscrita y una intensa y duradera tinta azul.

—¿Algo interesante que hayas descubierto? —preguntó el profesor.

—Muchas cosas, aunque sólo leí las primeras páginas. De hecho, necesito que me contestes algo. ¿Qué es eso del Decapitador?

Carlos cerró el diario y aumentó la potencia de la calefacción al interior del vehículo, porque tenía heladas las manos y los pies. El vapor tibio que emanó a través de la rejilla comenzó a empañar los vidrios y el exterior terminó por desaparecer cubierto por el velo brumoso que cubrió las ventanas.

—¿Por qué quieres saberlo? —dijo, bajando ostensiblemente el tono de su voz.

—Porque tú lo mencionaste después de que relaté la espantosa pesadilla en casa de esa mujer, la tal Hortensia. Y Benedicto Mohr también habla de él... aquí...

Ángela le arrebató la libreta de las manos y comenzó a buscar entre sus páginas. Cuando encontró la frase precisa, carraspeó y tomó aire para comenzar a leer.

—Escucha —pidió, y clavó la vista en las palabras del explorador—. *Si lo que Stephen Boyle plantea en su libro Transmutación es correcto, en Lickan Muckar están sucediendo cosas muy, muy peligrosas, como los sacrificios humanos ofrecidos para aplacar la ira destructora del Gran Maestro o también llamado Decapitador.*

La muchacha hizo una pausa. El ventilador del auto seguía soplando su aire caliente mientras la lluvia golpeaba con furia el techo.

—¡*Transmutación* es el libro que yo encontré en una caja medio podrida en Puerto Montt! —exclamó Carlos, sorprendido.

—Exactamente. Bueno, entonces...

El hombre tamborileó los dedos en la circunferencia plástica del volante, como llamando a la inspiración. Frunció el ceño, madurando una idea al interior de su cabeza. Sin decir una sola palabra, se levantó como pudo, se deslizó entre los dos asientos y pasó su cuerpo hacia la sección de los anaqueles en la parte trasera del vehículo. Con ojo experto recorrió los lomos de los diferentes libros hasta encontrar el que quería. Regresó a su puesto, frente al volante, con un volumen titulado *Mitología de San Pedro de Atacama*.

Esta vez le correspondió a él afinar la voz para dar inicio a su lectura:

—La figura más común representada por la artesanía atacameña es la del dios felino *Chachapuma* o Decapitador. Generalmente se representa como un ser con máscara de gato o puma con cuerpo humano. En una de sus manos lleva una hacha y en la otra una cabeza degollada —Carlos Ule hizo una pausa para observar a Ángela—. ¿La descripción te suena conocida?

—Tal como lo vi en mis sueños en casa de Hortensia... —contestó ella con el alma en un hilo.

—Por lo visto, los transmutantes tienen que ofrecer cada cierto tiempo sacrificios humanos a su Gran Maestro, allá en Lickan Muckar. Y ese maestro es el temible Decapitador, uno de los personajes más siniestros de las leyendas de la zona.

—¿Me estás diciendo que ese hombre con máscara de gato que corta cabezas existe de verdad, allá, en ese pueblo?

Ésa fue otra pregunta que quedó sin respuesta al interior de la Biblioteca Móvil. Ángela limpió instintivamente el vaho que cubría al parabrisas sin tener una razón para ello. A través del agua y de los limpiaparabrisas, que seguían funcionando con su hipnótico movimiento de lado a lado, divisó a lo lejos la figura de Patricia que caminaba en círculos al final de la calle. De pronto, alguien se le acercó, también cubierto con un grueso abrigo y un enorme paraguas por encima de su cabeza. Por más que hizo el intento, la joven no consiguió reconocer quién estaba junto a Patricia. La vio gesticular con ambas manos, señalando en dirección a otro sector del pueblo como si quisiera ir hacia allá en compañía del recién llegado.

—¿Ésa no es tu amiga otra vez? —dijo Carlos, asomándose en esa pequeña ventana en el vapor, alertado por la fija mirada de Ángela a través del parabrisas—. ¿Y quién está con ella…?

La muchacha negó con la cabeza intentando descubrir a quién correspondía esa figura alta y delgada que tenía las manos cubiertas por dos guantes oscuros, calzaba un par de masculinas botas negras también y que sostenía una gran sombrilla que le ocultaba el cuerpo hasta la mitad del tronco. Inesperadamente se echaron a andar bajo la lluvia, perdiéndose en el remolino de agua en que desembocaba la perspectiva del camino. Ángela sintió una brutal desconfianza. ¿Adónde podría ir Patricia en medio de un temporal como ése? Y lo que era aún más sospechoso: ¿quién era ese hombre que la acompañaba de manera tan misteriosa?

—¿Por qué tienes sangre en el cuello? —exclamó Carlos, buscando a tientas un pañuelo en su bolsillo.

Asustada, la joven llevó sus manos a la zona donde antes habían aparecido las ampollas y sintió una espesa acuosidad mojarle la yema de los dedos. Una gota escurrió hacia su pecho, dejando un camino de ardor a medida que fue bajando por su piel.

—Hay que hacer algo con esa herida de azufre que no cicatriza —se lamentó el profesor intentando detener el hilillo rojo que manaba de la lesión.

—Yo nunca he estado en contacto con el azufre —lo corrigió ella.

—Estás muy equivocada. Si viste al Decapitador, está claro que estuviste en contacto con el azufre —sentenció. Y luego agregó, más serio que nunca—. Tienes suerte de estar viva, Ángela. Por poco ibas a ser sacrificada en su honor, como lo describe Mohr en su libro.

—¿Y quién me iba a ofrecer en sacrificio? ¿Rayén?

—Es muy probable. Debe estar buscando sangre fresca que dedicarle a su Gran Maestro —respondió—. Que no te extrañe si muy pronto nos enteramos de una trágica muerte aquí en Almahue.

Sin poder evitarlo, pensó en Patricia desapareciendo al final de la calle junto a su enigmático acompañante. Y de inmediato el corazón se le apretó lleno de pánico dentro del pecho.

11
La semilla del mal

A causa de la lluvia, la claraboya del ático asemejaba a un ojo que no cesaba de llorar. O al menos eso le pareció a Rayén que, desde la cama, se quedó observando cómo el día se hacía cada vez más oscuro y transformaba a la redonda ventana en un párpado que se iba cerrando poco a poco, hasta ocultar por completo lo que sucedía al otro lado del vidrio.

Entonces, iluminada sólo por el reflejo del fuego en la estufa salamandra, se puso de pie. Sus pasos ni siquiera emitieron ruido cuando se desplazó como una sombra por la habitación. Tomó el plato de porcelana donde Elvira le llevó un sándwich del que sólo quedaban migas, y lo dejó sobre la extensa superficie forrada en paño verde del escritorio de Ernesto Schmied. Regresó junto a la cama y metió la mano bajo la almohada: del tibio espacio que se formaba entre la sábana y el cojín extrajo un pequeño saco de tela, remendado con toscos costurones y cerrado en la parte alta por un cordel de cáñamo. Desató el nudo y abrió la bolsa. Dejó caer el contenido sobre el plato, que recibió uno a uno los frutos que fueron cayendo. Eran cinco vainas de forma alargada, de color castaño rojizo y de textura leñosa como la piel de un árbol. Pasó su mano sobre la cáscara reseca, madura a golpe de años. Las había traído con ella desde la última vez que estuvo en Lickan Muckar, hacía tantos años ya que su memoria no conseguía recordar todo con exactitud. Sólo sabía que había hecho el viaje a *La raíz del mal* en compañía del Gran Maestro, quien le señaló el camino en medio de la oscuridad total del fondo de la tierra. De aquellas insondables profundidades, Rayén extrajo las cinco bayas que ahora reposaban sobre el plato en espera de ponerlas a trabajar y hacer con ellas lo que su gente lleva siglos haciendo.

Tomó uno de los bolígrafos de Ernesto, que estaba junto a los trofeos deportivos y algunos portarretratos con imágenes familiares, y utilizando la punta como una palanca perforó el alargado borde del fruto seco que, ante la presión, se abrió en dos como un estuche. En su interior había siete semillas perfectamente redondas, planas y delgadas, de un color negro lustroso, como si estuvieran hechas de reluciente y pulido cuero. Rayén se quedó unos instantes observándolas. Tanto poder milenario atrapado en unas cuantas semillas de inocente aspecto.

Cuando terminó de vaciar cada una de las vainas, procedió a molerlas. Las fue apretando las unas contra las otras, partiéndolas por la mitad y luego aplastándolas contra la porcelana de la vajilla. Al cabo de unos minutos, todas habían quedado reducidas a un montoncito de polvo de gruesa textura que, con sumo cuidado, volvió a guardar dentro del deteriorado saco de tela.

Se chupó los dedos y pasó la lengua por el plato, limpiando hasta la última partícula olvidada. Al instante, sintió que una comezón le recorría el paladar y se iba en caída libre hacia el interior de su garganta. Sintió sus pupilas dilatarse de golpe, del mismo modo que si les hubieran apuntando con un haz de luz. Así, enormes y redondas, dejaron entrar todas las luces al interior de sus ojos y, por un segundo, Rayén se vio a sí misma flotando en destellos e incandescencia. Al parpadear, la sensación desapareció. Sólo le quedó el acelerado descontrol de su corazón que, latido a latido, fue calmándose hasta retomar su marcha habitual.

El siguiente paso era encontrar a Patricia. Y gracias al susurro confidente del viento ya sabía dónde buscarla.

Un par de tímidos golpes en la puerta le anunciaron que había alguien al otro lado, esperando poder entrar. La cabeza de Fabián se asomó desde el pasillo y, desde ahí, le extendió un vaso de leche fresca.

—Pensé que podías tener hambre —dijo él para justificar su presencia en el ático.

Rayén apretó con fuerza el pequeño saco de tela en su mano, ocultándolo ante la vista del muchacho. Se acercó en silencio hacia él, deslizándose por encima del suelo de tablas, con la vista fija en aquel par de ojos oscuros que de inmediato redoblaron la frecuencia de sus pestañeos. Extendió un par de dedos hacia Fabián, le acarició la curva de la mejilla y el caracol de la oreja, y vio estremecer su cuerpo de hombre fornido, transformado de pronto en una marioneta que podía controlar a su antojo. Era sorprendente lo sencillo que había resultado adueñarse de su voluntad.

—Gracias —le contestó en un susurro, y él sólo fue capaz de sonreír con devoción.

Luego de abandonar el ático, su aroma a bosque y leña seca quedó flotando unos instantes en la recámara. Rayén aspiró profundo, satisfecha de saber que incluso después de tantos años un hombre volvía a estar bajo el mandato total de su voluntad.

Volteó la vista y comprobó en la penumbra húmeda de la ventana que la noche había llegado por fin a Almahue. Era hora de salir en busca de Patricia y regalarle un destino que aquella desdichada muchacha nunca hubiera imaginado para sí misma ni aún en sus peores pesadillas.

12
Las carcajadas de Rayén

Las dos siluetas se deslizaron veloces al interior en contubernio con la inesperada oscuridad, acarreando con ellas el viento helado del exterior y el desorden de gotas de lluvia que empapaba sus cuerpos. Él buscó a tientas el interruptor de la pared. Cuando lo encontró, su mano enguantada encendió de golpe la luz provocando que ambos tuvieran que cerrar los ojos unos instantes para acostumbrarse al cambio de penumbra a claridad. Cerca de la puerta quedó el enorme paraguas que poco sirvió para protegerlos del temporal en su trayecto hacia la aislada cabaña donde ahora se encontraban.

—¿Y quién vive aquí? —preguntó Patricia echando un vistazo a la rústica decoración que la rodeaba.

—Nadie. Ésta es una casita que mi padre mandó construir cuando yo era un niño. A veces nos quedábamos aquí cuando salíamos a recorrer los terrenos familiares y nos anochecía antes de regresar —respondió su acompañante, arrodillado frente a la chimenea y dispuesto a encender el fuego.

Patricia asintió en silencio. Avanzó hacia la única ventana que había en esas cuatro paredes de tosca madera, con la intención de cerrar las cortinas. Era mejor no ver en lo que se había convertido el paisaje exterior: le pareció estar asomada hacia el interior de la boca de un profundo pozo, hondo y abismal. Su vista prefirió no seguir indagando por temor a lo que podía llegar a encontrar. Su mano se aferró a la tela floreada y algo raída de la cortina, dispuesta a correrla y bloquear la visión de esa noche sin luna que sólo le provocaba escalofríos. Sin embargo, algo había en aquella tiniebla que inmovilizó su cuerpo y la dejó ahí, de cara al ventanal que exudaba frío al otro lado del vidrio. De pronto creyó apreciar que un sector de esa oscuridad se movía, como si una sombra más pequeña sobrepuesta sobre otra sombra mucho más grande y clara cambiara su ubicación en un brusco movimiento.

—Hay algo allá afuera —balbuceó la joven, y cerró de un rápido tirón la cortina.

—Imposible —le contestó Egon Schmied poniéndose de pie y contemplando satisfecho las llamas que comenzaban a consumir los leños al interior de la chimenea.

El único hijo de Silvia Poblete se acercó a Patricia, que aún se veía algo asustada de pie junto a la ventana. Rodeó su cintura con su brazo y la atrajo hacia él.

—Te digo que hay algo allá afuera —insistió, sabiendo que no se equivocaba.

—Nadie viene a este lugar —respondió Egon, quien no tenía intenciones de seguir hablando—. Habrá sido un animal perdido a causa de la lluvia —sentenció, dando por terminada la conversación.

"Es posible", pensó Patricia. "Sólo un animal." Se avergonzó de sí misma por haber permitido que el miedo fuera la primera alternativa utilizada para enfrentar lo desconocido. Era un hecho que los inquietantes fenómenos que ocurrían en ese maldito pueblo estaban comenzando a minar su fortaleza y resistencia, aunque entre los brazos de Egon recuperaba de inmediato la confianza en ella y en su capacidad para salir airosa en medio de la dificultad.

Nunca se hubiera imaginado que en Almahue encontraría algo parecido al amor. No, había corregido en su mente. No era amor lo que sentía por el primogénito de los Schmied. Pasión, tal vez. Interés, con toda seguridad. Lo descubrió apenas pisó el pueblo, hacía ya varias semanas, luego de apropiarse de la idea de Ángela y decidir adelantarse y hacer por su cuenta la investigación de la supuesta *Leyenda del Malamor*. Apenas llegó a su destino, supo que había sido un error traicionar a su amiga, ya que todo resultó tan distinto a como ella se lo había imaginado. Pero ya estaba en el fin del mundo, y no le quedó otra opción más que seguir adelante con su plan.

Fue entonces que conoció a Egon. Se vieron por primera vez en su oficina del astillero, donde ella ingresó llena de preguntas. De inmediato, se sintió atraída por su porte altivo y fragante perfume masculino, el estudiado movimiento de su mano con el que peinaba hacia atrás sus engominados cabellos, y esa sonrisa de dientes perfectos con la que la recibió en su despacho. Luego de intercambiar un par de frases, descubrió en él esa misma necesidad de reconocimiento que tantos años la había acompañado. Concluyó que eran de la misma especie, lo que sólo aumentó la atracción.

A pesar de que nunca hablaron de sus sentimientos, o de lo que sucedería cuando ella regresara a Santiago, los dos sabían que algo se estaba gestando sin que pudieran evitarlo. Por eso, decidieron mantenerlo en secreto, ajeno por completo a la opinión de los demás. Ninguno de los dos hizo un comentario que pudiera delatarlos o manifestó en público sus sentimientos por el otro. Discretos, supieron disimular muy bien cada vez que estuvieron juntos. Tan distintos a Ángela y Fabián que, desde el primer momento, gritaron a los cuatro vientos su amor. Por eso cuando Egon sugirió que se escaparan por un par de horas a una solitaria cabaña, en las afueras de Almahue, Patricia aceptó de inmediato. Tenía ganas de estar a solas con él y, además, probablemente esa noche se convertiría en su despedida: no estaba dispuesta a tener un día más de vida sepultada en ese pueblo lluvioso que se hundía bajo el agua y el barro. Apenas despuntara el alba, tomaría el auto rentado y regresaría a Santiago. Aunque eso significara dejar atrás al nieto de don Ernesto para siempre, con el corazón roto y lleno de preguntas por culpa de ese abrupto adiós.

Egon la llevó hacia el único sillón del lugar, un incómodo armatoste con un cojín tan duro como las maderas que lo sostenían. Ahí, la besó con cierta urgencia, echando mano a todo el ímpetu que debía controlar cuando estaban en presencia de otras personas. Por un instante, el único ruido que los acompañó fue el crepitar del fuego al interior de la chimenea, y el sonido mil veces repetido de la lluvia sobre el techo. Hasta que un violento golpetazo que los interrumpió bruscamente, se dejó oír al otro lado de los muros recubiertos de tejas de alerce.

—¡¿Qué fue eso?! —exclamó Patricia poniéndose de pie de un salto.

Egon no respondió. Se acercó veloz a la ventana para otear hacia el exterior.

—Te lo dije... ¡Hay algo allá afuera! —dijo la joven, y se arrepintió en ese preciso instante de haber aceptado la invitación.

—Quédate aquí —ordenó el muchacho yendo hacia la puerta—. Tranquila, no pasa nada.

Tomó el paraguas y abrió la puerta. De inmediato, una impetuosa ventisca se coló hacia el interior de la cabaña, sacudiendo las cortinas como sábanas recién lavadas y apagando con un soplido las llamas del fogón. Egon se detuvo unos instantes en el umbral, observando desde ahí a Patricia. Le lanzó un beso que se llevó el ventarrón, y salió. Su cuerpo desapareció tragado por la negra oscuridad y hasta el ruido de sus pasos quedó mudo tras del velo de lluvia que no daba descanso.

Patricia tuvo miedo, un miedo enorme, un miedo tan real como el que sintió cuando despertó con un grillete en su muñeca, olvidada al fondo de un sótano inmundo. Algo en su interior le gritaba sin voz que estaba perdida, que la minúscula casita donde creía estar a salvo era una trampa de la que ya no conseguiría salir. Giró la vista en rededor, buscando con desesperación algún objeto que pudiera servirle como arma de defensa. Un violento impacto en el techo la hizo gritar y correr hacia una esquina. ¿Qué era eso? ¿Alguien caminaba por encima de la cabaña?

—Egon… ¡Egon! —chilló, pero no obtuvo respuesta.

Por más que lo intentara, no conseguiría nunca regresar al centro de Almahue. No había prestado atención al camino cuando lo recorrió junto a Egon, y la noche y la lluvia hacían imposible descubrir siquiera las señales que la llevarían hasta el sendero principal. Era una prisionera. Una vez más, su vida corría peligro y ni siquiera tenía con ella su celular, como para hacer el último y desesperado intento de enviarle a Ángela un mensaje de auxilio.

Intentó volver a gritar, pero esta vez no lo consiguió. Algo oprimía su garganta, haciéndola carraspear en lugar de articular sonidos. Comprendió que se trataba de un intenso y nauseabundo aroma que, en un segundo, inundó por completo el espacio que la rodeaba. Se cubrió la nariz y la boca con las manos, intentando inútilmente bloquear el paso del olor, pero fue imposible. La pestilente fragancia se le metía por los poros y se le iba adhiriendo a cada uno de los órganos de su cuerpo, oprimiéndole la garganta como si se tratara de una arena rasposa y densa cuyas motas crujían dentro de sus fosas nasales.

Retrocedió a tientas, sintiendo que resbalaba en cada paso. Al mirar hacia el suelo, descubrió que los tablones de madera estaban llenos de algo que supuso eran granos de sal, filosos y más voluminosos de lo normal, que se le quedaban incrustados en la suela de los zapatos. Cuando levantó la vista, tuvo la impresión de estar en medio de un incendio: un denso y oscuro humo flotaba alrededor de ella, estrechando el círculo en torno a su cuerpo. Miró hacia la chimenea, segura de que iba a encontrar un leño encendido fuera de su sitio que estuviera provocando la fumarola, pero no vio restos de brasas. El humo continuaba formando figuras en el aire, girando sobre sí mismo, estirándose hasta casi evaporarse para luego recuperar su densidad y volumen.

—¿Me reconoces? —escuchó de pronto una voz a sus espaldas.

Sin siquiera atreverse a girar, supo exactamente quién le estaba hablando. Era la muchacha que había encontrado en mitad de la lluvia, frente a la casa de Rosa. La misma que le había pedido ayuda con premura y la misma que entre todos terminaron acomodando en casa de los Schmied. Era ella. ¿Qué hacía ahí, al interior de esa cabaña perdida en medio de la nada?

—¿No vas a mirarme? —oyó que le preguntaba.

No, no iba a mirarla. No estaba dispuesta a aumentar aún más esa sensación de pánico que, convertida en una araña, le trepaba por la espalda rumbo al cuello. Como si Rayén pudiera leer sus pensamientos, hizo que el humo se volcara hacia ella, atenazándola de brazos y piernas. Patricia quiso escapar hacia el exterior, salir corriendo en busca de Egon aunque no pudiera ver más allá de su propia nariz, pero sus músculos no respondieron. Habían cedido ante el abrazo de esa negra niebla que comenzaba a rotar su cuerpo, para enfrentarla por fin a la joven de ojos en llamas que le sonreía a escasos centímetros de su rostro. La vio abrir una pequeña bolsa hecha de tela y verter sobre la palma de su mano un montoncito de polvo de gruesa textura.

—Bienvenida a mi mundo —dijo, y soltó una estridente carcajada.

Patricia ni siquiera alcanzó a cerrar los ojos cuando Rayén sopló con fuerza aquel polvo que le saltó encima. Tampoco pudo cerrar la boca para evitar tragárselo. Con la misma rapidez con la que se sintió cubierta de aquel polvo desde la cabeza a los pies, descubrió que no quedaban rastros de él. Su cuerpo lo había absorbido a través de la piel, provocándole un dolor generalizado. Al instante, todo lo que la rodeaba desapareció tragado por un fogonazo de luz que tuvo su epicentro en su pecho y que desde ahí se expandió hacia sus extremidades, abarcando todo lo que sus ojos podían llegar a ver. Sintió como si sus pupilas se abrieran abarcando por completo sus ojos, su cabeza, y como si engulleran cada molécula de luz que la rodeaba. Su corazón creció hasta abarcarle todo el pecho; un músculo gigante que comenzó a palpitar cada vez más fuerte, más intenso, redoblando su velocidad, aumentando su bombeo, haciendo correr la sangre como una flecha por sus venas que ya no se daban abasto para tanto caudal desbocado. Atrás, atrás de todo, atrás del miedo, del desorden, de los estallidos, del ruido enorme de estar en medio de un huracán de pánico, se escuchaban nítidas las carcajadas de Rayén, su risa incesante, sus aplausos de triunfo por lo que estaba presenciando. En un instante, el cuerpo de Patricia se partió en dos, fracturando su espina dorsal hacia atrás, uniendo la nuca con el reverso de sus muslos. Sus miembros se recogieron sobre sí mismos, convirtiendo piernas y brazos en pequeños muñones que apenas sobresalían del tronco central que también pareció tragarse la cabeza y la raíz del cuello. La piel se le llenó de nervaduras que latían carnosas por el exceso de savia que ahora corría por sus venas e impulsaban el avance de sus raíces que destrozaban la madera del piso para incrustarse en la tierra en busca de minerales.

    Rayén apretó con fuerza el saquito de tela, ahora vacío, en su mano. Suspendió las carcajadas y comprobó satisfecha el resultado de su obra. Tenía clarísimo cuál iba a ser su destino. También, sabía ya con exactitud quién iba a ser su ofrenda ante el Gran Maestro: estaba segura que Mauricio Gálvez sería una presa fácil, muy fácil de conseguir.

13

Mirar dos veces

Cuando Ángela entró a su dormitorio, dispuesta a meterse de un salto en la cama y seguir leyendo el diario de Benedicto Mohr, encontró a Rosa que le preparaba el cobertor y las almohadas para una plácida noche. Sobre la mesita de noche había dejado también un vaso de leche tibia, fragante a cáscara de naranja, como una pequeña ayuda para conciliar el sueño. Era su manera de demostrarle su cariño y hacerla sentir más cómoda y protegida.

—Te perfumé las sábanas con sándalo —le dijo la ciega a modo de bienvenida—. Así vas a dormir mucho más tranquila y no te va a despertar el ruido de la lluvia.

—Gracias —contestó, sinceramente emocionada por las atenciones—. ¿Sabes si Patricia ya regresó...?

—No, no está en la casa. Aún no llega.

Ángela volvió a sentir ese zarpazo de angustia que por una inexplicable razón parecía advertirle que una mala noticia se incubaba agazapada en las sombras de la noche. ¿Dónde se había ido Patricia? Y lo que más le preocupada: ¿con quién estaba?

—¿Y mi hermano? —preguntó con la voz algo descompuesta por el temor a una respuesta tan desoladora como la referente a su amiga.

—Lo escuché recién en la cocina. Desordenando todo lo que ordené esta tarde —se quejó Rosa con fingida molestia—. No sé para qué saca tantos platos, vasos y cubiertos, si lo único que come son esas papas fritas que trajo por botes desde la capital.

Por primera vez durante la jornada, Ángela fue capaz de esbozar una sonrisa. Iba a extrañar a Rosa cuando regresara definitivamente a Santiago. Sin duda, era la habitante de Almahue que más falta le haría. Más allá de compartir un secreto del que ninguna de las dos volvió a hablar, algo había en esa joven mujer de delicada figura, largo cuello y ojos tan blancos como las nieves eternas de las montañas, que la hacía sentirse atada a ella de por vida.

—¿Y tú? ¿Estás bien? —preguntó la ciega.

—Estoy preocupada por mi mamá. No debe entender por qué no he regresado con Mauricio y cómo es posible que desde aquí no podamos comunicarnos...

Ángela dejó la frase a la mitad, incapaz de terminar su reclamo. Estaba enfurecida, con ganas de dar un grito tan intenso que le vaciara por completo el aire de los pulmones y le dejara secos de lágrimas los ojos. Pero su rabia no era causada por el recuerdo de su madre o por la falta de señal telefónica en el pueblo. Ni siquiera por la irresponsabilidad de Patricia de irse con un desconocido quién sabe a dónde. No. El origen de ese fuego que le consumía la boca del estómago tenía nombre y apellido. Un nombre y un apellido que durante varios días la hicieron sentirse la mujer más feliz del mundo y que ahora, sin que pudiera evitarlo, la tenían sumida en una tristeza que teñía de desconsuelo sus horas y segundos.

—Bebe toda la leche que te dejé en la mesita de noche —aconsejó la dueña de la casa—. Yo sé por qué te lo digo —y ante el silencio de su interlocutora, agregó—. ¿Lo harás?

Ángela avanzó hacia Rosa y, por toda respuesta, le dio un cariñoso abrazo que Rosa respondió con el mismo entusiasmo. Sin embargo, Ángela se quedó ahí, apoyada contra el hombro de su anfitriona, descubriendo que ése era el único espacio donde lograba sentirse acompañada y protegida.

—Tranquila, Ángela. Todo se va a solucionar.

—No entiendo... No entiendo qué le pasa... —balbuceó la joven sin poder evitar que los ojos se le llenaran, una vez más, de lágrimas de tristeza.

Rosa no necesitó otra explicación para comprender de inmediato de quién le estaba hablando. Su pálida mano se vio aún más blanca cuando acarició los rojizos cabellos de Ángela.

—Fabián ya no me quiere. ¡Ni siquiera me mira! —se quejó con el rostro hundido en el tibio espacio formado entre el cuello y la clavícula de Rosa.

—A veces es necesario mirar dos veces. Sobre todo cuando se pestañea más de la cuenta —fue toda su respuesta.

Ángela retrocedió un par de pasos para contemplar a su interlocutora y hacer el intento de descubrir qué quería decirle con esa frase tan poco clara y confusa. ¿Mirar dos veces? ¿A quién? ¿Hacia dónde? ¿Y quién tenía o estaba pestañeando más de la cuenta? ¿Ella…? ¿Fabián…? Antes de que pudiera replicarle o, al menos, hacer una nueva pregunta, Rosa abandonó la habitación sin hacer el menor ruido, llevándose con ella su fragancia a jardín en flor y la calma que su sola presencia provocaba.

La forastera se sentó en la cama, los pies colgándole hacia el suelo. Se secó las lágrimas con la manga de su suéter y respiró hondo, intentando tranquilizar su desordenada respiración. Echó un amargo vistazo en torno a ella, repasando una vez más los estropicios que el terremoto le había causado a ese cuarto que ya sentía tan suyo. Gracias a un violento rayo que llegó acompañado por su incondicional trueno que hizo rebotar las tejas en el techo, pudo ver la inclinada silueta del espantapájaros en el jardín, con sus brazos abiertos en cruz y su cabeza de hombre ensombrerado. *A veces es necesario mirar dos veces*. Sólo por seguir el consejo de Rosa intentó escudriñar una vez más el paisaje al otro lado de la ventana, pero la profunda oscuridad de esa noche de tormenta se lo impidió.

¿Cómo estaría el árbol de la plaza? ¿Acaso aún más inclinado que la última vez que lo vio? Lo primero que haría a la mañana siguiente sería correr a verlo, con la intención de comprobar si su desplome era progresivo, tal como lo fue el del arrayán en el pueblo de Cachapoal.

Tomó su mochila y del interior sacó el diario de Benedicto Mohr. Se recostó sobre los almohadones, que acunaron con dulzura su cabeza, mientras permitía que una caricia de sándalo le hiciera cosquillas en la nariz y comenzara a relajarle el cuerpo. Iba a lanzarle un beso de buenas noches a su enamorado, como era su costumbre, pero lo suspendió a mitad del camino. No se lo merecía. Al menos mientras se siguiera comportando como el perro faldero de aquella desconocida de la que aún no sabían ni el nombre, y que controlaba la voluntad de Fabián con su sola presencia.

Estiró la mano y rescató el vaso de leche desde la mesita de noche. Cuando le dio el primer sorbo, el dulce sabor de la naranja le entibió la garganta, el camino hacia el vientre, y le provocó una espontánea sonrisa. Qué detalle tan delicioso le había preparado Rosa. Apuró un segundo trago, aún más largo que el anterior. Cuando paseó la vista por la ventana, se sorprendió al descubrir que podía ver sin dificultad alguna al espantapájaros a pesar que la penumbra de la noche se mantenía tan insondable como unos momentos atrás. Se frotó los ojos y volvió a otear hacia el exterior: ahí estaba, perfectamente delineada, la verja de madera que cerraba la extensión del jardín; también vio el muro de la casa del vecino, el perfil milenario de uno de los picos de la cordillera e incluso la lejana sombra del follaje que daba vida al bosque de Almahue.

Confundida, se sentó de golpe en la cama. Tuvo que repetirse en voz alta, una y otra vez, que era imposible que pudiera ver a través de la oscuridad.

—Buenas noches —escuchó de pronto.

Al girar la vista hacia el marco de la puerta descubrió a Mauricio que le hacía un gesto de despedida. Tal como Rosa le había dicho, el muchacho comía sus crujientes papas fritas con la boca algo abierta, lanzando migas en todas las direcciones. En una de sus manos sostenía el metálico tubo desde el cual las iba extrayendo con delicadeza. Ángela abrió y cerró los ojos un par de veces, incómoda por lo que le pareció un exceso de luz proveniente desde el pasillo. Incluso la camiseta de su hermano, que lucía el rojiamarillo logo de Superman a la altura del pecho, emitía un resplandor algo fosforescente en cada uno de sus bordes.

—Me voy a acostar. Nos vemos mañana —dijo Mauricio con un bostezo y con la boca llena.

—¡Hazme un favor! —pidió Ángela—. ¿Puedes mirar por la ventana y decirme lo que ves en el jardín?

El joven frunció el ceño y se quedó unos instantes desconcertado ante la pregunta. Levantó una ceja y la miró con ese característico gesto con el que siempre le recordaba que él era el mayor y el más inteligente.

—Es broma, ¿cierto? No podría ver nada ni aunque tuviera una linterna aeroespacial de 4,100 lumens. ¡En este lugar tienen la noche más oscura que he visto en mi vida!

Sin esperar un comentario de Ángela, Mauricio abandonó el dormitorio. La joven lo escuchó alejarse por el pasillo, masticando sus papas fritas y riéndose entre dientes de las absurdas ocurrencias de su hermana.

"A veces es necesario mirar dos veces. Sobre todo cuando se pestañea más de la cuenta." Apenas terminó de recordar las palabras de Rosa, un agradable sabor a naranjas le inundó el paladar y le endulzó los labios. Miró el vaso, ahora vacío, que reposaba en la mesita de noche.

Sabiendo que tendría una larga noche llena de preguntas, lluvia sin sosiego y visiones extrañas ante unos ojos que pestañaban más de la cuenta, Ángela se entregó a la lectura. Una lectura de letras vibrantes y refulgentes que parecían danzar sobre las antiguas páginas de la libreta. Una lectura que la llevó de regreso a 1953, donde un explorador europeo escribía sin pausa y sin imaginar en manos de quién terminarían sus anotaciones.

14
Septiembre, 1953

Martes 1 de septiembre de 1953:
La decisión está tomada: voy a escribir un libro sobre Rayén. Ésa es la mejor manera que tengo de compartir los conocimientos que he ido acumulando a lo largo de todos estos años de investigación. Además, eso me obligará a ordenar todas mis anotaciones, recortes de periódicos, entrevistas y teorías que cargo conmigo al interior de mi bolsa. Dentro de poco ya no van a caber ahí dentro y tendré que buscar algún lugar seguro donde almacenarlas. Cada uno de esos papeles es fundamental para mí. Por eso lo del libro es una buena idea. Será mi manera de difundir, a todo aquel que quiera saberlo, la verdad sobre esa extraña mujer que se desplaza por el mundo provocando el caos a su paso.

Necesito conseguir algún manual serio y completo de alquimia. Es urgente. El mío es apenas un compendio insuficiente que no tiene toda la información que requiero. Cada día que pasa me convenzo que todo lo que rodea a Rayén tiene su origen en Robert Boyle (Waterford, 25 de enero de 1627-Londres, 30 de diciembre de 1691), el gran alquimista irlandés que vivió en el siglo XVII, que fue el primer científico en intentar la transmutación de los metales. Todavía no he logrado encontrar si Boyle hace alguna referencia a la sal, el azufre y el mercurio dentro de sus experimentos, pero sin duda muy pronto lo descubriré. ¡A veces quisiera que los días tuvieran cuarenta horas de duración, para poder cumplir con todos mis propósitos!

Ayer, 31 de agosto, llegué a una hermosa ciudad llamada Linares, que queda a 305 kilómetros al sur de Santiago, la capital de Chile, que es el país donde me encuentro ahora. Es una zona de clima amable, temperatura templada, propicia para la agricultura y el cultivo de la vid. Grandes viñedos se extienden a lo largo de enormes laderas y valles, y gracias a ellos se elaboran deliciosos vinos que espero muy pronto degustar. Pero no estoy aquí por turismo. De hecho, el motivo de mi presencia en esta región dista mucho de ser por placer.

Estoy en Linares porque Rayén se oculta en algún lugar de este paraíso.

Hace un par de días, un diario local comenzó a dar la noticia de ciertos misteriosos símbolos que aparecieron escritos sobre los troncos de algunos árboles. Como es habitual en estos casos, nadie le prestó mucha atención a la pequeña nota que ocupaba un breve espacio de la página 10. Nadie, excepto yo. El periódico El Heraldo consignó (con fecha del miércoles 26 de agosto de 1953) que lo extraño del caso era que dichos símbolos no estaban pintados o tallados sobre la madera de la corteza, sino que parecían haber sido grabados con fuego. Según la opinión del periodista, al parecer un lugareño había utilizado algún tipo de hierro ardiente para grabar con él un pictograma que se repetía a lo largo de varios troncos repartidos en una considerable extensión de terreno. Junto a la nota de periódico había una foto del símbolo en cuestión, que reproduzco aquí:

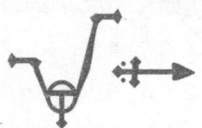

Cuando vi dicha imagen, decidí empacar mis pocas pertenencias y viajar hasta la Región del Maule, que es donde queda ubicada la ciudad de Linares. Algo en mi interior —acaso esa intuición que se desarrolla sólo con los años— me dijo que Rayén tenía que ver con eso. La presencia de ese dibujo tatuado a fuego en la corteza de los troncos, que nadie podía explicar ni justificar, seguía el patrón de sus manifestaciones más evidentes: montículos de sal, huellas de quemaduras en la vegetación, enormes rocas partidas, y quizá, ahora, trazos alegóricos en elementos de la naturaleza. Y como la duda es más científica que la certeza, me bastó esa sola posibilidad para lanzarme en su cacería.

Apenas estuve instalado en el tren que me llevaría hasta la Estación Linares, mi destino final, empecé a revisar mi manual de alquimia para ver si, efectivamente, mi olfato estaba en lo correcto. Según yo, el pictograma que apareció en los árboles de la provincia era la representación simbólica de algún elemento químico o alquímico. La flecha que apuntaba hacia la derecha me sugería que podía ser el inicio de algún tipo de ecuación. ¿Cuál era la idea? ¿Sería acaso que Rayén dejaba información escrita a los otros como ella? ¿Para qué? ¿Para reconocerlos? ¿Quizá para no olvidar la fórmula de algo…?

Tal vez ésa es la clave. A lo mejor Rayén pretende perpetuar en el tiempo su anormal condición por medio de una ecuación que iría revelando poco a poco. Símbolo a símbolo. Etapa por etapa. (Nota: Definición de ecuación. Igualdad que contiene una o más incógnitas. En este caso, al menos para mí, todo es una incógnita.)

Y la incógnita se hace aún más insondable si consideramos que la clave de todo es la alquimia. Por lo tanto, las respuestas a todas las preguntas que pueblan mi mente podrían encontrarse en tantas disciplinas, ya que la alquimia integra elementos de la química, la astrología, la medicina, la metalurgia y otras disciplinas. ¡Qué difícil es, a veces, hacer trabajo de investigación!

Luego de revisar mi precario manual de alquimia,

descubrí que el símbolo más aproximado al que apareció en los árboles de Linares es el que representa a Júpiter. Lo transcribo aquí:

$$♃$$

A pesar de que no son muy parecidos, los dos contienen el mismo tipo de líneas rectas y diagonales, y forman un dibujo bastante similar. Hasta donde puedo recordar, en la mitología romana Júpiter es el rey de los dioses, su tutor y protector, y su símbolo es el rayo. (Nota: los dos símbolos que he dibujado en estas páginas —el encontrado en los troncos de Linares y el que representa a Júpiter en la alquimia— podrían representar la forma abstracta de un rayo). Además, Júpiter es el rey de los otros planetas, representado en la historia como un gigante colosal, siempre rodeado por espectaculares nubes, colores brillantes e intensas y mortales tormentas. La similitud con Rayén es inequívoca: su presencia siempre se asocia a desórdenes climáticos, tempestades inesperadas, maremotos, temblores de tierra, erupciones volcánicas. ¿Será Rayén una advocación de dicho dios?

Por otra parte, los astrónomos creen que Júpiter desempeña un rol de guardián importante en nuestro universo gracias a la protección que provoca su enorme gravedad. Como efecto secundario, dicha gravedad sirve para capturar o expulsar del sistema solar los cometas y asteroides que, de no ser así, pondrían en peligro a la Tierra y a los demás planetas circundantes. Dicho de otro modo: Júpiter colabora a que se mantenga el equilibrio que nos permite sobrevivir en el cosmos.

(Nota a considerar: Para los astrólogos, Júpiter se asocia al rayo. El rayo, al fuego. El fuego, al azufre. ¿Será ese símbolo grabado a fuego el primer elemento de una ecuación en donde el azufre inicia el proceso de transmutación? ¿Será ése el mensaje de Rayén?)

Necesito descubrir cómo continúa dicha ecuación. ¿Qué nuevo elemento estará señalando esa flecha que apunta hacia la derecha? ¿Será tal vez uno asociado al mercurio o a la sal...? Me preguntó una y otra vez si llegaré a descubrir la fórmula exacta para conseguir transmutar de un cuerpo a otro, como al parecer lo reveló Robert Boyle allá en el lejano siglo XVII...

A veces siento que estoy tan, tan cerca de la verdad. ¿Podré, algún glorioso día, estar cara a cara con la mujer que se ha convertido en la obsesión de mi existencia?

Sábado 19 de septiembre de 1953:
¿Por dónde empezar? Tengo tanto que consignar en estas páginas... Voy a intentar ser lo más preciso en mi narración, para no olvidar detalle ni tampoco excederme en descripciones que no aporten algo sustancial al compendio de hechos que quiero enumerar.

La emoción me impide dormir. Son varias las noches que he permanecido en vela, dando forma a los primeros capítulos de mi libro que he titulado simplemente Rayén. Quiero dejar por escrito que yo, Benedicto Mohr, estoy a punto de conseguir las pruebas necesarias para asegurar, con toda propiedad, la existencia de seres transmutantes que utilizan el mercurio, la sal y el azufre como medio para transformar sus cuerpos.

Ayer, viernes 18 de septiembre de 1953, escuché por primera vez hablar de la Leyenda del Malamor. Y descubrí, además, la existencia de un pueblo perdido en la Patagonia chilena, a casi 1,400 kilómetros al sur de donde me encuentro, llamado Almahue. Ahí, en ese lugar, vive Rayén. Y ella es la causante del extraño mal que aqueja a los desdichados lugareños. Toda esta información me la proporcionó Olegario Sarmiento, el dueño de uno de los viñedos más grandes de la región del Maule.

No estaba planeado, pero esa visita cambió por completo el rumbo de mis pesquisas. En este momento, además de poner al día mi diario de investigación, me encuentro empacando mis pocas pertenencias para partir a Almahue apenas despunte el alba. Ya tengo todo lo necesario dentro de mi bolsa.

Ayer viernes se celebró aquí en Chile un nuevo aniversario de sus fiestas patrias (18 de septiembre de 1810). La plaza de Linares se llenó de hombres y mujeres que salieron a pasear, comer y bailar el baile nacional llamado "cueca". Las calles principales fueron engalanadas con banderas y rosetones tricolores. Por medio de ramadas (locales provisorios de venta de alcohol y alimentos), rodeos, y paseos alrededor de las alamedas en donde montan diferentes quioscos con comida típica, como las empanadas de carne, festejan su independencia de España.

Yo no tenía intenciones de abandonar la pensión donde estoy alojando. Pero mis planes cambiaron cuando platiqué con dos fuereños, que duermen en la habitación contigua y con los que comparto el baño y el comedor, quienes comentaron que Olegario Sarmiento iba a dar una fiesta campestre en su residencia. Y uno de ellos me dijo que tal vez era una buena idea que yo fuera a conocerlo, puesto que además de empresario viñatero era un reconocido explorador y un conocedor en temas relacionados con el norte de Chile y, en particular, sobre las culturas atacameñas.

"Lickan Muckar", fue lo primero que pensé. Si es cierto que es un experto, entonces debe tener datos sobre ese pueblo perdido en el desierto de Atacama, y sobre el cual tan poca información he podido conseguir.

La casa de Sarmiento corresponde a la clásica casa española, con patios interiores y largos corredores techados y delimitados por una balaustrada. Varias palmas chilenas enmarcan el camino de entrada desde los portones de acceso hasta la puerta principal. Sus troncos son tubulares, robustos, generalmente más angostos a medida que se van acercando a lo más alto. Y en uno de ellos algo llamó mi atención. A primera vista parecía una cicatriz de la madera. Pero mi lupa me reveló lo que mi intuición ya sabía: era un dibujo hecho directamente en la corteza lisa de la palma.

Aquí lo transcribo:

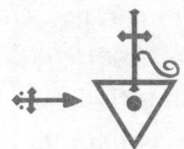

En términos generales, era un pictograma muy similar al aparecido en la zona tan sólo unas semanas antes. Ambos se componían de un dibujo central, algo esquemático, compuesto de líneas rectas y diagonales. Los dos, además, tenían la presencia de una flecha. En este caso, la flecha apuntaba de izquierda a derecha y el triángulo estaba coronado por una cruz. ¿Era acaso el final de la ecuación? Gracias al lente amplificador de la lupa, corroboré que dicha imagen también se había grabado en el tronco por medio de un hierro caliente. Alguien había quemado la madera y la huella negruzca ya parecía bastante antigua. Claramente, este símbolo era muy anterior a los que aparecieron sin explicación alguna a finales de agosto en la región del Maule.

Olegario Sarmiento debía tener alrededor de treinta años. Me extrañó su juventud por dos razones: parecía demasiado joven para ser un importante hombre de negocios y, por otro lado, sus escasos años no colaboraban para que yo terminara de convencerme de que aquel muchacho era un verdadero experto en temas de pueblos originarios del norte de Chile. Nos presentamos y se mostró bastante interesado en mi persona. Quiso saber qué me había traído a este lejano país. Cuando le conté que estaba interesado en materias relacionadas con la alquimia, la transmutación de los cuerpos y los metales, y la figura de Robert Boyle y todos sus discípulos, me confió de inmediato su más sincera atención.

Me pidió que lo acompañara a su despacho. Y yo lo seguí.

Apenas abrió las puertas de su estudio, corroboré que todo lo que se decía de él era cierto. Adosadas a todos los muros de adobe de la estancia, había una decena de vitrinas, iluminadas desde su interior, que contenían una infinidad de piezas arqueológicas que de inmediato reconocí. Pertenecían al llamado "segundo período" del desarrollo agroalfarero de las culturas atacameñas. Vasijas de diferentes formas y tamaños, figuras de hombres y felinos, cóndores con sus alas abiertas, todas hechas en una arcilla negra pulida, se alineaban en perfecto orden y exhibición.

—Aquí se hace la alquimia nacional —dijo, y señaló un aparador en particular.

El escaparate en cuestión tenía sólo unas tabletas, también hechas en barro oscuro, rectangulares y con una cavidad llana en el centro. Algunas estaban más decoradas que otras, con símbolos geométricos repetidos a lo largo de sus cuatro bordes o simples trazos que representaban árboles con sus ramas y raíces a la vista. Sarmiento me explicó que dichas tabletas servían de bandeja sobre la cual los chamanes atacameños molían semillas que luego aspiraban durante sus ritos y para inducir trances místicos. A esta pieza la completaban los tubos inhalatorios, espátulas, pilones y piezas especialmente diseñadas para machacar los granos. Los conductos para succionar el polvo eran de hueso de ave y de madera.

Continuó explicándome que la semilla más apetecida por los chamanes era la semilla del cebil (nombre científico: Anadenanthera colubrina), una especie botánica de Sudamérica, de tronco gris oscuro, que crece hasta alcanzar los casi seis metros de altura. La leyenda cuenta que sus semillas más especiales, las que sólo algunos han podido moler e inhalar, crecen en las raíces del árbol y no precisamente en las ramas. No hay registro escrito de qué efectos producen dichas semillas, que se forman dentro de unas vainas de forma alargada, de color castaño rojizo y de textura leñosa. Pero la tradición oral, señaló Sarmiento, ha recopilado algunas leyendas de hombres que mutaron en animales, en plantas o en cualquier otro tipo de objeto, luego de consumir el polvo de las mismas.

Según la leyenda, continuó contándome que sólo la divinidad conocida como el "Decapitador" podía bajar a las profundidades de la tierra, donde crecían las raíces del cebil, para extraer de ahí las bayas necesarias para elaborar el polvo. Y para ilustrar lo que me estaba diciendo, apuntó a una figura de cerámica que se destacaba al centro de una de las vitrinas: representaba a un personaje ampliamente difundido en la cultura andina, que tenía la forma de un hombre con una máscara de jaguar, que llevaba en una mano un hacha y en la otra una cabeza decapitada.

(Nota: el "Decapitador" también es conocido como el "Sacrificador". De su presencia en la artesanía en el área altiplánica, se deduce que las decapitaciones en las ceremonias eran frecuentes. Las cabezas representan las ofrendas a esta divinidad felina, que tiene una larga tradición en el área altiplánica.)

—Hay sólo dos lugares en este país donde crece el cebil. Un pueblo al norte llamado Lickan Muckar, y un pueblo al sur llamado Almahue —explicó.

(Nota: Almahue, vocablo mapuche que quiere decir "Lugar de fantasmas". Tiene una población de menos de doscientos habitantes. Está enclavado en la costa de un fiordo patagónico.)

Mi anfitrión me explicó, además, que Almahue es un pueblo muy particular. Una peligrosa maldición pende sobre sus lugareños: allí nadie puede querer. Dicen que una salvaje mujer de nombre Rayén, hija de un botánico que desafió las leyes de la naturaleza, condenó a todos a perder sus capacidades para sentir amor y a morir ante dicho sentimiento. El malamor ha regido la vida de dicha gente por casi veinte años. El origen de dicho castigo se funda con una traición amorosa, causada por uno de los terratenientes de la zona quien, según Sarmiento tenía entendido, aún vivía en el pueblo.

La coincidencia es demasiado grande: esa mujer que sabe utilizar las fuerzas de la naturaleza para su provecho y antojo, y que además se llama Rayén, no puede ser nadie más que mi Rayén: el objeto de mis indagaciones.

Escribo esto cuando son casi las cuatro de la madrugada. No consigo dormir pensando en que en un par de horas estaré rumbo a la Patagonia, la porción de tierra más austral del mundo. Si la Leyenda del Malamor es cierta, muy pronto lo descubriré. Si el terrateniente causante de todo aún respira, será el primero a quien entreviste. Y si Rayén aún anda por ahí, despechada y causando el mal, no se escapará a mi búsqueda. Mi intuición de explorador no me falla. Nunca lo ha hecho. Y esta vez, tengo la certeza que ella y yo estaremos cara a cara mucho antes de lo que yo mismo imagino.

15
Pestañear más de la cuenta

Fabián despertó con la certidumbre de que alguien lo estaba observando. Y en efecto, así era: dos enormes pupilas femeninas lo escrutaban a escasos centímetros de su cabeza que aún reposaba sobre la almohada. Por un instante, y aún sumido en la duermevela de la manana, pensó que se trataba de la misteriosa joven aparecida en medio de la tormenta que por alguna extraña razón se había subido a su cama. Con sólo evocar su rostro y presencia, Fabián pestañeó con celeridad y sintió de inmediato ese calor que parecía ablandarle los músculos del cuerpo cada vez que estaba frente a ella. Pero no: no se trataba de aquella muchacha. Entonces, creyó reconocer en esos ojos que seguían fijos en él, la actitud torva de Patricia que, sin palabras, lo desafiaba sólo con el brillo lacerante de su mirada. Iba a incorporarse para exigirle, lleno de molestia y rabia, que saliera de su habitación cuando cayó en la cuenta que no eran dos pupilas humanas las que lo estaba contemplando: eran demasiado alargadas, grandes y amarillas para pertenecer a una persona. ¿Entonces?

De pronto, la puerta del cuarto se abrió con estrépito para dejar entrar a una angustiada Elvira. Junto con ella, ingresó también el violento estallido de un trueno que les recordó a ambos la tormenta de viento y lluvia que azotaba sin descanso el exterior.

—¡Fabián, levántate…! ¡Necesito que vengas ahora mismo a la sala! —pidió con una voz que a duras penas ahogaba la aparición del llanto. Y agregó, llena de desconcierto—. ¿Qué hace ese animal ahí…?

Entonces, el muchacho comprendió que a su lado había un gato, de inmaculado pelaje blanco, que como una esfinge de alabastro lo observaba en total inmovilidad. Elvira se acercó a la cama, molesta.

—¿Cómo entró hasta aquí? —preguntó.

—No lo sé… Habrá sido durante la noche…

—Va a dejar las sábanas llenas de pelo, y las acabo de lavar —se quejó—. ¡Fuera! ¡Fuera de aquí! —exclamó la cocinera, sacudiendo los brazos para espantar al animal.

El gato no se movió ni un milímetro de su posición. Elvira se le aproximó un poco más, dispuesta a empujarlo hacia el suelo. Pero cuando estiró la mano, recibió un violento zarpazo que le dejó un rasguño en la piel.

—¡Me arañó…! —gritó asustada—. ¡Mira lo que me acaba de hacer…!

Fabián saltó fuera de la cama para acudir en ayuda de su madre. Al instante, el gato abandonó su posición en el colchón y se le pegó a las piernas. Desde ahí, le dedicó una mirada cargada de advertencia y desprecio a la mujer que se cubrió el antebrazo rasguñado con el delantal, para evitar que la sangre manchara el suelo.

—Vístete rápido que necesito que vayas a la sala —pidió adolorida—. ¡Y deshazte de ese animal, que es un peligro!

Pero el muchacho no consiguió cumplir con la orden de su madre. Por más que hizo el intento, no logró sacar al animal fuera de su habitación. Ni siquiera pudo despegarlo de su cuerpo: parecía obsesionado con él, su amo, a quien había adoptado con devoción. A pesar que no era bienvenido en ese lugar, se limitaba a observarlo con sus enormes ojos felinos, mientras ronroneaba y se frotaba suavemente contra él. Y cuando le saltó de improviso a los brazos, descubrió en efecto de que se trataba de una gata con perturbadores ojos humanos y apasionada actitud.

"Ya tendré tiempo de deshacerme de ella", pensó Fabián mientras se vestía a toda prisa luego de un breve duchazo. Estaba intrigado por descubrir qué sucedía en la sala de la casa de los Schmied, y qué tenía tan alterada a su madre. Cuando entró al lugar, se encontró con el teniente Orellana, con su uniforme que aún goteaba agua de lluvia y una sombría expresión en el rostro, acompañando a un desolado Egon que negaba con la cabeza al tiempo que sostenía una bolsa llena de hielo contra una de sus sienes.

—No... ¡Le repito que estaba demasiado oscuro! ¡No vi a la persona que me golpeó en la cabeza! —dijo el hijo mayor de Walter—. No pude ver nada...

—Fue alguien fornido, eso es un hecho —comentó Orellana—. Para golpear y aturdir a alguien de su tamaño, se requiere altura y mucha fuerza.

—Sí, supongo...

—Un hombre, entonces. Tiene que haber sido un hombre —concluyó el uniformado, y giró la cabeza hacia Fabián—. ¿Y tú? ¿Se puede saber dónde estabas anoche...?

—Aquí... —respondió el aludido sin terminar de entender qué había sucedido con Egon y por qué ese desagradable sujeto le hablaba con ese receloso tono de voz.

—¿Ah sí...? ¿Y tienes cómo probarlo? —lo encaró, aumentando aún más la desconfianza en sus palabras.

Por toda contestación recibió un agudo maullido de la gata que, entre los pies de Fabián, erizó el lomo y abrió la boca dejando ver una hilera de agudos y afilados dientes. Orellana retrocedió de manera instintiva, poniendo distancia entre él y ese animal que parecía dispuesto a hacerle daño.

—Patricia desapareció —le dijo Egon al hijo de la cocinera—. Anoche fuimos juntos a la cabaña que construyó mi padre...

—¿La que está a las afueras del pueblo? —se sorprendió Fabián.

—Sí, a ésa. Al parecer alguien nos siguió, porque escuchamos pasos... un ruido. Yo salí a ver quién era, pero me golpearon. Mira...

Egon se quitó la bolsa de hielo de la zona afectada: una enorme magulladura, de un intenso azul oscuro, señalaba la zona exacta donde había sufrido el violento ataque.

—Estuve inconsciente un par de horas. Cuando desperté, estaba botado en el barro, empapado por la lluvia. Y no había rastros de Patricia...

—¿Y a qué fueron los dos a esa cabaña? —inquirió Fabián con evidente curiosidad.

El aludido bajó la vista hacia el suelo, y con un leve quejido acomodó nuevamente el hielo sobre la herida de su cabeza. Por lo visto no pensaba contestar. Y antes que hubiera tiempo de insistir en la pregunta que quedó sin respuesta, el teniente Orellana avanzó hacia Fabián a pesar de la amenaza del animal que volvió a lanzar hacia delante un zarpazo de uñas desplegadas.

—¿No tendrás tú algo que ver con la desaparición de esa joven? —le disparó el uniformado a la cara.

El joven se quedó en silencio unos instantes. No daba crédito a lo que oía: lo estaba acusando directamente de la desaparición de Patricia. Era obvio que ese tipo —que para su desgracia era la única autoridad del pueblo— lo tenía en la mira e iba a hacer lo que estuviera a su alcance para vengarse y cobrarse de alguna manera el rechazo de Elvira. Fabián iba a abrir la boca para responderle con todo el vigor y la vehemencia que su inocencia merecía, pero no consiguió hablar. Su voz se la tragó una vez más esa laxitud de músculos y espíritu que ya comenzaba a ser frecuente en él. Una flacidez le subió por las piernas, se expandió por su tórax y le alcanzó la punta de los dedos. De inmediato, sus ojos comenzaron a pestañear más rápido de lo necesario y un rictus le torció la boca en una suerte de forzada sonrisa. Era ella. Lo estaba llamando. Podía escuchar dentro de su mente el dulce sonido de su nombre siendo pronunciado por aquella boca tan especial y única.

—¿Y? ¿No tienes nada que decir en tu defensa? —insistió Orellana vigilando con un vistazo a la gata que seguía dando arañazos al aire.

—Ella me necesita —fue la respuesta de Fabián quien, ante la sorpresa de los presentes, se giró sobre sí mismo y salió hacia al recibidor.

Cuando comenzó a subir las escaleras rumbo al ático, ajeno por completo a los gritos del uniformado que le exigía que regresara o iba a pagar las consecuencias, una sonrisa aún más grande y artificial curvaba sus labios. Desde lo alto, junto a la redonda claraboya, Rayén controlaba sus movimientos. "Ven aquí. Ven, te necesito", pronunciaba en silencio. Y no mentía en lo más mínimo: necesitaba a Fabián para dar el tiro de gracia que su plan requería. Sobre todo en ese preciso momento que Ángela caminaba por ahí, al otro lado de la ventana, y estaba a punto de observar lo que nunca hubiese podido imaginar.

Rayén sonrió, satisfecha. Y a diferencia de la de Fabián, su sonrisa sí era auténtica. Y muy peligrosa, como toda ella.

16
Ver lo que no se quiere ver

—¿Entonces se murió? —preguntó Mauricio, asombrándose debajo de un enorme paraguas que hacía inútiles intentos por protegerlo del aguacero que se derramaba sobre la plaza de Almahue.

—Yo espero que no —respondió Ángela sin quitarle la vista de encima al tronco y su descomunal follaje, que habían amanecido aún más inclinados hacia el suelo.

Las gafas oscuras que le cubrían los ojos la ayudaban a poder soportar la claridad y el resplandor que le entraban a borbotones por las pupilas. Nada había cambiado desde la noche anterior: luego de beber ese vaso de leche con naranja, algo había cambiado en la composición de sus retinas. De hecho, su primera reacción al despertar esa mañana y descubrir que su visión seguía alterada fue de pánico. Quiso correr en busca de la ciega y obligarla a que le devolviera la calma y el correcto funcionamiento de sus ojos. Sin embargo, algo en ella la hizo conservar la calma. "Hay que aprender a mirar dos veces", recordó. Si Rosa había hecho eso, por algo sería. ¿Por qué? Estaba segura que muy pronto lo descubriría. Era cosa de acostumbrarse a su nuevo estado.

No era una experta, y tampoco tenía acceso a Internet como para confirmar la información, pero daba por hecho que su rango de visión había aumentado. Su mirada no sólo era capaz de atravesar la oscuridad, sino que además apreciaba con mayor detalle lo que estaba lejos. Su nervio óptico se las ingeniaba para poner en un mismo e inmediato plano visual lo que un ojo ordinario vería a muchos metros de distancia. O no vería, sencillamente. El efecto de apreciar lo distante y lo próximo al mismo tiempo le producía un cierto vértigo, palpitaciones de angustia y una sensación de caerse de bruces cada vez que daba un paso. Por eso su hermano no entendió nada cuando la vio aparecer esa mañana en la cocina de Rosa, con anteojos negros y apoyándose en los muros, como si caminara sobre un bote que daba tumbos en medio de una marejada o se despertara después de una intensa noche de fiesta. Había que tener mucha fuerza de voluntad para no gritar de frustración y tormento ante la condición que apenas le permitía avanzar por el pasillo y que la tenía convertida en todo lo opuesto a una ciega; o mejor dicho, en una ciega que, por exceso de visión, a duras penas conseguía ver.

—¿Sabes qué clase de árbol es? —la voz de Mauricio la sacó abruptamente de sus reflexiones.

—Es un cebil —dijo con gran seguridad, recordando lo que había leído la noche anterior en el diario de Benedicto Mohr.

—Bueno, tal vez este cebil era muy especial y por eso su fin fue también único —reflexionó el muchacho, cubriéndose la boca con la bufanda y preguntándose si su hermana sería capaz de entender su descubrimiento sobre cómo las señales de transmisión morían en contacto con aquellas ramas y tronco.

—Sí, tal vez —murmuró ella.

A pesar de que Mauricio hizo algunas preguntas, Ángela prefirió callar. ¿Cómo explicarle todo lo que estaba sucediendo ahí, bajo sus propias narices, sin parecer que había enloquecido sin remedio alguno? Era imposible. Pero luego de leer el diario del explorador europeo, estaba más segura que nunca que Rayén debía andar por ahí, circulando entre ellos, oculta en el follaje, burlándose de su incapacidad para dar con ella. Giró la cabeza, pero sólo vio lluvia y más lluvia que hacía espuma al rebotar sobre el barro y los continuos ríos que horadaban las calles del pueblo.

"Entonces, por eso este árbol siempre fue tan importante para Rayén y su padre", reflexionó la joven. Porque era un cebil: el único que da esas semillas tan especiales por las cuales el Decapitador es capaz de bajar al fondo de la tierra. Si el árbol seguía inclinándose, muy pronto una parte de su sección subterránea quedaría a la vista luego de partir la capa de asfalto que la escondía. ¿Tendría éste también esas misteriosas y apetecidas vainas adheridas a sus raíces?

Un sonoro crujido en sus maderas les anunció que acababa de torcerse otro poco más. Por lo visto, su fin estaba cada vez más cerca.

Ángela desvió la mirada, afectada por el desplome que estaba ocurriendo al centro de la plaza del pueblo. Se quedó observando la esquina por donde el día anterior vio desaparecer a Patricia junto a su enigmático acompañante. Le pareció increíble no tener aún noticias de ella, aunque con dolor tuvo que reconocer que ya nada le extrañaba de su parte. Había cambiado tanto. Poco quedaba de aquella muchacha silenciosa y de apariencia frágil que se sentó junto a ella en el salón de clases, el mismo día que ambas cumplían trece años. "A veces es necesario mirar dos veces. Sobre todo cuando se pestañea más de la cuenta." Recordó las palabras de Rosa y negó con la cabeza: estaba segura que si miraba dos veces en la dirección por donde se había ido Patricia, no le iba a gustar nada lo que podía llegar a encontrar.

Ángela… Ángela…

Un estremecimiento que le nació en la boca del estómago le trepó garganta arriba y explotó convertido en una exclamación de temor. *Algo* acababa de pronunciar su nombre. Algo que no era humano la había nombrado, ahí, muy cerca de su oreja.

—¡¿Oíste?! —exclamó, mirando a Mauricio.
—¿Qué cosa?

Ángela... Ángela...

La joven soltó el paraguas que cayó al suelo. La lluvia le dio de lleno en la cara, deformando con sus gotas todo lo que veía a través de los lentes, que se quitó de un simple manotazo. ¿Quién la estaba llamando?

Soy yo... mírame...

Ángela paseó la vista por las cuatro esquinas de la plaza, pero todo parecía tan tranquilo y solitario como siempre. No había gente en la calle. Y la voz que la interpelaba no era pronunciada por una boca ni ingresaba a su cuerpo a través de sus orejas. No. La voz parecía cobrar vida directamente al interior de su cabeza, como si sus propias células tuvieran labios que a su vez fueran capaces de hablar de adentro hacia afuera.

Mírame... ¡Ahora...!

Entonces, un breve golpe de viento alteró el ritmo de la lluvia casi deteniéndola y sacudió con fuerza las ramas desnudas del árbol de la plaza, lo cual la obligó a quitarse los lentes, girar el cuerpo y quedar de frente a la enorme casa de los Schmied, al final de la calle. La iridiscencia de la imagen la hizo fruncir la mirada, algo ciega ante el fulgor de la pintura amarilla de los muros. Pero fue capaz de ver con toda claridad que allá en lo alto, en pleno vértice del techo, alguien la estaba observando a través de la claraboya. De manera directa.

Gracias a su nueva visión, pudo ver el rostro de aquella misteriosa joven a escasos centímetros de distancia, enmarcada por la moldura redonda de la ventana. Era ella, la desconocida que encontraron en medio de la tormenta, la que no decía su nombre. Ángela la vio sonreír, aunque no era una sonrisa de alegría. Era más bien una mueca de desafío. De burla. Movió lo labios, pero no hubo sonido en el ambiente. Sin embargo, dentro de su cabeza escuchó con claridad la pregunta que le erizó los cabellos.

—¿Sabes quién soy...?

En ese preciso instante lo supo. Qué ilusa había sido. Llevaba días buscando a Rayén oculta en la vegetación, en el paisaje de Almahue, cuando la tenía ahí, frente a ella... frente a todos.

La joven de la ventana sonrió aún más, y su rictus le dolió a Ángela como una laceración en la piel. No estaba segura si era un reflejo en el vidrio o si las pupilas de aquella mujer estaban comenzando a pintarse de rojo. De inmediato, una extraña sensación se apoderó de su cuerpo. Una oleada de calor le subió por las piernas, se expandió por su tórax y alcanzó la punta de sus dedos. Sus ojos comenzaron a pestañear más rápido de lo necesario. Los músculos de su cuerpo comenzaron a aflojarse uno a uno, destrabando su rigidez y, junto con eso, su sentido de alerta. Sin embargo, todo el proceso se interrumpió de golpe cuando vio aparecer a Fabián también en la claraboya. Una vez más la distancia se hizo polvo y tuvo la sensación de tenerlo ahí, al alcance de su mano. Él sonreía, mientras mantenía su mirada fija sobre la desequilibrada de pupilas rojas, quien estiró su brazo hacia él. Fabián la rodeó por la cintura y se inclinó hacia delante, buscándole los labios.

—¡Fabián, no…! —gritó Ángela con horror.

Mauricio miró a su hermana con gran desconcierto. ¿Qué le ocurría? ¿Por qué manoteaba y decía cosas sin sentido, con la vista fija hacia el final de la calle donde se apreciaba, a lo lejos, una hermosa casa amarilla de techos puntiagudos?

Ángela hubiese preferido arrancarse los ojos con las manos antes de ver a Fabián besando apasionadamente a esa otra mujer. ¡La bruja! ¡Su hombre estaba besando a la maldita bruja!

Sin medir consecuencias, o pensar en lo que hacía, se echó a correr rumbo a la casa de los Schmied. Incapaz de saber si la distancia era mucha o poca, y con la sensación de vértigo más alborotada que nunca, recorrió el espacio que la separaba con los brazos estirados hacia delante y el corazón latiéndole con fuerza en cada sien. Ni siquiera tuvo que golpear para poder entrar. Se encontró de frente con un hombre vestido de uniforme verde que abrió la puerta, justo cuando ella ya estaba llegando. No reconoció a Orellana que partía a realizar sus investigaciones cuando pasó por su lado e ingresó como una tromba al recibidor. Ahí estaba Egon, mirándola con una enorme confusión en el rostro y una bolsa con hielo que sostenía sobre su cabeza. Ángela se lanzó hacia la escalera que subió a tropezones, sin saber si el siguiente peldaño estaba de hecho ahí o era sólo la ilusión óptica la que le provocaba ese desbarajuste infernal. Llegó al último piso de rodillas, desesperada, intentado gritar de angustia pero con los pulmones demasiado ocupados en recuperar el ritmo de su respiración como para, además de todo, ayudarla a hablar.

—¿Ya sabes quién soy, verdad...?

Sí, claro que lo sabía, maldita bruja. La iba a matar con sus propias manos cuando consiguiera levantarse del suelo y atravesar el breve pasillo hacia la puerta cerrada del ático, donde ese demonio de ojos de fuego se estaba besando con su Fabián. ¡¿Qué le había hecho?! ¡¿Cómo había conseguido hechizarlo para arrancárselo de sus brazos?! Ahí estaba la puerta. Al alcance de sus dedos. ¿O no? Por más que manoteaba, no conseguía asir la manilla. Se sujetó a un muro y logró ponerse de pie, con una sensación de náusea revolviéndole el estómago. Caminó dos, cuatro, seis pasos. Hizo un nuevo intento y esta vez la palma de su mano chocó con la fría manija dorada que hizo girar. El rechinar de los goznes anunció su ingreso a la habitación de Ernesto Schmied. Apenas entró, pudo ver simultáneamente lejos y cerca a Rayén y Fabián trenzados en un apasionado abrazo junto a la claraboya, sus bocas y sus cuerpos adheridos el uno al otro.

—¡Fabián, no...! —gritó, afirmada del marco de la puerta.

Entonces Rayén empujó al muchacho hacia atrás, más pálido y débil que de costumbre. Con un gesto triunfal, giró la cabeza hacia Ángela: los ojos en llamas, la sonrisa cada vez más grande, el cuerpo comenzando a perder su definición y densidad.

—¿Te atreves a buscarme...? ¡¿Sabes dónde encontrarme...?! —preguntó.

Antes que la joven tuviera tiempo de responderle, Rayén juntó los brazos sobre su cabeza, formando una larga y vertical línea recta con sus piernas. Al instante, todo lo que hasta hacía un segundo era piel, cabello y tela, dio paso a un oscuro vapor que conservó la forma por unos instantes, y luego fue succionado por la ventana y expulsado hacia el exterior. El humo negro ondeó unos segundos en el aire, ingrávido, desafiante, y se perdió bajo la lluvia.

Ángela corrió hacia Fabián, quien hizo el intento de incorporarse del suelo, pero no lo consiguió. Su piel lucía sin brillo, algo traslúcida, y una sombra púrpura manchaba el contorno de sus ojos que parecían infinitamente cansados aunque seguían pestañeando a toda velocidad. Cuando Ángela miró hacia su pecho, tuvo que cubrirse la boca con una mano para no gritar: ahí estaba, frente a ella, el corazón del muchacho. Tardó un momento en comprender que el músculo no estaba realmente expuesto, sino que sus ojos eran capaces de ver más allá de la piel de Fabián, a través, incluso, del enrejado de sus músculos y costillas. Era un puño de carne que latía despacio, incapaz de acelerar el paso a causa de un viscoso líquido que lo cubría en su totalidad. "Alquitrán", pensó Ángela. Pero no. No era alquitrán. Una gruesa capa de mercurio cubría cada centímetro del corazón de Fabián, impidiéndole amar. Hubiese querido limpiarlo con sus propias manos, con la lengua si fuese necesario, hasta dejarlo puro y vigoroso, tal como se encontraba el día que ambos se conocieron.

"A veces es necesario mirar dos veces. Sobre todo cuando se pestañea más de la cuenta." Agradeció a Rosa aquel vaso de leche con sabor a naranja que dejó de manera tan inocente, pero llena de intención, en su mesita de noche. ¡Gracias a él había podido descubrir qué estaba pasando realmente con Fabián…!

¿"Te atreves a buscarme…? ¿Sabes dónde encontrarme…?"

Claro que sabía dónde buscar a Rayén. Y lo iba a hacer en ese preciso instante, hasta acabar con ella. Lo suyo ya era algo personal.

Besó con fuerza a Fabián, insuflándole su amor y energía, y salió veloz fuera de la habitación. Sólo cuando iba dando tumbos escaleras abajo, decidida a echarse a correr rumbo a la calle, descubrió con horror que existía la posibilidad de que tal vez nunca más lo volviera a ver. "Eso no va a suceder", se dijo. "Rayén no me va a ganar. Voy a volver a besar a Fabián."

Pero ni siquiera su más optimista intuición se atrevió a tener certeza de ello.

17
¡No te tengo miedo!

Las botas de Ángela se hundían hasta la altura del tobillo cada vez que ella intentaba dar un paso. La calle estaba convertida, a causa de la lluvia, en un río de aguas café poco profundas pero con un torrente adecuado como para dificultar y casi impedir el desplazamiento. Cada vez que llegaba a un cruce, la corriente se volvía un remolino que amenazaba con derribarla echando mano de su violencia y poderío. Tenía que afirmarse de lo primero que encontrara —un poste del alumbrado, la rama de un árbol, una ventana, incluso del escaño metálico de la plaza— para no salir precipitada de bruces.

Almahue era un pueblo fantasma. Sus habitantes estaban encerrados tras los muros de sus casas, intentando impedir que una inminente inundación comenzara a colarse hacia el interior y dañara lo poco que había quedado en pie tras el terremoto. Toallas, sacos de arena, e incluso tablas empezaban a acumularse frente a las puertas como improvisadas barreras. Pero todos estaban convencidos de que si la tormenta que se desgranaba desde el cielo encapotado no cedía pronto, no habría poder humano capaz de detener la crecida del agua y el desborde de los ríos que rodeaban el pueblo.

Ángela estaba decidida a llegar hasta el refugio de Rayén, aunque tuviera que seguir a tientas a causa de la dificultad para ver. ¡Qué ingenua había sido! No dejaba de recriminarse por el hecho de haber estado antes ahí, sin saberlo, y no haber sido capaz de atar las pistas que la conducían a la misteriosa mujer. Pero ahora todo embonaba. Por fin las piezas del rompecabezas encajaban unas con otras, sin dejar espacios o fisuras entre ellas. Estaba totalmente convencida que la casa de la señora Hortensia, en lo alto de la ladera frente a la caleta de pescadores, era el lugar donde Rayén se había estado ocultando durante todo ese tiempo. Y ella la iba a encontrar. Tenía de su lado el milagro de sus pupilas, que serían capaces de atravesar muros, escudriñar en la oscuridad y acercar la distancia hacia el borde mismo de su nariz. Ya no conseguiría esconderse. Gracias a Rosa, ella podría descubrirla con sólo abrir la puerta de esa casa.

A duras penas avanzó un par de metros, siguiendo la línea del borde costero donde ya se confundían arena y mar en una turbulenta masa líquida color tierra. Al girar la cabeza hacia la derecha, vio la vivienda de Hortensia recortada contra el cielo borrascoso de nubes grises.

Había llegado.

Con gran dificultad y con el corazón latiéndole más fuerte que de costumbre por la anticipación de lo que se venía, se echó a andar cerro arriba siguiendo el sendero delimitado por arbustos de calafate y helechos casi cubiertos por el barro. Desde la altura, pudo comprobar la magnitud del desastre que estaba provocando el exceso de lluvia: el trazado de las calles de Almahue había desaparecido por completo y en su lugar sólo se veían flujos de agua que imposibilitaban distinguir dónde habían estado las aceras o los caminos. Las lejanas imágenes del pueblo se le mezclaban en el mismo plano que los altos muros de la casa de Hortensia, que ya estaba junto a ella, y le impedían estar segura de cuán lejos o cerca se encontraba de su destino. Pestañeó más de lo necesario, con el fin de graduar el foco de sus retinas, pero fue inútil. Los efectos del brebaje de Rosa seguían tan intensos como desde el primer momento, alterando por completo la perspectiva de lo que veía.

Ángela se aferró del asta bandera, que se alzaba hacia lo alto junto a la entrada principal de la residencia, y desde ahí golpeó con todas sus fuerzas para intentar abrir la puerta. Al palpar la madera, reaccionó con sorpresa: estaba caliente, como si un soplete estuviera apuntándola con su llama desde el otro lado. Era un hecho: Rayén debía estar ahí. Sólo ella provocaba esa clase de fenómenos con su sola presencia, tal como lo consignaba Benedicto Mohr en su diario. Se lanzó entonces contra ella, una y otra vez, hasta que escuchó crujir las bisagras. A tientas, retrocedió un par de pasos y tomó el impulso necesario para aumentar la fuerza del empujón. Cerró los ojos, apretó los puños y la mandíbula, y corrió a toda velocidad hacia la puerta de la casa: su cuerpo se estrelló contra la puerta, los goznes cedieron haciendo saltar astillas desde el marco, y Ángela cayó desplomada hacia el interior, aterrizando sobre la madera caliente que le quemó las manos y las rodillas. Al lanzarse hacia un costado, varios filosos granos de sal se le incrustaron en las palmas de las manos.

Con un quejido de dolor se puso de pie, girando la cabeza en todas direcciones. Un viento que pareció soplarle sólo a ella le dio de lleno en el rostro y la obligó por unos instantes a cerrar los ojos, irritados por la energía de la ventisca. Cuando consiguió volver a alzar los párpados, una fuerte picazón en sus lagrimales le provocó un escozor que de inmediato supo no era normal. A través del cosquilleo que poco a poco se fue aplacando, pudo comprobar que la sala estaba tal como ella la recordaba desde su última visita: en el más absoluto de los desórdenes, los muros cubiertos por pestilentes manchas oscuras y los tablones del suelo invadidos por blancos montículos que despedían un intenso olor a cloruro.

—¡Sé que estás aquí, Rayén...! —gritó tan fuerte que una gruesa vena se le marcó en la frente por el esfuerzo—. ¡No te tengo miedo! ¡Da la cara...!

Hizo el intento de enfocar su mirada en los muros que la rodeaban, tratando de ver más allá de esas cuatro paredes. Pero, al parecer, el efecto de la pócima de Rosa había perdido su efectividad: la doble visión había abandonado sus pupilas. Se frotó los ojos una y otra vez, intentando recuperar aquella prodigiosa capacidad de apreciar lo lejano y lo cercano al mismo tiempo y ver más allá de lo visible, pero sólo consiguió empañar aún más su visión.

—¡¿Qué me hiciste...?! Esto es culpa tuya, ¡¿verdad?! —se quejó, sintiéndose súbitamente desprovista y frágil frente a lo desconocido.

Sólo el ruido de la lluvia al estrellarse contra las tejas del techo y los vidrios de las ventanas, respondió a su pregunta. Empujó con el pie una silla tumbada y despejó el camino para seguir internándose en la casa. Golpeó con furia una pared con el puño cerrado, lamentándose llena de rabia saberse una vez más una simple humana, pequeña e indefensa, atrapada en una ratonera sin salida. Eso fue lo que más la asustó: que ya no había marcha atrás.

—¡Gracias al diario de Benedicto Mohr sé que estás aquí! —exclamó, siempre alzando el tono de su voz—. Los montones de sal, las manchas de azufre en los muros, los charcos de mercurio en el suelo... ¡Todo eso es obra tuya!

Un leve crujido en las maderas hizo que Ángela volteara súbitamente, alerta y dispuesta a atacar a la menor provocación. Pero no encontró a nadie tras ella: era sólo el viento que se precipitaba al interior de la vivienda a través del espacio abierto donde antes estaba la puerta. Una brisa templada, que contrastó con el aire frío que la rodeaba, atravesó como una flecha junto a su cuello y le erizó todos los vellos de la piel. ¿Qué era eso? ¿La presencia de alguien que no se escondía y que había comenzado su ataque...?

—¡Gracias a Rosa descubrí qué le hiciste al corazón de Fabián! —vociferó llena de rabia—. ¡Tú eres la responsable de que haya estado así, tan extraño! ¿Pero sabes qué, Rayén...? —amenazó avanzando hacia el centro del lugar—. ¡Yo estoy dispuesta a salvarlo! ¡¡Me oyes...?!

Un nuevo crujido, esta vez más fuerte que el anterior, la obligó a detenerse y girar hacia la derecha y luego hacia la izquierda. "Eso no fue el viento", pensó con temor. "Es ella. Está aquí. Mirándome. Escuchándome." Se frotó los ojos con vigor, intentando despertar una vez más el milagro de sus pupilas. Pero nada sucedió.

—¡¿Dónde estás, maldita?! —chilló, sintiendo que una furia incapaz de contener se apoderaba de todo su cuerpo.

Un nuevo soplo de aire cálido le rozó la coronilla, desordenándole el cabello. Se llevó las manos a la zona, sintiendo la repentina tibieza en lo alto de su cabeza. Uno de los pocos cuadros que quedaban en su sitio en la pared central del salón cayó al suelo, partiéndose por la mitad. Ángela contuvo la respiración, al límite: la presencia de Rayén era ya un hecho.

De pronto, una corriente de viento la rodeó en espiral y fue subiendo por su cuerpo como un remolino al tiempo que inmovilizaba sus extremidades. La joven intentó alzar los brazos, pero una fuerza invisible la atenazó con rudeza mientras el silbido de una persistente brisa zumbaba junto a sus orejas.

—¡Déjame en paz, infeliz! ¡¿Qué quieres de mí...?! —exclamó, con los puños tan apretados que sus nudillos palidecieron a causa de la tensión de la piel.

Fue entonces que comenzó a escuchar unas risas sonoras. Eran las carcajadas de una mujer que no conseguía ver, pero que parecía estar en cada una de las esquinas de esa habitación convertida en ruinas. El sonido le llegaba en oleadas cada vez más intensas y estridentes que, con brutal rapidez, empezaron a ser insoportables.

—¡Te estoy escuchando! —dijo, con los oídos lastimados por aquella vibración que le taladraba los tímpanos—. ¡Da la cara!

La risa de Rayén rebotaba contra las paredes, subía hasta el techo y desde ahí volvía a lanzarse en dardos sobre la joven que ya no tenía hacia dónde moverse. Ángela abrió la boca con urgencia: el oxígeno hirviente que entraba por su nariz le quemó la garganta y le inflamó los pulmones, impidiéndole dar un nuevo resuello.

—¡¿Qué hiciste con doña Hortensia?! ¡¿Dónde está?! —preguntó con gran dificultad, aunque sabía de antemano que nadie le iba a responder.

Un nuevo golpe, mucho más fuerte que los anteriores, resonó por encima de las risotadas de Rayén que la tenían totalmente sitiada. Era ella. Debía estar a sus espaldas, dispuesta a brincarle encima como un rabioso animal de cacería. No iba a permitir que le hiciera daño.

Claro que no. Sin embargo, tuvo que reconocer que las fuerzas comenzaban a abandonarla. El ardor al interior de su cuerpo iba conquistando con demasiada velocidad sus órganos y extremidades. Chasqueó la lengua al interior de su boca ya seca de saliva, pero fue peor: el movimiento de su mandíbula sólo consiguió abrirle paso a una nueva avalancha de aire hirviendo que se despeñó garganta adentro. Un ligero cosquilleo le nació en las rodillas, señal inequívoca de que sus músculos estaban a punto de ceder. Buscó en su memoria la imagen de Fabián, débil y enfermizo, con su corazón cubierto de maldad expuesto en mitad del pecho, y esa visión le dio la fuerza necesaria para sobreponerse al estruendo de carcajadas que aturdía sus sentidos y quemaba su piel por dentro.

El amor. El amor absoluto iba a ser su escudo. Las ganas de volver a ver a Fabián. La necesidad de estar otra vez recostada contra su pecho. La fascinación de saber que él la había elegido a ella. No podía existir un enemigo más poderoso contra Rayén que la capacidad de adoración que ella había descubierto en los ojos de Fabián. Fabián. Su Fabián.

Con un grito de arrojo consiguió liberar los brazos de su impalpable oponente. Entonces, la energía que la mantenía cautiva cedió su presión contra ella, retirándose de su lado en una succión aérea que sacudió con alboroto las cortinas del ventanal y le desordenó aún más los cabellos.

Dispuesta a luchar hasta las últimas consecuencias, Ángela giró sobre su propio eje. Sus ojos cansados barrieron de lado a lado el campo visual al que se enfrentaba y de golpe, sin aviso, apareció el rostro del teniente Orellana. Su mirada estaba llena de furia y su boca de labios mezquinos pronunció con evidente triunfo:

—Ángela Gálvez, quedas detenida por destruir la propiedad privada y hacer desaparecer a doña Hortensia Valladares.

Y antes de que la joven tuviera tiempo de reaccionar y de comprender qué estaba sucediendo, el hombre le esposó ambas muñecas.

18

Acusada

El cuartel policial de Almahue, ubicado en una de las esquinas de la plaza, era una pequeña construcción de una planta, compuesta por dos reducidas habitaciones unidas por un estrecho y oscuro pasillo. Al cruzar la puerta desde la plaza, se ingresaba a la primera donde un escritorio, dos maltrechas sillas, unas cajoneras de madera y un bote de basura eran todo el mobiliario que había y cabía en el lugar. Al fondo se encontraba una puerta que conducía a un baño y al lado un estrecho pasillo. El lugar debía tener la luz encendida las veinticuatro horas del día, pues una minúscula ventana llena de polvo era insuficiente para permitir que los rayos del sol lo iluminaran. Como era su costumbre, Orellana se pasaba el día sentado ahí, detrás del escritorio, tamborileando sus dedos en la gastada cubierta en espera de algún evento que le diera algo de emoción a su monótona vida.

El segundo cuarto era aún más reducido, pues el breve corredor se ampliaba para dar paso a una celda reforzada con paredes de cemento y una reja de gruesos barrotes que iban del piso al techo. El lugar sólo tenía como ventilación una pequeña ventana sin vidrios y reforzada con una fuerte y firme rejilla.

En ese lugar estaba Ángela encerrada. El espacio era tan estrecho e incómodo que desde el primer momento se sintió confinada al fondo de un ropero o, peor aún, atrapada sin destino en una comprimida caja de hormigón. Dentro de la celda había una destartalada silla de madera, y una sucia y deteriorada letrina de la que salía sin descanso un insufrible olor a drenaje. Ángela alejó la silla lo más posible del inodoro, ubicándola bajo la ventana donde el frío y las salpicaduras de agua se sentían con mayor fuerza. Se arrellanó lo mejor que pudo, pero por más que lo intentó su cuerpo no consiguió nunca acomodo.

Lamentándose por no tener más estatura para alcanzar el borde de la ventana, se trepó con gran dificultad en la silla y se aferró con ambas manos a los barrotes. Así logró asomarse y mirar hacia la calle. Desde ahí pudo ver con toda claridad el cebil completamente inclinado, con su ramaje casi a la altura del suelo, y el anegamiento de la glorieta central. No había nadie circulando por ahí. La lluvia velaba su visión con su persistente caída, otorgándole al paisaje un monocorde color plateado que convertía al cielo y la tierra en una misma superficie que borraba cualquier diferencia que hubiera entre ellos.

—¡¿Ángela?!

Era la voz de Mauricio que, desde la distancia, rebotó contra el concreto desnudo de las paredes de la celda. La muchacha se bajó desde donde se había encaramado, justo en el momento para ver aparecer al otro lado de la reja a su hermano empapado de pies a cabeza con cada uno de sus ensortijados cabellos pegados a la cara. La nariz y las orejas estaban completamente rojas por el frío y una gruesa columna de vapor salía por su boca cada vez que respiraba. Se quedó observándola con infinita tristeza, lleno de preguntas e incertidumbres, sin saber por dónde empezar su interrogatorio.

—¿Qué... qué hiciste? —fue lo único que atinó a decir.

—¡Nada, Mauricio! ¡No hice nada! —le respondió ella haciendo el enorme esfuerzo por no alterarse más de la cuenta.

—Pero el policía anda diciéndole a todo el mundo que tú hiciste desaparecer a una señora, y que además te metiste a su casa a la fuerza —replicó.

—¡Eso es una mentira!

—¿Entonces no es cierto que rompiste la puerta de la casa de esa mujer, y que ahí te encontró...? —preguntó, ilusionado.

Ángela no supo qué contestar. Se quedó en silencio unos instantes, intentando conseguir dentro del desorden de su mente alguna explicación que sonara persuasiva y que lograra calmar a su hermano. Pero fue incapaz de articular un argumento que pudiera justificar su presencia dentro de la vivienda de la beata.

—¿Qué vamos a hacer ahora? —inquirió Mauricio al comprender que parte de la acusación era cierta.

—Voy a salir de aquí lo antes posible —señaló ella con toda la convicción del mundo.

—Ángela, te están acusando de la desaparición de alguien. ¡Y si encuentran muerta a esa mujer, vas a ser culpable de un crimen! —exclamó el muchacho haciendo bailar las pecas de sus mejillas.

La joven se aferró a los barrotes que la mantenían prisionera dentro de la celda. Por un instante tuvo la sensación de estar cayendo al vacío envuelta en un aire fragoroso que ni siquiera la dejaba respirar. Cerró los ojos con fuerza, con la esperanza de que al abrirlos se encontraría junto a Fabián, en la cocina de Rosa, protegida por los brazos de su enamorado y el fragante aroma de alguna cocción que hervía a fuego lento en la estufa de leña. Pero no: el brutal aroma a concreto húmedo de la prisión y el contacto gélido del metal contra las palmas de sus manos no le permitieron ni siquiera la ilusión de soñar por un segundo que las cosas iban a mejorar.

—Acaban de formar una cuadrilla de vecinos que salió en búsqueda de la tal Hortensia. ¿Así se llama la señora que desapareció?

—Sí. Así se llama —murmuró Ángela sentándose en la silla y apoyando la cabeza contra el muro frío.

—Quédate tranquila. No creo que la encuentren. No por ahora, al menos. Con esta lluvia...

Mauricio dejó la frase a medias, no muy convencido de lo que decía. En el fondo de su corazón deseaba frenéticamente que el cuerpo de aquella mujer nunca apareciera. O, mejor aún, que de manera inesperada la beata hiciera su entrada triunfal a Almahue, con una maleta colgándole de una mano, y contándole a todo el que quisiera oírle que había ido a ver a su hermana a Puerto Montt y que acababa de regresar en el ferry de la tarde. Ésa era la única alternativa que conseguía imaginar para poder sacar a su hermana menor de esa injusticia. La actitud del teniente Orellana había rayado en la prepotencia cuando llegó a casa de Rosa para dar la noticia del arresto de Ángela, y por lo visto no tenía ninguna intención de dejarla ir. Era la máxima autoridad del pueblo y eso le permitía abusar de su poder y de las leyes a su antojo.

Mauricio estiró el brazo hacia el interior de la celda y acarició los cabellos de la joven que parecían incluso haber perdido el intenso color rojizo que los caracterizaba. De alguna manera, se sentía responsable por la situación que ambos estaban viviendo: él había viajado especialmente hasta Almahue para llevarla de regreso a Santiago y había fracasado en el intento; y, por otro lado, no fue capaz de identificar a tiempo que su hermana estaba metida en algo mucho más grave de lo que imaginaba y que, por alguna misteriosa razón, nadie era capaz de explicarle de qué se trataba.

—Allá afuera está Fabián. También quiere pasar a verte —dijo sabiendo que eso ayudaría a levantarle el ánimo.

—¡Por favor dile que entre! ¡Necesito verlo! —exclamó ella levantándose de un salto y abriendo enormes los ojos y la boca—. ¡Te lo ruego…!

El muchacho asintió con la cabeza y se quitó de un manotazo los mechones de cabello que le caían sobre los ojos. Se estiró como pudo hasta que consiguió darle un beso a Ángela que, como última despedida, le acarició a su vez la curva de la mejilla. Notó que sus manos temblaban y no supo descifrar si era de frío o temor.

Mauricio salió del reducido espacio donde se encontraba la celda y llegó al otro cuarto a través de un breve y angosto pasillo, donde esperaba Fabián junto al escritorio. Apenas el muchacho desapareció al otro lado de la puerta, todo volvió a sumirse en el más completo silencio, interrumpido sólo por el alboroto de la lluvia al otro lado de la ventana, y el monótono sonido de una gotera que comenzaba a hacer un charco en el suelo. La joven notó que desde una esquina del techo se desprendía una filtración que iba dando forma a una poza justo a un costado de la silla donde ella estaba. El agua reflejaba como un espejo el muro gris, parte de los barrotes, y una sombra que se movió repentinamente dejando a su paso un rastro negruzco. Al darse cuenta que no estaba sola, Ángela levantó la vista, asustada, sintiendo que el corazón se le apretaba en un puño de hielo al interior del pecho. Sin embargo, todo el miedo que brotó sin contención alguna fue reemplazado en un instante por una extraordinaria sensación de alivio al descubrir que se trataba de Fabián que, a paso lento, venía acercándose hacia la celda. A pesar del alarmante gesto de angustia que le cruzaba el rostro, se veía más recuperado. Al menos sus ojos pestañeaban con normalidad y su piel había recobrado el tono canela habitual.

Por una fracción de segundo, Ángela tuvo un estremecimiento de recelo: ¿estaría aún sometido a los designios de Rayén, cumpliendo hasta su último capricho, o se habría desprendido ya de su corazón esa gruesa capa de mercurio que ella pudo ver y que lo obligaba a actuar de una manera completamente ajena a su voluntad?

—¡Mi amor! —exclamó él con infinita delicadeza en sus palabras, y avanzó decidido hacia los barrotes.

Arrebatada por la emoción de saberlo sano, la joven intentó controlar las lágrimas. Pero no fue capaz.

—No, no llores —suplicó Fabián extendiendo hacia el interior de la celda la mochila de Ángela y un bulto de lana de color verde—. Toma, esto te lo envía Rosa.

Desdobló la prenda y descubrió que se trataba de una gruesa manta con una abertura al centro. De inmediato, metió la cabeza en ella y se la acomodó sobre los hombros. El tejido entibió sus huesos y consiguió calmar en parte los escalofríos que le recorrían el cuerpo de pies a cabeza. Estiró las manos hacia delante, aferrándose con gran dificultad a Fabián que hizo el intento de rodearla con sus brazos, a pesar de los barrotes se lo impedían.

—Te juro que yo no hice nada... ¡Tienes que creerme! —rogó en un hilo de voz.

—Lo sé, ni siquiera tienes que decirlo. Claro que te creo. Yo te voy a sacar de aquí —sentenció—. ¡Así sea derribando con mis propios puños este lugar!

—Rayén estuvo todo este tiempo escondida en casa de doña Hortensia, antes de irse a alojar al ático de don Ernesto. Ella tuvo que haberla hecho desaparecer... ¡Y ahora por su culpa me están incriminando de algo que no hice! —se quejó, asiendo con fuerza el abrigo de Fabián.

—Esto es por mi culpa —dijo el muchacho, asintiendo con la cabeza—. Orellana está haciendo esto para vengarse. Él y yo tenemos un asunto pendiente, y ésta es su manera de cobrarse revancha.

—No entiendo... —articuló Ángela frunciendo el ceño.

—No importa. Lo único que tienes que entender es que te voy a sacar de aquí lo antes posible. Yo juré que no iba a permitir que nada malo te ocurriera. Y voy a cumplir mi promesa —sentenció con total convencimiento.

Ángela no necesitó más palabras para saber que su enamorado estaba de regreso y hablaba en serio. No logró identificar si era la manta que le caía desde los hombros hasta más abajo de la cintura, o la seguridad con la que Fabián se dirigía a ella, pero una oleada de tibieza se alojó entre su piel y sus huesos y le regaló un efecto de tranquilidad que consiguió distender su ceño fruncido y el nudo que le ataba la boca del estómago. El joven se inclinó hacia delante, pegando sus mejillas a los barrotes que le impidieron seguir avanzando. Buscó los labios de Ángela, que a su vez estiró el cuello lo más que pudo, alcanzando la boca de Fabián. Y se quedaron ahí, besándose largo y en silencio, jurándose compañía y amor sin decir una sola palabra, ambos agradecidos de que el influjo de Rayén sobre el corazón del muchacho ya fuera parte del pasado, acunados sólo por el lúgubre ruido de la gotera que rebotaba contra el suelo y hacía crecer cada vez más grande el charco de agua a sus pies.

Mientras, afuera, el teniente Orellana tamborileaba los dedos rítmicamente sobre su escritorio, consciente de que no había poder humano que consiguiera borrarle la sonrisa de triunfo de su rostro. "Nadie se ríe de mí sin recibir su castigo", se dijo asintiendo con la cabeza. Se echó hacia atrás en la silla y acomodó sus botas llenas de barro sobre la deteriorada superficie de la mesa. Desde ahí pensaba ser testigo privilegiado del confinamiento de su nueva detenida y de la total desesperación de su fiel e insolente enamorado cuando descubriera que ella no iba a salir libre en mucho, muchísimo tiempo.

Inhaló satisfecho, gozando el glorioso sabor de su pequeña y miserable victoria.

19

Imposible dormir

La noche llegó enmascarada entre la lluvia, al igual que las primeras inundaciones severas a algunas viviendas en la parte más baja del pueblo, y una sensación generalizada de que las cosas se habían salido de control con la naturaleza. A pesar de que estaban acostumbrados a las inclemencias del tiempo, a las largas temporadas de nieve, a las tormentas traicioneras y a los vientos huracanados que eran capaces de derribar árboles de cuajo, los habitantes de la zona no recordaban una tempestad tan extensa y dañina como la que estaban viviendo. Grandes extensiones de tierra destinadas a la ganadería se habían convertido en verdaderos pantanos donde los animales a duras penas conseguían mantenerse en pie a causa de la resbaladiza capa de barro que reemplazó pastos y cultivos. La caleta de pescadores tuvo que ser cerrada cuando el muelle desapareció tragado por la marea alta, que además arrastró botes y embarcaciones tierra adentro.

Desde su celda, y a través de la minúscula ventana que miraba hacia la plaza, Ángela vio oscurecerse el cielo y fue testigo del implacable estado de alarma en el que se sumió Almahue. Arropada bajo el poncho que Rosa le envió, y medio ovillada sobre la silla para no tocar el agua que hacía ya un gran charco en el suelo a causa de la gotera, intentó calcular cuántas horas llevaba ahí encerrada, pero no fue capaz. Se concentró durante un tiempo en imaginar que cada gota que caía del techo señalaba un segundo, para de esa manera poder establecer un ritmo y una unidad de medición. Pero al parecer la lluvia se había desatado con más fuerza en el exterior, porque de pronto la filtración alteró su cadencia y se convirtió en un pequeño y continuo chorrito que llenó de ecos el lugar.

Entonces tuvo que levantar su mochila del suelo y colgarla del respaldo de la silla. Si el agua seguía entrando, iba a terminar literalmente con el agua hasta el cuello.

Cuando el calabozo naufragó en las sombras y la única luz de la que pudo disponer para no desaparecer tragada por la oscuridad fue la de un farol de la calle que se colaba por la pequeña ventana en lo alto de la pared, comprendió que esa noche no iba a poder dormir. Pensó en Fabián y lo imaginó enfrentando al teniente Orellana, dispuesto a todo con tal de sacarla pronto de ahí. Un suspiro se le escapó sin que pudiera evitarlo: el simple hecho de pensar en Fabián convertía a la tragedia que la rodeaba en un espacio más amable. No tenía la menor duda de que él no descansaría hasta abrir la reja que la confinaba a esa desoladora y húmeda esquina donde estaba presa por un delito que no había cometido.

Ángela cerró con fuerza los ojos, haciendo estallar chispas de colores al interior de sus párpados. Era su manera de abstraerse de todo cuanto la acorralaba. Pero al quedarse en total oscuridad, los sonidos cobraron más fuerza y presencia dentro de ella y eso logró alterarla: no fue capaz de soportar el incansable repiqueteo de la lluvia sobre el techo del cuartel policial ni el desenfrenado goteo que comenzaba a salpicarla en la silla.

Iba a tener que buscar otra manera de engañar al tiempo.

Aburrida e insomne, paseó la vista por el lugar donde se encontraba. Miró el techo que era bastante alto y que se afirmaba sobre las tres robustas paredes de concreto y la reja que le cerraba el paso. Se sorprendió de que hubieran construido una celda tan firme y a prueba de cualquier intento de fuga. Era imposible salir de ahí. Aunque, por otro lado, concluyó que ese lugar también sería el más seguro de todo el pueblo, en caso de que las terribles réplicas que se venían presentando incrementaran su intensidad. Una cosa por otra, se dijo, y dio por concluido su análisis del lugar donde la habían encerrado.

Entonces abrió su mochila, sin saber muy bien qué estaba buscando. Se encontró con su *iPod* y sus audífonos y por un instante sonrió al pensar que podría enajenarse escuchando música la noche entera. Con desilusión recordó que no había cargado la batería. Entonces sacó la carpeta que había traído con ella desde Santiago, que tenía escrita en la portada "Leyenda del Malamor". Adentro estaban las fotocopias de toda la investigación que había logrado recopilar junto a Patricia, cuando no existían secretos ni envidias entre ellas, y sus días transcurrían plácidos entre su casa y los salones de la universidad.

Un dolor en la parte baja de la espalda la hizo cambiar de posición en la silla. Cruzó una pierna por encima de la otra, buscando así un nuevo acomodo. Aunque sintió el cuerpo más relajado, una punzada de tristeza la obligó a guardar los papeles de inmediato. Una incontenible sensación de nostalgia estuvo a punto de ganarle la partida, pero echando mano de toda su voluntad no le permitió que siguiera avanzando desde su estómago al corazón. A pesar de haber actuado a tiempo, el zarpazo de la memoria le devolvió durante un segundo el aroma de su dormitorio, mezcla de libros viejos, pintura fresca y el detergente con el cual lavaban las sábanas de su cama. Recordó también los largos y añosos pasillos de la facultad de Ciencias Sociales; la sonrisa amable de la bibliotecaria que siempre le permitía devolver los textos con un día de atraso; el patio donde le gustaba echarse a estudiar en medio de un charco de sol que hacía brillar su cabello cobrizo; las conversaciones con su madre durante la cena, cuando ambas se contaban sus aventuras de la jornada y se convencían la una a la otra que las cosas iban a mejorar.

Respiró hondo, ahuyentando con decisión la tristeza que parecía dispuesta a pasar la noche con ella.

Inesperadamente, dio un brinco en la silla, cuando algo áspero y húmedo le tocó el dorso de la mano. Asustada miró hacia abajo y se encontró con dos enormes pupilas amarillas que, desde el suelo, la observaban. Tardó unos segundos en comprender lo que estaba viendo.

—¡Azabache! —exclamó con sincera alegría.

El gato saltó sobre sus piernas y le frotó la cabeza contra el pecho. Gracias a un persistente ronroneo le hizo saber a Ángela que estaba contento de verla.

—¿Cómo llegaste hasta aquí? No sabes el gusto que me da verte —dijo ella acariciándole el lomo y arropándolo bajo la manta para protegerlo del frío.

Fue entonces que recordó el diario de Benedicto Mohr. Tal vez fue el hecho de que cada noche Azabache se recostaba sobre sus pies cuando ella se disponía a leerlo y que, de alguna manera, la escena se repetía ahora aun adentro de esa celda. No se lo cuestionó demasiado pero, aunque quiso, no pudo quitarse de la mente la imagen de aquel cuaderno escrito con perfecta y meticulosa caligrafía. Metió la mano a la mochila, rogando que Fabián o Rosa hubiesen tenido la ocurrencia de guardarlo en su interior. Efectivamente: sus dedos extrajeron la libreta que celebró con una risa de triunfo y que el gato acompañó con un maullido cómplice.

—Bueno, por lo visto vamos a poder cumplir nuestro ritual de todas las noches —sentenció Ángela con alivio.

Acomodó la silla de tal manera que la luz del farol de la calle diera directo sobre las hojas amarillas del diario. Con la mochila improvisó una suerte de almohada que apoyó contra el muro helado, y luego reposó ahí la cabeza. Se acomodó el poncho de Rosa y aspiró profundo ese olor a tintura vegetal y lana pura que ya había aprendido a apreciar viviendo bajo el mismo techo que la ciega.

"A pesar de todo, el día no ha terminado tan mal", se dijo venciendo por completo a la melancolía y la incomodidad. Buscó la página donde se había quedado en su última lectura y acompañada por Azabache dejó que las letras la arrastraran hacia atrás en el tiempo, lejos, muy lejos, a un domingo en octubre de 1953. Un domingo que cambió para siempre la vida de un arrojado explorador europeo.

20
Octubre, 1953

Domingo 4 de octubre de 1953:
Viajar hacia el fin del mundo no es tarea fácil. Fueron necesarios casi seis días para por fin llegar a Almahue. Cruzar de la localidad de Puerto Montt a Puerto Chacabuco casi me cuesta la vida, ya que la embarcación que abordé tuvo que enfrentar fuertes marejadas y un inesperado vendaval que alzó las olas por encima de nuestras cabezas y que por poco nos hace naufragar.

Cuando regresó la calma a la nave me pregunté: ¿habrá sido ella la responsable de dicho desbarajuste climático, furiosa al saber que iba en su búsqueda?

Una vez que volví a pisar tierra firme, tuve la suerte de encontrar a un ganadero de la zona que se ofreció a llevarme hasta el pueblo en su carreta. Fue un recorrido largo, en donde el frío se hacía cada vez más intenso a pesar de mi abrigo de cuero y una gruesa bufanda que compré antes de emprender el viaje. El aire gélido de la Patagonia parecía cortar mi piel como si fuera una filosa navaja de barbería y por un minuto pensé que tanto mis orejas como mi nariz no iban a ser capaces de resistir las bajas temperaturas.

Durante el camino tuve tiempo de apreciar un imponente ventisquero colgante, y una flora diversa y poco intervenida por el hombre, compuesta principalmente por coihues, tepúes y tepas. Divisé además cisnes de cuello negro, algunos pudúes, coipos y zorros que vivían en perfecta armonía. A medida que nos fuimos acercando al fiordo sobre el cual Almahue se encuentra, el graznido de las gaviotas se fue haciendo cada vez más intenso.

Almahue resultó ser un pueblo más pequeño de lo que imaginé. Es apenas un puñado de casas de madera, pintadas de diferentes colores, que se agrupan en torno a una pequeña plazoleta central. A poca distancia se encuentra una precaria caleta que no ofrece ningún tipo de seguridad para los pescadores que deben lanzarse a las aguas congeladas a riesgo de su propia vida. Completan el cuadro una sencilla capilla, una cancha que me imagino que los locales utilizarán para la práctica de las pocas actividades que el clima les permita realizar, y una suerte de hangar que me informaron es el astillero de la familia más importante de la zona: los Schmied.

Y tal como Olegario Sarmiento me había dicho allá en Linares, al centro de la plaza de Almahue se encuentra el cebil. Es un enorme y robusto árbol, de perfecto tronco cilíndrico y un ramaje grande y abierto como un paraguas. Debe tener unos seis o siete metros de alto, un poco más que el promedio de su especie. Me llamó la atención que aproximadamente la mitad de sus hojas lucieran un opaco color café, mientras que el resto se veía verde y saludable. Una hilera de personas formaba una extensa cadena humana que iba desde un pozo hasta el tronco mismo del árbol. Se pasaban de mano en mano una cubeta llena de agua, que el último de la fila le vertía a las raíces y devolvía vacía para luego recibir otra igual de llena. La coordinación de los movimientos era perfecta. Por lo visto, llevaban mucho tiempo regando de ese modo el cebil para evitar que su follaje terminara de secarse por completo.

Siguiendo las instrucciones que los mismos lugareños me dieron, continué mi camino hacia la enorme casa de los Schmied, que estaba al final de una calle de tierra sin salida. La residencia es una construcción de tres pisos, con varios techos en desnivel, donde resalta una redonda claraboya en el vértice superior del tejado. Los muros externos están pintados de amarillo, mientras que los marcos de las puertas y las ventanas, y la reja que bordea el jardín, lucen un inmaculado color blanco. No fue necesario ni siquiera que tocara el timbre para anunciar mi llegada. Apenas crucé la verja, vi aparecer en el umbral la figura de un elegante hombre, alto, delgado, que a pesar de tener apenas treinta y cuatro años parecía mucho, muchísimo mayor.

—Recibí su carta, señor Mohr —me dijo Ernesto Schmied—. Lo estaba esperando.

Luego de estrecharnos las manos, me hizo ingresar a un elegante hall. A través de la puerta entreabierta del salón principal alcancé a ver a una hermosa mujer, vestida de riguroso negro, que parecía presidir una reunión donde otras muchachas, mucho más jóvenes que ella, la observaban en silencio mientras sostenían rosarios en sus manos. Más tarde, el mismo Ernesto me confirmó que su esposa, llamada Clara Mora, da clases de catequismo y religión una vez a la semana.

Sin decir una sola palabra, el dueño de la casa y yo subimos hacia el tercer piso. Luego de recorrer un breve pasillo, entré a un ático de techo inclinado y vigas a la vista. Contra una de las paredes habían instalado una cama de alto respaldo de madera tallada, y dos mesitas de noche. En el muro opuesto, había un escritorio de cortinilla plegable, forrado con un paño verde, que claramente debían haber importado de Europa, a juzgar por el exquisito trabajo de marquetería. Sobre él había algunos trofeos deportivos ganados en competencias locales y un par de portarretratos. No vi fotografías de ningún niño: concluí que Ernesto y Clara aún no eran padres.

En una esquina ardía una estufa salamandra de hierro forjado. A través de su puerta de vidrio templado permitía ver la leña que se quemaba en su interior. La temperatura era agradable, muy distinta a la del exterior.

Ernesto Schmied llevaba casi catorce años de matrimonio, de los cuales doce había transcurrido prácticamente encerrado en ese lugar. Desde ahí controlaba el desempeño de los astilleros y las ganancias que las cabezas de ganado iban generando. Aun cuando ya no compartía el lecho con su esposa, esperaba tener pronto un hijo, un primogénito que se hiciera cargo de los negocios cuando él ya no fuera capaz. Si era hombre, pensaba bautizarlo Walter. Por el contrario, si era mujer, la niña se llamaría Aurora, como su abuela. "No puedo quejarme", me confió. "A pesar de todo, la vida ha sido muy generosa conmigo."

Sin embargo, apenas dijo eso, una sombra oscureció su mirada. Estaba pensando en Rayén. Lo intuí de inmediato.

"A veces sueño con ella", comenzó a hablar sin que yo lo presionara. "La vuelvo a ver tan hermosa como el primer día que la conocí, cuando llegó al pueblo en compañía de Karl Wilhelm, su padre. Sus ojos me miran, sonríe... Lo curioso es que yo estoy viejo, arrugado, ya casi sin cabello. En mis sueños yo soy un anciano y ella se conserva intacta, juvenil. Siempre estoy ahí, acostado en esa misma cama, aquí, en mi cuarto que no ha cambiado en lo más mínimo con el paso del tiempo. Apenas puedo respirar, mis pulmones ya casi no funcionan. Rayén se ríe, me invita a levantarme, a salir con ella volando a través de la ventana. Por más que intento obedecerla no puedo, soy viejo, muy viejo, mi cuerpo ya no responde. Ella se sigue riendo. Y de pronto exclama «¡Sorpresa!», tal como siempre hacía cuando jugábamos a las escondidas en el bosque. Y entonces...", el hombre hizo una pausa, miró por la claraboya, desde donde se veía con toda claridad el ramaje del cebil de la plaza. "Y entonces yo muero. Muero de felicidad."

A considerar: el padre de Rayén llegó a Almahue con el nombre de Karl Wilhelm. Obviamente es un nombre falso, que hace referencia a Karl Wilhelm von Nägeli (1817-1891), botánico suizo que descubrió los cromosomas y cuya principal rama de investigación fue el estudio microscópico de las plantas. ¿Por qué se puso ese nombre? ¿Cuál era su verdadera identidad? Apenas tenga acceso a más información, buscaré profundizar en la biografía del verdadero Karl Wilhelm.

No he señalado que escribo estas páginas en el cuarto de una humilde residencia de Almahue, que alquilé por un par de días. Llegué hace apenas unas horas de casa de Ernesto Schmied, tiempo que he dedicado a poner en orden toda la información que conseguí para poder ser lo más eficiente a la hora de transcribirla en mi diario. La dueña de la casa donde vivo es una joven invidente que casi ni se advierte, pues está siempre encerrada en su taller tejiendo alfombras en un enorme y arcaico telar vertical. La vivienda huele a hierbas que aún no termino de identificar.

Nota: son características de esta zona de la Patagonia las alfombras anudadas a mano para cuya elaboración se utilizan los recursos del lugar, como la lana de oveja, madera, y algunas técnicas de pigmentación aportadas por la tradición chilota. La dueña de la casa donde me estoy quedando tiene algunas en exhibición y la calidad del tejido y los diseños son realmente impresionantes.

Lo más extraordinario de conocer por fin al hombre que se enamoró de Rayén, es el hecho de haber descubierto que aún la ama. A pesar de que la historia de amor que vivieron fue breve y no alcanzó a durar ni siquiera un año, la huella de Rayén está presente en cada suspiro, en cada palabra, en cada evocación de Ernesto.

Le pregunté si sabía si Rayén continuaba en la zona. Fue categórico: "Claro que sí, aún no se ha ido", dijo de inmediato. "Cada vez que se seca una nueva hoja del árbol de la plaza, es ella cumpliendo su maldición. Nos vigila."

Ernesto me narró el día de su boda forzada con Clara Mora. Ésa fue la última vez que vio a Rayén. Sin titubear ni un solo instante, repitió las palabras que ella profirió: "Condeno a todos los habitantes de Almahue, a sus hijos, a los hijos de sus hijos, y a los hijos de ellos, al malamor. Nadie nunca podrá amar en este pueblo. ¡Y al que se atreva a desafiarme, morirá en el acto!"

Transcribo las palabras exactas de Rayén: "Y para que conozcan todo el odio que les tengo, el día que este árbol se seque por completo el pueblo entero desaparecerá. ¡Tragado por la tierra y barrido por el viento!"

Ernesto me dijo que hubiera jurado que ella se elevó y que sus pies no tocaron el suelo cuando les lanzó aquella maldición. Después relató que algunos de sus hombres creían haber visto a una joven correr y ocultarse en la espesura del bosque que rodea a Almahue. Él está seguro que se trata de ella, que aún vive oculta en la naturaleza que tanto le gustaba. No sólo por el hecho de que nada tiene que hacer ahí una joven —ya que al parecer las familias, asustadas con la maldición, prácticamente no permiten que nadie abandone los límites del pueblo—, sino que la acompaña en sus correrías una enorme lechuza de plumas grises que se conoce como el Coo.

Me extendió un libro de mitología chilote que sacó de una repisa. Abrió una página en especial, señalando un párrafo que copio íntegro a continuación:

"En oscuras e inclementes noches de tormenta, el Coo avanza en vuelos diagonales y verticales hasta la casa de su próxima víctima. Se acerca a la ventana y sacude sus alas, golpeando con ellas los vidrios y anunciando así sus malos augurios. Esa siniestra figura avisa a través de sus ojos amarillos y demoníacos, el veredicto de la brujería: es un hecho que alguno de los habitantes de esa casa tendrá un próximo y fatal desenlace."

Sustento de dicha leyenda: revisando un libro de aves de la zona, descubrí que el Coo es, en efecto, el tucúquere, una especie de lechuza más pequeña de lo normal. Emite un graznido espeluznante y es un gran depredador nocturno. Se dedica a cazar presas de poco peso. Lo más sobresaliente de su aspecto son sus enormes ojos amarillos y sus oídos que están protegidos por plumas más largas que parecen cuernos.

Antes que yo pudiera hacer alguna pregunta, Ernesto Schmied desplegó un mapa de Almahue y sus alrededores. Me señaló el punto exacto donde nos encontrábamos. Luego hizo un recorrido de un par de kilómetros hacia el norte, hacia un sector que me explicó correspondía al bosque nativo. Entonces su dedo avanzó hacia la derecha, internándose en el corazón mismo de la vegetación. De pronto se detuvo y señaló el punto en que habían visto a Rayén entrar a una cueva abierta en la ladera de una montaña, acompañada del Coo. "Es ella. Tiene que ser ella", masculló, convencido.

Yo guardé el mapa, el mismo que ahora tengo frente a mí. Sé exactamente cómo llegar a la gruta donde, al parecer, se esconde Rayén.

Las últimas palabras que pronunció Ernesto, antes de acompañarme a la puerta fueron: "Si la ve... si tiene la fortuna de encontrarse con ella... dígale que pienso en ella todas las noches. Y que mi cobarde corazón todavía le pertenece".

Lunes 5 de octubre de 1953:
Escribo esto cuando aún no son las ocho de la mañana. Estoy listo para salir en busca de Rayén. Ya cargué en mi bolsa un cuaderno, un bolígrafo, mi pipa, tabaco por si se da la oportunidad de fumar un poco, la lupa y el mapa que Ernesto Schmied me regaló con el punto exacto donde se encuentra la cueva a la que me dirijo.

Me ha sido imposible no recordar la pesadilla que tuve un ya lejano 29 de mayo. En ella, yo me sumergía en una vegetación muy similar a la de Almahue. Una lechuza salía a mi encuentro e intentaba atacarme. Por casualidad, encontraba una abertura en la ladera de una montaña por la que ingresaba. Y al entrar...

Como hombre de ciencias, no creo en las coincidencias. Claro que no. Siempre hay una explicación, una lógica, un porqué que responde hasta la pregunta más imposible. Todo se mueve gracias a un minucioso engranaje que sólo la lógica, la ciencia y la investigación son capaces de identificar. Lo demás... lo demás son mitos, leyendas, cuentos sin base ni rigor.

Y aun así, todo esto que me rodea, incluso mi destino, está orquestado por Rayén. Ella es el engranaje que me trajo hasta aquí. Y yo, obediente, iré a su encuentro.

Dejo mi diario de vida, éste donde escribo ahora, aquí en la pensión. La información que contiene es demasiado valiosa y no quiero exponerlo a los peligros del bosque. Dejo también un par de billetes que cubren el pago de la habitación, por si tengo algún problema y me tardo en regresar. Queda también mi maleta, la poca ropa que traje y algunos de los libros que me acompañaron en este viaje. Antes de partir a Almahue envié a un colega en Europa, el primer manuscrito de mi libro titulado Rayén. Todo está en orden.

Soy Benedicto Mohr y estoy decidido a encontrar el verdadero origen de aquella mujer llamada Rayén. Y lo aseguro con toda la convicción de mi carácter. Espero regresar pronto con buenas noticias.

Rayén, si puedes escuchar mi pensamiento, quiero que sepas que ahí voy.

21
La tierra se abre

No había terminado de iluminarse el cielo ceniciento en esa nueva mañana, cuando el monumental árbol de la plaza finalmente murió. A pesar de la lluvia y del exceso de humedad, sus ramas finalmente terminaron de secarse.

Ángela, hecha un ovillo bajo el capote de lana de Rosa y con Azabache convertido en bufanda alrededor del cuello, intuyó que algo extraordinario estaba próximo a ocurrir: la primera señal fue el súbito silencio que arropó a Almahue. Inesperadamente, todo el tintineo líquido que azotaba el techo del cuartel, y que además hacía una extensa laguna al interior del calabozo, cesó de golpe como si una mano hubiera cerrado la llave de un grifo. Extrañada, frunció el ceño y se incorporó de un salto.

Aguzó el oído: en efecto, había dejado de llover.

Una vez más se equilibró con gran dificultad sobre la silla, apoyando los pies en el respaldo del asiento y aferrándose con todas sus fuerzas a los barrotes de la ventana, y desde ahí vio hacia el exterior. El paisaje parecía suspendido en un eterno segundo, inmóvil como una postal brumosa y sepia, donde nada ocurría ni parecía que fuera a ocurrir. Las casas que alcanzaba a ver, al otro lado de la glorieta, escurrían el agua acumulada en sus techumbres verdes de moho y humedad, mientras las calles desalojaban todavía una impresionante cantidad de agua. Pero era un hecho que la tormenta había cesado de manera tan brusca como había iniciado.

Fue entonces que escuchó la segunda señal que le anunció que algo grave se estaba gestando bajo el suelo del pueblo: un sonoro gruñido, parecido al grito subterráneo de un animal furioso, hizo vibrar por un segundo la celda y alteró al gato que, de inmediato, arqueó el lomo y se ubicó en posición de alerta. Desde su privilegiado emplazamiento, Ángela vio cómo el árbol de la plaza se estremeció desde la base del tronco hasta la última de sus desnudas ramas, como si un intempestivo viento lo sacudiera sólo a él. El cemento que lo rodeaba se partió de lado a lado, creando fisuras a través de las cuales comenzó a escurrir el agua acumulada por los largos días de tormenta. El ramaje cayó al suelo, dejando en evidencia que ya nada se podía hacer.

Ángela se aferró aún más a los barrotes, dispuesta a no perderse nada de lo que estaba próximo a acontecer.

¡Y para que conozcan todo el odio que les tengo, el día que este árbol se seque por completo el pueblo entero desaparecerá! ¡Tragado por la tierra y barrido por el viento! Las palabras de Rayén, que tantas veces leyó en la libreta de Ernesto Schmied, y que cada uno de los habitantes de Almahue repitió como recordatorio de la condena que pendía sobre sus cabezas, volvieron a su mente y la llenaron de intranquilidad. Ahí estaba, frente a ella, el árbol muerto. Era un cadáver tumbado, un coloso de madera vencido en mitad de la calle, a la vista de todo aquel que quisiera despedirlo.

Contrario a lo que imaginó que ocurriría, nadie salió de sus viviendas. Hasta la naturaleza pareció contener la respiración, preparándose para el gran duelo que les esperaba.

De pronto, un descomunal plañido colectivo hecho de ladridos, relinchos, graznidos y piares se elevó a los cielos, como si todos los animales de la zona hubieran respondido en una única voz. Vio a los queltehues alzar el vuelo con un aleteo desesperado y huir rumbo a las nubes, mientras algunos caballos corcoveaban sin control y se perdían calle abajo. Fue en ese preciso instante, que la silla sobre la cual Ángela se había trepado tambaleó y amenazó con dejarla caer desde lo alto. Asustada, miró hacia abajo y vio al gato que se frotaba ansioso contra una de las patas.

—Azabache, cuidado. Por poco me tumbas —advirtió.

Pero una nueva oscilación del suelo le hizo darse cuenta que el gato nada tenía que ver con ese meneo que la empujaba de lado a lado: la tierra se movía como la cuna de un bebé cuya madre mece para obligarlo a dormir. Todo se balanceó de derecha a izquierda, y luego en sentido contrario, con un impulso que fue en aumento y que no tenía intenciones de detenerse.

—¡Ángela...!

La desgarrada voz de Fabián le llegó desde el exterior a través de la ventana a la cual todavía estaba aferrada. Lo vio correr hacia la plaza a toda velocidad, y frenar en seco al ver el árbol desplomado sobre el suelo. El muchacho se llevó una mano a la boca, ahogando una exclamación que, a pesar que nunca llegó a los oídos de Ángela, ella fue capaz de imaginar. Era un grito mudo que contenía todo el miedo y horror que los habitantes de Almahue habían acumulado durante generaciones.

Fabián giró la cabeza y vio a Ángela asomada por la ventana, con los nudillos blancos de tanto esfuerzo por mantenerse sujeta a los barrotes.

Cuando la joven iba a responderle, una violenta sacudida hizo saltar la silla hacia un costado y la dejó suspendida en el aire, agarrada del enrejado de la ventana, con los pies colgando. Escuchó un aterrado maullido de Azabache, un espeluznante crujido del cemento y un sector del techo al partirse de lado a lado.

—¡No te sueltes! —exclamó Fabián gritando a todo pulmón.

Ángela intentó girar la cabeza para ver a Fabián pero el muchacho había desaparecido. En su lugar, una enorme grieta estaba comenzando a abrirse desde el punto exacto donde había caído el árbol, partiendo en dos al pueblo. Con horror vio que el tajo oscuro devoró los escaños metálicos, el único farol y siguió avanzando hacia las casas que bordeaban la glorieta.

Almahue estaba siendo devorado desde su centro.

Ángela supo que era el fin.

Como pudo, renovó las fuerzas para mantenerse sujeta a los barrotes de la ventana mientras el suelo se convulsionaba cada vez más frenético. El ruido de rocas y capas subterráneas en movimiento escondió por completo los gritos de los habitantes del pueblo, que clamaban piedad.

Sin embargo, no fueron escuchados.

La abertura que horadaba el terreno creció y se extendió a tal punto, que arrastró hacia las profundidades la primera hilera de casas que delimitaban la plaza. Los muros se partieron ante la súbita desaparición del suelo donde se levantaban. Las ventanas estallaron cuando los techos se desplomaron sobre ellas. Camas, muebles, cuerpos humanos que se asían desesperados a algo que los salvara, maderas y adornos escurrieron hacia la grieta que se los tragó con voracidad mientras seguía devorando y extendiéndose por el pueblo con una velocidad vertiginosa.

El techo de la celda se partió por el centro, dejando entrar una bocanada de luz que obligó a Ángela a cerrar los ojos por el brusco cambio de claridad. El piso se fracturó, dejando la construcción en desnivel. Una viga cayó al suelo, aplastando la mochila que contenía sus pertenencias y el diario de Benedicto Mohr, y haciendo huir a Azabache hacia la esquina contraria. La pared en la cual ella estaba apoyada se inclinó hacia adentro, amenazando con desplomarse. Pero Ángela no se movió de su sitio, consciente de que lo peor que podía hacer era dejarse caer al piso que podía abrirse en cualquier momento bajo sus botas. Confió en que la estructura resistiera lo mejor posible el violento terremoto que azotaba la zona. Sin embargo, con angustia alcanzó a pensar en su hermano Mauricio, en Patricia que seguía desaparecida, en su madre, en Rosa que debía estar tejiendo sus alfombras a esa hora, y se despidió de ellos a la distancia. Era un hecho que ya no los volvería a ver.

En ese mismo instante, Fabián entró al cuartel policial sintiendo que se iba de bruces con cada empellón. Se encontró con Orellana que hacía inútiles esfuerzos por mantener el equilibrio al otro lado de su escritorio, mientras un polvillo blanco se desprendía desde el techo anunciando que estaba próximo a derrumbarse.

—¡Las llaves de la celda! —gritó el muchacho afirmado del marco de la puerta.

El uniformado se metió las manos al bolsillo y sacó del interior un voluminoso manojo de llaves que mantuvo sobre su palma unos instantes. Fabián iba a lanzarse hacia delante, dispuesto a arrebatárselo y correr rumbo a la habitación contigua donde se encontraba la celda, para así liberar a Ángela, cuando el grito de Orellana lo detuvo en seco. Con espanto vio cómo la pared que estaba tras el policía se quebraba por la mitad, igual que el telón de un teatro se abre antes de comenzar la función, dejando entrar al cuartel la grieta que se engulló el escritorio, la silla donde tantos años Orellana se sentó a dejar pasar el día, y al mismo uniformado que aleteó unos instantes en el aire con el rostro deformado de pánico, la boca abierta en un aullido de despedida que nunca consiguió dar, las botas llenas de barro sin terreno firme sobre el cual posarse. Fabián lo vio desaparecer por la fosa mientras el techo se desplomaba dando tumbos rumbo al centro de la tierra.

—¡Ángela! ¡Las llaves! —pensó mientras todo se hundía.

Entonces las vio: brillantes y plateadas justo a un costado del borde de la grieta, casi a punto de caer. Hizo el intento de acercarse, pero una nueva y más violenta sacudida le impidió moverse de su sitio.

Fabián supo que el futuro de Ángela estaba en sus manos. Invocó su sonrisa de labios siempre rojos, sus ojos color miel que se llenaban de reflejos hipnóticos cuando el sol le daba de frente, y el desorden de sus cabellos insolentes que tanto le atraían. Ángela. La mujer que había elegido para pasar el resto de su vida. No iba a dejarla morir. Claro que no. Y menos ahora que había conseguido deshacerse de esa pesadumbre y falta de control que sufría cada vez que estaba frente a Rayén. Haber dejado atrás su episodio de debilidad le había renovado la esperanza de poder construir un futuro junto a Ángela. Esa seguridad en sus sentimientos le permitió ser más osado: apretó la mandíbula y extendió hacia delante la pierna hasta que se lo permitió un cosquilleo de dolor en los músculos. "Un poco más, sólo un poco más", pensó. Esforzándose con toda el alma logró estirar un poco más la pierna y empujar las llaves hacia atrás, alejándolas del precipicio.

De pronto, el rugido del subsuelo aumentó su potencia e intensidad, provocando un zarandeo aún más fuerte que todos los anteriores. La violencia del movimiento telúrico lo lanzó hacia delante y lo hizo caer de rodillas en el suelo. De un rápido zarpazo tomó las llaves justo a tiempo: la grieta avanzó un par de centímetros, tragándose un trozo más de terreno y acorralando a Fabián que comprendió que ya no existía marcha atrás. Como pudo, se levantó y corrió hacia la celda. Con alivio, vio que los gruesos muros de cemento aún se conservaban en pie y, gracias a eso, el techo todavía no se había desplomado. Ángela seguía colgando desde el borde de la ventana, con los pies en el aire y el rostro lleno de pánico.

—¡No te sueltes! —ordenó Fabián y se dirigió hacia los barrotes que le bloqueaban el paso para llegar junto a la joven.

Hizo el intento de introducir un par de llaves en la cerradura, pero el temblor de sus manos y las convulsiones del suelo le impedían obrar con la rapidez que hubiera querido. El resquebrajamiento de los muros de cemento lo urgían a apurarse, sabiendo que si cedían toda la construcción se iba a venir abajo. Desde el exterior llegaban los alaridos de los habitantes de Almahue y el estruendo de las casas que iban desapareciendo ante el implacable avance de aquella mortal fisura que se engullía todo a su paso.

—¡Apúrate, no aguanto más! —suplicó Ángela, sintiendo que las fuerzas comenzaban a abandonarla.

Fabián probó con otras llaves, pero tampoco obtuvo resultados: la puerta de la celda seguía firmemente cerrada. Desesperado, probó una siguiente. Ángela dio un grito de temor cuando una de sus manos se soltó y la dejó colgando apenas de un brazo. Haciendo un enorme esfuerzo consiguió alzar el otro y aferrarse de nuevo al borde de la ventana.

De pronto, un chasquido metálico anunció que la cerradura estaba por fin abierta. Fabián miró emocionado a la joven que a su vez le devolvió una emocionada sonrisa como premio por su proeza. Finalmente iba a soltarse, pisaría por fin aquel suelo inestable para salir de ahí junto a su enamorado. De pronto, un estallido de polvo y tierra le bloqueó por unos instantes la visión. A través de la nube opaca que quedó suspendida frente a sus ojos, divisó el desplome definitivo de parte del techo y de una de las paredes contra las cuales se afirmaba la reja de barrotes. Un enorme cráter se abrió en la tierra con extraordinaria violencia e hizo desaparecer todo a su paso. Como si se tratara de una película en cámara lenta, la joven vio caer a Fabián hacia el fondo del abismo, perderse entre los escombros y el polvo, y desaparecer tragado por el negro más absoluto.

—¡Fabián...! —gimió Ángela tan fuerte que su voz se impuso al estruendo del fin del mundo y llenó por completo el espacio que la rodeaba.

Pero nadie respondió a su lamento.

TERCERA PARTE

> Más que el silencio de la tumba
> temo la hora de resurrección:
> demasiado terrible
> es despertar mañana en otra parte.
>
> Eugenio Montejo, "Sólo la tierra"

1
No voy a dejar que nada malo te pase

Un par de gritos desgarradores rompieron el silencio, desordenaron el polvo en suspensión, y corroboraron que aún quedaba vida después de la tragedia.

—¡Fabián...! ¡Fabián! —bramó Ángela hasta que sintió que su garganta ardía por el esfuerzo.

Escuchó el eco de su voz rebotar una y otra vez contra las paredes internas de la grieta, hasta desaparecer tragado por el subsuelo. El silencio que vino después la hizo tomar una decisión desesperada. No esperaría más: bajaría a los confines del mismísimo infierno y encontraría a su enamorado. No iba a permitir que todo acabara ahí, claro que no.

Soltó los barrotes de la ventana y cayó al suelo. El dolor de sus manos agarrotadas por el esfuerzo de haberse mantenido sujeta a la rejilla no se comparaba al que sentía en el pecho. En ese momento quiso aventarse dentro de aquel agujero de tierra y lodo que se había llevado su vida, pero una rotunda realidad le gritaba que de nada le serviría, y sólo pasaría a ser parte de los despojos lanzados al abismo. Con los ojos cuajados en llanto pronunció nuevamente el nombre de su Fabián, mientras un rictus de desconsuelo daba paso a un sollozo incontenible.

Azabache rondaba la boca de la grieta, maullando con desesperación, señalando con su mirada triste el abismo insondable por el cual Fabián había desaparecido. La joven lo levantó del suelo y lo abrazó con fuerza contra su pecho, intentando mitigar su propia angustia y el descontrol de sus lamentos. No tuvo palabras para calmar al animal cuando tampoco las tenía para sí misma. Sabía que cerrar los ojos no traería a Fabián de vuelta, ni al pueblo, ni a su gente. Con un pestañeo se acordó de su hermano Mauricio, de Rosa y Patricia, y rogó para que todos ellos también estuvieran a salvo.

—¡Fabián…! ¡¿Puedes escucharme?! —volvió a gritar hacia la fosa.

Una vez más, el solitario eco de su voz le hizo ver que, al parecer, allá abajo nadie estaba en condiciones de responderle.

Ángela se acercó temerosa al borde de la grieta, que se extendía hasta el borde mismo donde había estado la celda. Calculó que debía tener una decena de metros de ancho. Inclinó el cuerpo hacia delante, aventurándose a mirar hacia su interior a pesar de las lágrimas que anegaban sus ojos. Una sensación de vértigo la obligó a retroceder un par de pasos, lanzándose hacia atrás con urgencia y con el corazón latiéndole desbocado dentro del pecho. Los breves segundos en los que se asomó hacia las profundidades de la tierra, tuvo la impresión de estar contemplando el espacio infinito que, en una suerte de engaño óptico, se expandía hacia abajo y no hacia arriba.

El gato seguía aferrado contra su cuerpo, convertido en bufanda en torno a su cuello desde donde aún colgaba el poncho que la mantuvo temperada toda la noche y que ahora le recordaba el indudable cariño que la ciega le prodigaba a la distancia. Entonces reparó en su mochila que se encontraba debajo de los escombros e inmediatamente la rescató de entre los restos de polvo, tierra y grava. Con cierta alegría esperanzadora encontró dentro su linterna.

No voy a dejar que nada malo te pase. Recordó las palabras de Fabián cargadas de amor, de juramento, de compromiso. "No, mi amor, yo tampoco voy a dejar que nada malo te pase", se aseguró a sí misma, mientras encendía la linterna y, con enorme alivio, comprobaba que aún servía. Ángela permitió que el recuerdo de su indeleble aroma a madera ahumada, a bosque mojado por la lluvia, a cielo cubierto de nubes, se le metiera adentro y le llenara de valor el corazón. Con la premura de encontrar a Fabián con vida orientó el haz de luz hacia la hondonada. El círculo amarillo reveló que las paredes interiores de la fosa no eran tan verticales como ella imaginó en un comienzo, sino que para su fortuna presentaban una inclinación que le permitiría descender hacia el fondo del precipicio. Había rocas, algunas salientes y restos de la construcción a las cuales podría agarrase para iniciar su descenso.

Congeló el temor y la angustia que hacían esfuerzos por apoderarse de su estado de ánimo. "No voy a dejar que nada malo te pase", se repitió una vez más antes de animarse a dar el primer paso. Se acomodó la linterna al cinto, estiró la manta sobre sus hombros, se aseguró que Azabache siguiera firme en torno a su cuello, y se arrodilló junto al borde de la grieta. Su primer impulso fue cerrar los ojos, pero no se lo permitió. No podía darse ese privilegio. Nunca más. Necesitaba sus dos pupilas alertas para recorrer el camino hacia Fabián, quien posiblemente estaba herido.

Ángela estiró una pierna hacia el interior, tanteando el terreno con la suela de la bota en busca de un lugar seguro. Cuando encontró donde apoyarla, adelantó entonces el resto del cuerpo. Ni siquiera iba a pestañear. Se daba ánimos pensando que tal vez Fabián había conseguido afirmarse de alguna raíz o de alguna saliente, a mitad de camino en su caída, y ella tendría que rescatarlo lo antes posible. Sus dedos se afirmaron con fuerza de una roca que se asomaba en la pared. Convertida en una suerte de alpinista inversa, que en lugar de subir bajaba, descendió unos centímetros. Apenas su cabeza cruzó la línea del suelo y se sumergió bajo la superficie, la temperatura descendió de golpe y un frío de ultratumba la envolvió de pies a cabeza. Azabache maulló, haciendo notar que también había percibido el cambio en la atmósfera. Ángela agradeció el poncho que le cubría la parte superior del cuerpo y se preguntó si acaso Rosa sabía lo mucho que iba a necesitarlo. "Todo tiene una razón de ser", concluyó.

—Fabián, aquí voy —murmuró en un tono que pareció más una plegaria que una afirmación.

Dicho eso, desapareció por completo al otro lado de la boca negra de la tierra.

2
Nuevos pestañeos

El ruido: eso fue lo que más impactó a Mauricio Gálvez. No fue la violencia con la cual se movió la tierra bajo sus pies. O la visión de los muros de la casa de Rosa sacudiéndose como si fueran banderas al viento. Tampoco el hecho de que no pudo mantenerse en pie y se fue de bruces sobre el suelo de tablas, rebotando de un lado a otro incapaz de evitar los golpes contra las paredes, mientras le caían encima polvo, parte de las vigas del techo y muebles. Lo que estaba seguro que jamás iba a olvidar era el estruendo que acompañó al terremoto. Un fragor como nunca antes había oído. Un grito hecho de rocas, magma, fracturas geológicas, amplificado mil veces por la profundidad de su origen.

Mauricio cerró lo ojos intuitivamente y se llevó los brazos a la cabeza para protegerse. Fue así que pudo escuchar con atención el rugir de la tierra. Si se guiaba por la escala de Mercalli, y a juzgar por la evidencia, el volumen del estrépito, los efectos y los daños causados a las estructuras que lo rodeaban, el sismo debía ser mayor a 9 grados. Es decir, "catastrófico", según recordaba de una exposición escolar sobre sismos, que años atrás había tenido que exponer frente a sus compañeros.

Mientras escuchaba consternado los gritos de los vecinos y el desplome de las casas que no habían conseguido resistir los empellones del suelo, el contenido de aquella disertación frente a su salón de clases regresó intacto a la punta de su lengua.

—¡Efectos de un terremoto grado 10! —gritó con una voz desafinada por el miedo, imaginando una audiencia de alumnos y profesor—. Destrucción total con muy pocos supervivientes. Los objetos saltan al aire —enumeró a todo volumen—. Los niveles y perspectivas quedan distorsionados. Hay imposibilidad de mantenerse en pie.

La única explicación que lograba conjeturar, ante tamaño nivel de violencia y devastación, era que el epicentro del cataclismo se encontrara a poca profundidad y exactamente debajo del pueblo. Con un terremoto así era probable que la tierra se abriera desde sus profundidades. Si sus reflexiones eran ciertas, entonces no sería raro que Almahue entero desapareciera tragado por la boca de una grieta.

Siempre con los ojos cerrados y concentrado en sentir antes que en ver, logró identificar movimientos ondulatorios y trepidantes combinados en cada uno de vaivenes, lo que lo convertía en un movimiento de tierra totalmente atípico. Entonces supo que a partir de ese instante, la lógica científica poco tenía que aportar al desarrollo de lo que venía para él y todos los habitantes del pueblo, y se ovilló en el suelo dispuesto a aguantar de la mejor manera posible la incertidumbre y las consecuencias de lo que estaba viviendo.

A pesar del ruido que capturaba por completo toda su atención, alcanzó a pensar en su hermana Ángela, encerrada en una celda, y a quien precisamente se dirigía a visitar cuando comenzó a temblar. Quiso imaginar que había logrado fugarse a través de alguna grieta en los muros de cemento, o por el desplome de la reja de barrotes despintados por el poco uso y el paso del tiempo. También recordó a Rosa, y se extrañó de no escuchar su voz llamándolo a la calma desde su taller de tejidos donde suponía que estaba desde temprano.

Súbitamente, todo se detuvo: la estridencia y las sacudidas.

Dentro de la burbuja negra creada por sus párpados cerrados, todo permaneció en el más escalofriante de los silencios. Hasta que el maullido de un gato cortó como un hacha la forzada calma en la que se hallaba. ¿Azabache? No, no era él. Estaba seguro. Durante los pocos días que llevaba en Almahue, había aprendido a reconocer los sonidos que poblaban la casa de Rosa, y uno de ellos eran los arrullos lánguidos del gato. Éste sonaba distinto, acaso más presumido, quizá más seductor y enérgico. Entonces

Mauricio se atrevió a abrir los ojos, sabiéndose rodeado de escombros. Y lo primero que vio frente a él fueron dos pupilas verticales e hipnóticas que lo observaban a escasos centímetros. Era un gato blanco, que a juzgar por el brillo cautivador y vanidoso con el que parecía mirarlo, podría ser una gata. Le recordó a alguien. ¿A quién?, se dijo, pero la pregunta quedó sin respuesta porque en ese mismo instante descubrió los desnudos pies femeninos, de dorada y tersa piel, que estaban junto a la gata de albo pelaje. Contrastaba la delicadeza del empeine y el tobillo con las diez toscas y deformes uñas, más parecidas a las oscuras garras de un animal. Desde abajo, Mauricio alzó la vista para seguir recorriendo las piernas que se convirtieron en los torneados muslos que un burdo vestido de tela ordinaria dejaba ver. La cintura era estrecha, casi coqueta. El torso remataba en un largo y delgado cuello que sostenía una cabeza de indómitos cabellos donde una boca de labios carnosos le sonreía en un forzado rictus, mientras dos ojos de pesadilla parecían anunciarle una inminente tragedia con su color de infierno.

Mauricio se sintió levantado del suelo por una fuerza superior a la de un hombre, al tiempo que la boca se le llenaba de un sabor extraño, como si estuviera lamiendo una batería de cobre que emitía pequeñas descargas contra su lengua. Quiso volver a cerrar los párpados, para escapar así de aquella espeluznante presencia disfrazada de mujer que se alzaba en mitad del pasillo, acompañada por un perturbador gato de ojos femeninos, pero le fue imposible. A partir de ese momento ya no pudo volver a controlar ninguno de sus músculos, que parecían actuar por voluntad propia y ajenos a sus órdenes. Una inesperada brisa sacudió su ensortijada cabellera y de pronto se vio al aire libre, sin terminar de entender cómo había llegado hasta ahí. Alcanzó a darse cuenta que ya no llovía sobre Almahue, y ésa fue la última información que su cerebro consiguió procesar.

Luego vino la oscuridad total.

Un insistente pestañeo se apoderó de sus ojos de pupilas fijas y más dilatadas de lo habitual. Y sin oponer la menor resistencia, porque ya ni siquiera sabía cómo se llamaba, se abandonó a su destino, que a partir de ese momento decidiría Rayén.

3
Bajo tierra

El haz de la linterna iluminó la superficie sobre la cual Ángela descendía. Para su sorpresa, el declive resultó ser lo suficientemente amable como para que algunos tramos los pudiera avanzar de rodillas, aunque la mayoría del tiempo debió arrastrarse con el vientre pegado al barro. Sin embargo, a medida que fue sumergiéndose en la profundidad de la grieta, la textura de la tierra se hizo cada vez más fangosa, a consecuencia de cientos de pequeños que todavía escurrían de las laderas cercanas al pueblo. Las suelas de sus botas patinaban sobre la ladera resbaladiza, y por un segundo pensó que se precipitaría sin poder cumplir con su cometido.

El aire que se respiraba allá abajo era espeso. Se detuvo a toser, a ver si así conseguía despegar del fondo de su garganta un molesto polvo en suspensión que no la dejaba respirar. Le ardían los ojos y las fosas nasales a causa de la poca distancia que había entre su cara y la nata de limo que recubría la pared interna que le servía de sendero. Hizo un esfuerzo para no perder el equilibrio y levantó la cabeza con gran dificultad. Lejos, muy arriba, se podía apreciar la entrada al abismo en el cual se encontraba ahora: un amarillo tajo reverberante de luz de sol. Miró hacia abajo pero la oscuridad se hacía total más allá de sus tobillos.

¿Cuándo llegaría al fondo? Estaba segura que no faltaba mucho. El tiempo que tardaban en rebotar contra el suelo los guijarros que se desprendían bajo sus suelas no era mucho, por lo que estaba segura que en cualquier momento sus pies llegarían a su destino. La pregunta, sin embargo, era otra: ¿cómo y dónde encontraría a Fabián en medio de esa negrura absoluta?

Un ronroneo de Azabache, siempre enroscado en torno a su cuello, le hizo reaccionar y darse cuenta que llevaba algunos minutos en total inmovilidad. Debía tener el cuerpo siempre en movimiento: era la única manera de no entumecer sus articulaciones a consecuencia del frío. Enterró las manos en el viscoso lodo, hizo lo mismo con una de las puntas de sus botas, y bajó un poco más. Un fétido aroma a hojas podridas, a humedad, a siglos de aire aprisionado le provocó una náusea que incluso el gato pareció repetir, también afectado por el maleado oxígeno que los rodeaba.

Sus brazos temblaron por el esfuerzo de mantenerse sujeta y tenerlos tanto tiempo estirados hacia arriba. Sus dedos palparon terrones, guijarros, trozos vegetales que supuso eran raíces enterradas y conservadas por cientos de años en sus sedimentos.

La joven nunca imaginó el frío que podía llegar a sentirse bajo la tierra. Siempre supuso que bajo el suelo se sucedían una serie de capas geológicas, cada una más templada que la anterior, hasta llegar al centro compuesto de hirviente magma líquido. Sin embargo, la temperatura interior de la grieta por la cual ella se descolgaba, a juzgar por el dolor en sus nudillos al hundirse en aquel fango gélido, o el vaho cristalizado que se escapaba de su boca y nariz, debía acercarse a los cero grados. Sintió el abrazo del poncho de Rosa, que le cubría desde los hombros hasta el final del torso, y rogó que fuera suficiente para protegerla una vez que llegara al fondo del despeñadero.

Siguió descendiendo de cara hacia el suelo por una pendiente, deslizándose sobre su estómago y estirando ambos pies en busca de alguna saliente desde donde anclarse para seguir avanzando. A través del cuero de su bota sintió que hacía contacto con algo sólido. Una roca, tal vez. Una exclamación de alivio se escapó de entre sus labios, pues si conseguía por fin un objeto firme al cual sujetarse para desde ahí iniciar un nuevo trecho de descenso, las cosas serían más fáciles y rápidas.

Tosió una vez más, algo ahogada, a causa del intenso olor que despedía la tierra y que se le adhería a la garganta y los pulmones.

Soltó una de sus manos de la pegajosa pared a la cual se aferraba y la llevó hacia su cinturón, donde aún estaba la linterna. La encendió. De inmediato, miles de partículas en suspensión quedaron en evidencia cuando el haz de luz se extendió como un sable amarillo hacia adelante. Quería ver las dimensiones de lo que imaginaba era una resistente piedra bajo sus pies, para poder estar segura de asirse a ella con éxito y no poner en riesgo su integridad.

La potencia del foco no era suficiente para cubrir el espacio insondable que la rodeaba, y sólo se limitaba a brindarle un reducido círculo luminoso que Ángela fue bajando, orientándolo hacia la roca donde se había acomodado. Cuando estaba segura que el rayo de la lámpara a baterías le revelaría la áspera y mineral superficie de un voluminoso pedrusco, se encontró con lo que parecía ser una lastimada mano humana de ensangrentados e inmóviles dedos desmayada sobre el terreno.

¿Fabián?

La falta de oxígeno se hizo más evidente, ya que la joven ni siquiera consiguió gritar. Sintió cómo Azabache se replegó sobre sí mismo, crispando los músculos sobre la manta y orientando sus colosales pupilas hacia el hallazgo que la linterna les iba revelando poco a poco. Tras la mano, Ángela encontró el brazo cubierto por un verde uniforme, mientras el resto quedaba oculto entre la tierra. No necesitó ver más para saber de quién se trataba. "Al menos no es Fabián", alcanzó a pensar antes de sentir culpa por alegrarse de la desgracia de otro ser humano. Fue entonces que, en su intento de regresar la linterna a la seguridad de su cinturón, guió la luz hacia la cabeza de Orellena. Se estremeció de golpe al descubrir tan cerca de ella aquel rostro congelado en una expresión de profundo horror, la boca abierta y llena de tierra, los ojos desorbitados y cubiertos por lo que parecía un pastoso y mortecino velo gris.

Aterrada, soltó la única mano que la mantenía sujeta a la pared diagonal de la grieta y, por una fracción de segundo, sintió que se despeñaba. El gato, al intuir la inminente caída, le clavó las uñas en uno de sus hombros en un desesperado afán por aferrarse a ella. Ángela manoteó intentando recuperar el equilibrio, pero fue imposible. Se fue de lado, resbalando. En su desesperación, se aferró al cadáver de Orellana que a causa del impulso se desprendió también de la tierra y cayó junto con ella, en un abrazo desordenado de tumbos, saltos y crujidos de huesos.

Ángela cerró los ojos, aunque la nueva negrura que consiguió era igual de intensa que la que podía apreciar con los párpados abiertos. Los golpes que fue dándose en su descenso hacia el fondo, provocaron estallidos luminosos al interior de su cabeza, aunque estaba segura que las heridas y los daños hubiesen sido mayores sin Orellana fungiendo como un verdadero escudo. La velocidad de la bajada aumentó, al parecer porque la superficie sobre la cual se despeñaba era cada vez más húmeda y resbaladiza. Un viento de hielo le cortó la cara y le alborotó aún más los cabellos pegoteados de agua y barro. La linterna se encendió de pronto, alumbrando en brevísimos y congelados flashes las expresiones de angustia y horror de Ángela al verse imposibilitada de frenar su precipitada caída.

Cuando pensaba que nunca llegaría al suelo, un estrépito la sacudió y la dejó recostada sobre el cuerpo del uniformado que amortiguó la violencia del choque contra el fondo de la fosa.

Durante varios segundos creyó que todo había acabado, y no se atrevió ni siquiera a abrir los ojos.

Un maullido de Azabache, cargado de urgencia y preocupación, le dio la certeza que aún respiraba. Un intenso dolor en sus extremidades y en la base de la espalda, le impidieron ponerse de pie con la celeridad que hubiera querido. Apenas lo hizo, abrió los brazos en cruz, pero no consiguió estirarlos por completo: las paredes de la grieta estaban tan próximas la una de la otra, que apenas le permitían moverse sin sentir el rasguño de la tierra contra sus hombros o rodillas.

—¡Fabián! —gritó con desesperación.

Su voz se incorporó al eco de un interminable goteo que el vacío replicó una y otra vez, hasta que desapareció por completo en los laberintos de la galería.

Alzó la vista y un estremecimiento de pánico le recorrió la espalda. La boca del barranco por la cual había ingresado estaba tan lejos, tan arriba y tan inaccesible, que apenas la divisó como un delgadísimo hilo de luz en la inmensidad del color negro.

Ángela hizo un esfuerzo por no perder la conciencia y desplomarse vencida ahí mismo. El enrarecido aire casi no le bastaba para poder inhalar de manera correcta. Además, el oxígeno que ingresaba a sus pulmones tenía un inconfundible aliento a muerte, producto del cuerpo del uniformado que yacía a sus pies. Se llevó una mano al corazón, oprimiendo su pecho con fuerza. Intentó calmar el tambor desbocado de sus latidos, pero no lo consiguió. Su Fabián. Sus ojos oscuros y enigmáticos. El mechón de cabello que le cruzaba la frente, y que el viento se encargaba de sacudir cuando caminaban juntos a la intemperie. Sus labios siempre tibios que tanto le gustaba besar. Su cuerpo atlético que tanta gracia le hacía ver bambolearse con cada paso. Un dolor como puñalada le atravesó el estómago, pero de inmediato una certidumbre tan real como la oscuridad que la rodeaba le ganó la partida: su enamorado estaba vivo, magullado pero vivo, en algún recoveco del laberinto de rocas y fango que se extendía frente a ella.

A juzgar por su propia caída, y gracias a la poco pronunciada inclinación de la pared de la grieta, alguien atlético y saludable como él debía haber sido capaz de soportar con entereza el despeñamiento. Era un hecho. Eso quería creer, al menos.

—Azabache, ¿estás ahí? —preguntó en jadeos algo asmáticos por la falta de ventilación.

Al instante, la tibieza aterciopelada del gato estrechándose contra su pierna le advirtió que su compañero era tan fiel como imaginaba.

—Estoy segura que tú puedes ver mejor que yo en esta penumbra —le dijo—. Guíame. Llévame hasta donde nos está esperando Fabián.

De inmediato, comenzó a escuchar las cuatro patas del animal chapoteando en los charcos que se apozaban en la tierra. Eso era perfecto, se alegró y agudizó aún más el oído. Seguir el ruido de sus pasos era una buena manera de no perderlo nunca de vista. Palpó su cinturón y comprobó que la linterna aún seguía ahí. Una nueva razón para sentir que no todo estaba perdido. Sin embargo, notó sobre las palmas de sus manos un espeso líquido que no parecía ser el agua estancada sobre la cual Azabache daba saltitos. No necesitó pensarlo dos veces para concluir que era sangre. Ni siquiera hizo el intento por descubrir de dónde emanaba. Tal vez pertenecía a Orellana. O quizá los intensos dolores que tenía en uno de sus muslos y en el antebrazo izquierdo tenían algo que ver.

Escuchó las pisadas del gato alejarse algunos metros más adelante, dispuesto a dirigir su camino. Llevó cada una de sus manos hacia las paredes de la grieta que corrían paralelas, respiró lo más hondo que pudo, se acomodó nuevamente sobre los hombros la manta de Rosa que hedía a humedad y comenzó a avanzar a lo largo del estrecho pasillo. "No voy a dejar que nada malo te pase", "No voy a dejar que nada malo te pase", repitió como un mantra de ánimo, una y otra vez, sin pausa ni descanso. Lo hizo hasta que al cabo de un largo trecho las palabras se deformaron tanto que ni ella misma fue capaz de reconocerlas, atrapadas sin salida en el sopor provocado por la falta de oxígeno.

¿Era idea suya o un intenso zumbido se había apoderado de sus oídos?

Cayó de rodillas. Las manos se le hundieron en una poza de la cual emanaba un intenso aroma a azufre. Abrió la boca para respirar, pero un polvillo seco, que le recordó al polen que despedían los árboles de su calle allá en Santiago durante cada primavera, se le pegó a la garganta, el paladar y la tráquea. Quiso levantarse, pero ya no lo consiguió: no tenía fuerzas. La picazón de sus ojos se hizo insoportable, como si la oscuridad quemara sus lagrimales.

—Fabián —balbuceó, pero su voz resquebrajada ni siquiera alcanzó a atravesar la frontera de sus labios cianóticos.

Buscó con la vista al gato que supuestamente iba más adelante para pedirle que se detuviera. Fue inútil: la oscuridad sorda frente a ella parecía haber aumentando su intensidad porque ni siquiera pudo divisar el final de su propio brazo.

Su cuerpo se terminó por desplomar sobre la tierra. Percibió en la mejilla el agua fría del charco que la recibió al caer y que comenzó a empapar la manta de lana y parte de su ropa. El frío. ¿Por qué hacía tanto frío? Los ojos irritados. La falta de saliva. El temblor de sus músculos. El dolor en el muslo. El dolor en el antebrazo. La sangre. El agudo silbido destrozando sus tímpanos. Fabián. La oscuridad absoluta. Fabián. El miedo. Fab...

¿Cómo llegué hasta aquí...?

La pregunta quedó sin responder. Seducida por un dulce letargo que vino a hacerse cargo de todos sus tormentos, temores y falta de aire en los pulmones, se dejó arrastrar aún más abajo, más adentro, más hondo, ahí donde la palabra *salida* ni siquiera existe.

4
Hay que encontrar a Ángela

Rosa repitió en voz alta la receta para asegurarse de que no había olvidado nada: comenzó el proceso echando sobre el agua hirviente del caldero diez hojas de acacia, que estaba segura ayudarían a reconfortar el espíritu y conseguir fuerzas en la debilidad. Luego agregó un par de tallos completos de ajenjo, la madre de todas las hierbas, que incorporados a la infusión serían una estupenda barrera para evitar las alucinaciones y los terrores productos de la oscuridad y el encierro. Continuó con un par de flores de árnica, cada una de quince pétalos en forma de gotas amarillas, que quedaron flotando en medio de las burbujas y que debían aportar al brebaje su enorme poder curativo para regenerar contusiones de golpes y caídas.

La mujer hizo una pausa, satisfecha de lo logrado hasta ese momento. Aspiró profundo, dejando que la fragante fumarola que subía hasta el techo de su cocina le corroboraba que iba por buen camino.

Continuó repasando su trabajo. Luego de las flores de árnica, había recurrido a un par de cortezas del árbol de la canela, asegurándose que la especia seleccionada correspondiera a la corteza interior que es la única que cura los efectos traumáticos causados por emociones fuertes e inesperadas. La frotó contra sus palmas hasta convertirlas en astillas. De inmediato, el hirviente líquido que las recibió se encargó de ablandarlas y disolverlas junto al resto de los ingredientes. El siguiente paso fue incorporar un par de velludas y rugosas hojas de consuelda acompañadas de algunos de sus pétalos color púrpura. Sus poderosos y concentrados aceites esenciales, resinas, taninos y alcaloides serían decisivos a la hora de curar posibles fracturas. La última etapa consistió en integrar un puñado de bayas anaranjadas del arbusto espino cerval, que le dejó un desagradable aroma en la piel de ambas manos. Estaba convencida que dichos frutos iban a provocar una reacción saludable ante una congestión cerebral causada por un traumatismo en la cabeza.

Mientras el cocimiento hervía a fuego lento, macerando olores y despertando sus propiedades curativas, comprobó que había abarcado todas las posibles situaciones médicas con las que podía llegar a encontrarse una vez que estuviera cara a cara con Ángela, al fondo de la grieta.

Corría contra el tiempo. Sólo le quedaba preparar un último procedimiento, el más importante de todos.

Tomó un par de largas hojas secas de belladona y fue triturándolas una a una. Luego hizo lo mismo con sus flores de forma acampanada y de intenso color púrpura con reflejos verdes. Con una cuchara agregó un par de gotas de la tisana a la pasta que estaba empezando a conseguir, y se dedicó unos minutos a amasarla hasta que adquirió una consistencia espesa y algo pegajosa. Entonces le echó un chorro de alcanfor que había disuelto antes en un poco de agua caliente, y remató el procedimiento con una pizca de azafrán. La pomada estaba lista. Bastaría con frotar un poco en la piel de Ángela, especialmente en la zona donde se podía sentir su pulso con más intensidad, para ahuyentar de manera inmediata cualquier indicio de muerte o fatalidad.

De ese modo, la afuerina estaría protegida.

Sus ojos transparentes relampaguearon de satisfacción: lo había logrado una vez más, y en un reducido lapso de tiempo. Hacer el bien era la única manera que tenía de alejarse de su origen y, sobre todo, de esa casta que tanto despreciaba.

Luego de colar el brebaje y verterlo al interior de una botella de vidrio, y de vaciar la crema en un frasco esterilizado, echó ambos objetos a una bolsa que se colgó del hombro al salir de la cocina.

Atravesó el pasillo rumbo a la sala que no mostraba daños mayores, considerando la devastación que tuvo lugar al otro lado de sus muros, allá en las calles de un pueblo que prácticamente había desaparecido. Los daños eran mínimos. Por eso Rosa no tuvo problemas en sortear los muebles y avanzar hacia el centro del lugar, buscando el espacio suficiente para dar el siguiente paso.

Cerró los párpados y respiró hondo, inflando sus pulmones y conteniendo el aire el mayor tiempo posible. Su piel, siempre alabastrina y pálida, adquirió primero un tono rosa que muy pronto varió al rojo. Ése era su método para hacer bombear con mayor fuerza la sangre en su organismo y empezar a alborotar las células de su cuerpo. Al instante, sus sienes latieron con tanta presión que escuchó un crujido en toda su cabeza.

Sus extremidades se agarrotaron al mismo tiempo: cerró los puños y clavó los pies desnudos en los tablones del suelo. El siguiente paso fue esperar el espasmo que daría inicio al cambio. En esta ocasión lo sintió nacer en la base de su cuello: un cosquilleo que ardió como lava y que de inmediato se derramó en una ola incontenible hacia abajo y rumbo a su coronilla. Tuvo que morderse los labios para no gritar, presa de un insoportable acaloramiento que ya comenzaba derretir sus ligamentos.

Estaba a punto de atravesar el umbral.

Para no perderse detalle, abrió los ojos que ahora lucían completamente negros y brillantes.

Cuando su cuerpo comenzó a vibrar en una breve oscilación que poco a poco se fue haciendo más intensa, un par de violentos golpes en la puerta la sacaron bruscamente de su concentración.

—¡Rosa! ¡Rosa, por favor ábreme! ¡Soy Carlos Ule! —oyó a través del aturdimiento que la frustrada transmutación provocó en ella.

Estiró una mano hacia uno de los muros, para evitar la sensación de profundo mareo y confusión que aún dominaba sus cinco sentidos. Los contornos de su cuerpo volvían poco a poco a definirse y a precisar sus límites, retrocediendo así hacia el interior de sus células el proceso de cambio que no llegó a concretarse. El intenso color negro de sus pupilas se fue aguando como una acuarela que se destiñe, hasta que ambas recuperaron el blanco total que era lo único que la delataba en su ceguera.

—¡Rosa, te lo ruego! ¡Es urgente! —rogó el profesor desde el exterior.

Cuando ella consiguió por fin llegar hasta la entrada y abrir la puerta, el hombre se precipitó hacia el interior en un torbellino de angustia y urgencia.

—¡¿Están todos bien?! ¡¿Dónde están todos...?! ¡Casi todas las casas del pueblo están destruidas! —bufó el profesor incapaz de dominar el ímpetu de su preocupación.

Rosa, aún algo confundida por el brusco freno a su transformación, le explicó que el cataclismo había sorprendido a Ángela en plena celda del cuartel principal, que desconocía el paradero de Mauricio, y que aún no tenía noticias sobre los Schmied, Fabián y su madre.

—¡Entonces hay que ir a buscar a Ángela! —exclamó Carlos haciendo bailar su bigote sobre su labio superior.

—Lo sé. Era lo que pensaba hacer ahora —le contestó la ciega, siempre con la bolsa colgada al hombro.

—Bueno, vamos... Yo te guío hasta el cuartel, o lo que haya quedado de él. ¡No te imaginas el caos que hay allá afuera!

—¿Hay muchos muertos? —preguntó ella bajando la voz.

—Más de la mitad de Almahue desapareció tragado por una grieta que partió en dos al pueblo —fue la respuesta del hombre.

Se produjo un hondo silencio que sólo hizo aún más patente la enorme desolación que los envolvía.

—Es la maldición, Rosa. Rayén cumplió su promesa...

—Lo sé. Siempre supimos que este día iba a llegar —musitó.

Carlos Ule retrocedió hacia la puerta. Al abrirla, una ráfaga se coló hacia el interior, acarreando con ella el olor tan propio de las desgracias: una sobrecogedora mezcla de sudor, sangre, adrenalina y tierra removida. El profesor se cubrió la boca y la nariz intentando mitigar la fetidez que le llegaba del exterior.

—En este momento, a mí también me gustaría ser ciego —reflexionó entre dientes—. Allá afuera ya no hay nada que quiera ver. ¡Vamos! —la apresuró.

—Adelántate tú. Necesito terminar algo que dejé inconcluso —pidió.

Cuando Carlos salió hacia la calle y cerró tras él, se preguntó qué cosa tan importante tendría que hacer Rosa para no acompañarlo en busca de Ángela y Fabián. Acto seguido, reaccionó ante el hecho que allá adentro todo parecía estar en su mismo sitio, como si los efectos del cataclismo hubieran seguido de largo sin perturbar a esa vivienda. ¿Acaso no le había llamado la atención tener que llamar a la puerta de una casa, cuando las otras ni siquiera tenían paredes? Confundido, se subió de hombros y comenzó a avanzar con sumo cuidado entre los escombros que le bloqueaban el camino. En su trayecto, intentó darle una respuesta a sus interrogantes. Tan concentrado iba, que ni siquiera prestó atención a la formidable sombra de una estilizada garza que sobrevoló por encima de su cabeza y se perdió, como un celaje de plumas y viento, más adelante entre las ruinas del pueblo.

5
La misión del profesor

Luego de salir de casa de Rosa, Carlos Ule estuvo tentando en varias ocasiones de regresarse sobre sus pasos y echarse a correr en medio de lágrimas rumbo a su Van que había tenido que detener a la entrada del pueblo, justo antes que la tragedia hiciera desaparecer los caminos. Observar ahora donde antes había estado la pintoresca plaza central de Almahue un enorme cráter que se había tragado sin piedad todas las construcciones que la rodeaban, era simplemente más de lo que su corazón podía soportar. El enorme árbol de la glorieta tenía medio tronco dentro de la grieta. Era definitivamente un cadáver que se había llevado consigo toda esperanza de poder volver a poner en pie la vida tal como la habían conocido hasta esa mañana.

Con un nudo en la garganta, se preguntó cuál era el sentido de tanta devastación.

El profesor avanzó unos metros. Debía pisar con mucho cuidado, ya que los desperdicios ocultaban pequeñas fisuras en la tierra que podían abrirse inesperadamente bajo el peso de su cuerpo. Cualquier movimiento en falso podía ser el último, como el de decenas de seres humanos que fueron engullidos por esa boca hambrienta que se abrió sin contemplación alguna bajo sus huellas.

Desde su emplazamiento, sólo era capaz de ver destrucción y ruinas. El cielo, despejado por fin de toda nube de tormenta, provocaba a ras de suelo un estallido tal que hacía reventar de luz todo cuanto podía abarcar la mirada humana. Y ese efecto, sumado a las intensas sombras proyectadas por los montones de escombros, le daba al lugar la apariencia de una inmóvil y desoladora fotografía en blanco y negro. Se sintió de pronto el último hombre sobre la faz de la tierra, mirando sin esperanza el escenario que anticipaba su propia extinción.

Se levantó el cuello del grueso suéter que le abrigaba el torso. Intentó en vano proteger su nariz y boca del intenso olor a desgracia que emanaba de los despojos que lo rodeaban. Quiso vociferar de angustia y desesperación, pero estaba seguro que hasta su voz se iba a ir por el despeñadero hasta el fondo mismo del abismo, igual que la mitad de Almahue.

Avanzó un poco más, sorteando bloques completos de muros derrumbados, techumbres reducidas a un esqueleto de vigas y tejas rotas, piedras que la tierra había escupido hacia el exterior en medio de su estremecimiento. Lodo, mucho lodo. Cuando consiguió abrirse camino quitando los estorbos que le impedían el paso, alzó la vista y se encontró al cuartel policial. O, al menos, a lo que quedaba de él: toda la parte delantera estaba en el suelo, partida en dos por la fosa que había extendido su mortal presencia hasta allá. Sólo quedaba en pie uno de los muros de la celda: una gruesa pared de hormigón armado.

Un mal presagio le revolvió las entrañas. ¿Eso era todo lo que había sobrevivido del calabozo?

—¡Ángela! —gritó intentando apurar el paso sin conseguirlo—. ¡Ángela!

Tal como había imaginado, su urgente clamor se evaporó sin obtener respuesta.

—¡Fabián! ¡Fabián, ¿puedes oírme?! —exclamó saltando por encima de un montículo de tablas en su afán de llegar lo antes posible al cuartel.

Al aterrizar al otro lado, sintió cómo el suelo crujió bajo sus pesados zapatones de suelas especiales para la nieve. Se quedó inmóvil unos instantes, evaluando cuán grave era la situación. Bajó la vista y alcanzó a apreciar el resquebrajamiento que su brusca caída había provocado. Con espanto vio que pequeños montones de tierra se hundieron dejando irregulares agujeros, lo que le dio la inmediata señal de alerta. Replegando las piernas sobre sí mismo, Carlos Ule alcanzó a saltar hacia un costado antes que la porción de terreno sobre la cual estaba parado se sumergiera con un sordo quejido. Una columna de polvo se proyectó hacia lo alto y cayó sobre él como lluvia seca, cubriéndolo con una delgada capa de barro que se le pegó al pelo y a la ropa.

Durante unos instantes sólo se oyó el fragor desacompasado de su respiración, asustado por lo que acababa de ocurrir. Comprendió que el terreno que sostenía al pueblo estaba tan frágil tras el cataclismo, que cualquier movimiento brusco podía cuartearlo y fracturar aún más la superficie. Quedarse en Almahue equivalía a sentarse junto a una bomba de tiempo a esperar que hiciera explosión en cualquier momento.

Tal vez, después de todo, no era una mala idea regresar a su Biblioteca Móvil, encender el motor, y enfilar directo hacia Puerto Chacabuco donde lo esperaba su casa, temperada a causa de la chimenea que nunca se apagaba, y siempre fragante a café recién hecho. Pero un sentido de la lealtad, mucho más grande que el temor que le agarrotaba los músculos, impidió que se moviera de ahí. Se lo había prometido a Rosa, además. Iba a buscar a Ángela y a Fabián aunque tuviera que levantar cada tablón, cada piedra, cada escombro de ese pueblo.

De pronto, un estridente grito quebró el silencio que lo oprimía. Giró la cabeza hacia los cuatro puntos cardinales, pero no consiguió ver nada nuevo de lo que ya había apreciado. Agudizó el oído y se quedó atento, suspendiendo incluso su propia respiración para no perderse detalle. Ahí estaba de nuevo: alguien, al parecer una mujer, clamaba desde la lejanía. Creyó reconocer la palabra "ayuda" en medio de la retahíla de sonidos que llegaron hasta sus orejas sin que pudiera identificar su origen.

El hombre se puso de pie con cierta dificultad. El terreno aún se percibía inestable y no estaba dispuesto a permitir que un repentino agujero se lo tragara cuando, por fin, había conseguido escuchar la voz de una sobreviviente.

—¡¿Quién está ahí...?! —chilló en todas las direcciones.

—¡Ayuda! —le respondió el eco.

Escuchó pasos que, en frenética carrera, se acercaban más allá de su campo visual. Estiró el cuello, intentando abarcar la mayor extensión de terreno con su mirada. Y de pronto la vio: Elvira Caicheo apareció llena de vitalidad y diligencia en medio de un escenario en donde ni siquiera el aire parecía moverse.

—¡Ayuda, necesito ayuda! —rogó jadeante por el esfuerzo de llegar hasta ahí.

Carlos le hizo señas con las manos para que frenara su desbocado trayecto. Pero ella no le hizo caso, o tal vez no entendió lo que intentaban decirle, y siguió avanzando hacia él, con la boca abierta, los ojos desorbitados por la angustia, los brazos en alto. Se apreciaban varios rasguños y manchas de sangre a lo largo de su cuello, piernas y sobre el delantal.

El profesor tuvo tiempo de cambiarse del lugar, tratando de ubicarse en algún sitio más seguro.

—¡Por favor, ayúdeme! —exclamó en un jadeo cuando llegó junto al profesor y se le fue encima, aferrándose a su cuerpo.

—¡¿Cómo?! —quiso saber.

—Fabián, no sé dónde está Fabián... ¡La casa... se cayó parte de la casa! La señora Silvia... Egon —lloró cuando consiguió sacar el aliento—... ¡Están atrapados! ¡Quedaron sepultados bajo los escombros! ¡Y todavía están vivos, porque escucho sus gritos pidiendo que los saquen de ahí...!

Carlos desvió la mirada, incapaz de asumir tanta información. Paseó sus ojos por el lejano perfil de la cordillera de la Patagonia, buscando en esa majestuosa imagen que lo había acompañado desde el día de su nacimiento un poco de calma y sabiduría. Iba a necesitar mucha fuerza interior para poder sobrevivir a las siguientes horas. Había mucho que hacer antes de que llegara la noche y las sombras impidieran seguir con las labores de rescate. Ángela, Fabián, y ahora Silvia y Egon. ¿Por dónde empezar? ¿Cómo poder salvarle la vida a todos los que requerían de su ayuda?

Volteó hacia Elvira y se quedó observando la mirada de apremio de la mujer, que parecía gritar a través de ellos. Contempló las manchas de sangre que se multiplicaban sobre la tela de su ropa. Entonces entendió que su presencia ahí no era casual, que todo tenía una lógica, que había un designio mayor que lo había puesto en ese lugar y que lo hizo bajarse de su vehículo apenas percibió que la tierra se estremecía. Sintió que se le erizaban de emoción los cabellos y supo que no iba a regresar a su hogar hasta que no hubiese encontrado al último de sus amigos.

Respiró hondo, muy hondo, y como si se hubiera estado preparando toda su vida para ese momento, Carlos Ule endureció la mirada, alineó cada una de sus vértebras, levantó el mentón y sentenció con el tono más categórico que pudo encontrar:

—Tranquila. Yo estoy aquí.

6

¿Quién eres, Rosa?

Ángela, Ángela, abre los ojos, necesito que bebas esto. ¿Me oyes? ¿Puedes escucharme? Sí, claro que puedo. A pesar de que no soy capaz de moverme, o respirar, puedo escuchar perfectamente lo que me dices. ¿Dónde estamos, Rosa? En un lugar seguro, tranquila. El dolor que sientes en el muslo, y también en tu brazo, van a desaparecer muy pronto. Esta pomada la hice yo. Contiene hojas de belladona, alcanfor y azafrán. La voy a aplicar ahora sobre tu piel. ¿La sientes? Sí. Es tibia y relaja mis músculos. Me quita el frío que tiene todo mi cuerpo así, en este estado. Abre tus dedos, Ángela. Toma, quédate con la crema. Vas a necesitarla cuando encuentres a Fabián y sea necesario ayudarlo como yo hago ahora contigo. Vas a necesitar de todas tus fuerzas y valor para poder despertar cuando yo me haya ido, y seguir adelante en tu búsqueda de Fabián. Fabián… ¿está vivo? ¡Por favor dime si está vivo! Sí, aún respira. Te está esperando. Sabe que tú no vas a abandonarlo. Sabe que eres la mujer más valiente que ha conocido. Está seguro que serías capaz de bajar hasta el centro de la tierra, si fuese necesario, para ir en su ayuda. Yo lo amo, Rosa. Lo amo con todo el corazón. Lo amo con una energía que ni yo misma entiendo. Lo sé, yo también conozco esa clase de amor, ese vigor que no sabe de resistencias ni obstáculos, que sólo puede crecer y crecer. También lo sentí una vez, y por eso iba a ser castigada. ¿Quién te iba a castigar, Rosa? ¿Y por qué? Ésa es otra historia que tal vez algún día te contaré. ¿Ya terminaste de beber la infusión? Muy bien, así me gusta. Eres una muchacha obediente, Ángela. ¿Por qué estás aquí, Rosa? Porque escuché tu llamado. Tu voz resonó con fuerza dentro de mi casa, y supe que tenía que salir en tu ayuda. No entiendo, ¿cómo pudiste escucharme? Yo no he abierto la boca. La falta de aire me impide respirar. Ni siquiera puedo separar los labios porque el polvo en suspensión se mete hasta mi garganta y me ahoga. Ya lo entenderás, todo tiene una razón de ser. Todo. La traición de Patricia, tu llegada a mi casa, el encuentro con Fabián, incluso el color de tus cabellos. ¿Cómo? ¿Qué tiene que ver mi cabello con todo esto? Muy pronto lo descubrirás, mi querida *Liq'cau Musa Lari*. ¿Qué dijiste? ¿En qué idioma me hablaste? En el idioma de mi pasado. Hacía mucho tiempo que no pronunciaba esas palabras. ¿Y qué significan? Todo a su tiempo, Ángela. Todo a su tiempo. Ten la certeza que toda esta *Mocke' yatur* acabará pronto.

Mucho antes de lo que imaginas. No entiendo lo que me dices, Rosa. Y tampoco puedo verte. ¿Dónde estás? Estoy aquí, a tu lado, frente a ti. Frente a mí solo hay un intenso resplandor, una pantalla de luz blanca que parece infinita. ¿Dónde estás, Rosa? Yo soy la luz, Ángela. Tú eres también esa luz. Las dos estamos hechas de luz. Contéstame una pregunta, por favor. Es una pregunta que no me deja dormir, que está a punto de volverme loca. ¿Hace cuánto que haces alfombras? Hace mucho tiempo, tanto que ya no puedo recordar cuándo fue el primer día que me senté frente a mi telar. ¿Y entonces por qué no envejeces? ¿Cómo es posible que Benedicto Mohr haya podido conocerte? El explorador era un buen hombre. Amable, respetuoso. Su gran pecado fue creer que su ciencia era superior a las capacidades de Rayén. No me contestaste la pregunta, Rosa. ¿Por qué no envejeces? Será mejor que tú mismas descubras la respuesta. ¿Y la descubriré alguna vez? Claro que sí, Ángela. Muy pronto. Abre bien los ojos. Estás muy cerca de la raíz de todo. Estás a unos pasos de la raíz del mal. Por eso tenías que beber esa infusión que hice con mis propias manos y hierbas de mi jardín. Por eso estoy aquí ahora, compartiendo mi luz contigo. Permíteme darte un último consejo, Ángela. Cuando estés frente a Rayén nunca, nunca más la mires directamente a los ojos. ¿Y cómo sabes eso? ¿Conoces a Rayén? ¿Has estado frente a ella? Muchas veces, *Liq'cau*. Muchas veces. ¿Por qué? Porque las hermanas viven juntas hasta que deciden separar sus caminos. ¿Rayén es tu hermana? Lo fue, sí. Lo fue. ¡No te vayas, Rosa! ¡No apagues tu luz, por favor! Lo siento, pero ya es hora de que sigas adelante. Fabián te necesita. Su corazón te necesita. Y ahora, Ángela, mi querida Ángela, abre los ojos… ábrelos, que ya es hora de despertar…

7
El silencio de la tumba

Ángela abrió los ojos y dejó escapar un hondo gemido que la trajo de regreso desde lo más recóndito de su propia conciencia. Durante un instante, no comprendió dónde estaba: sólo pudo apreciar un telón negro frente a sus pupilas, salpicado de reflejos escurridizos y parpadeantes. Escuchó el aire entrar a su garganta y despegar con un ruido de ventosa las paredes internas de sus pulmones, inflándolos por fin en su totalidad. Como consecuencia, la sangre irrigó sus extremidades, subió hasta su cabeza y le provocó un ligero escozor en el cuero cabelludo en señal de que el ciclo de la circulación se había puesto en marcha. Sus articulaciones entumecidas recobraron movilidad y lo comprobó agitando de arriba a abajo los brazos llenos de vigor.

Entonces, en una sucesión de imágenes que se superpusieron la una a la otra, cada una intentando prevalecer por encima de la anterior. Recordó el cataclismo, la fosa que se abrió en la tierra, la caída de Fabián y su accidentado ingreso al mundo subterráneo. Comprendió que los manchones que parecían bailar en los muros de la gruta eran sólo proyecciones de delgados hilos de luz que caían desde la lejana abertura sobre su cabeza, y se reflejaban en los charcos de agua que se apozaban en el suelo del abismo.

Palpó su muslo: ya no había rastros de dolor. Acarició su antebrazo izquierdo, y las yemas de sus dedos reconocieron la textura sedosa y algo tibia de la crema que había curado sus dolencias. Al chasquear la lengua, su paladar rescató un lejano sabor a canela, flores de árnica y hojas de acacia, que botó por la nariz en una fragante exhalación.

¡Ay, Rosa! No le iba a alcanzar la vida para terminar de agradecerle.

La linterna estaba a un costado de su cuerpo, aún encendida, iluminando un trozo del estrecho corredor de piedra que se extendía en línea recta frente a ella y a través del cual iba a continuar su camino. Se levantó del suelo y recogió la lámpara de baterías. Junto a ella encontró un frasco de vidrio que, al alumbrarlo, descubrió que estaba lleno de un aromático ungüento color azafrán. Sonrió confiada, sabiendo que no era el momento de pedir explicaciones. Ya llegaría el tiempo de dejar de dar las gracias para comenzar a exigir respuestas a la larga lista de fenómenos incomprensibles que poblaban sus días en Almahue. Apretó con fuerza el envase de crema en su mano, sabiendo que a partir de ese momento no podía darse el lujo de perderlo. Lo guardó en uno de los tantos bolsillos de su pantalón de exploradora.

—¿Azabache...? —exclamó llena de energía, y se sorprendió de lo recuperada que sonó su voz.

Su llamado no provocó ni un solo ruido de patas salpicando el agua de los charcos del suelo, ni tampoco un maullido que anunciara la cercanía del gato. Estaba sola y a merced de sus propios recursos. Estrujó lo mejor que pudo la manta que aún colgaba de sus hombros y que la envolvía con un intenso olor a pelaje húmedo de animal.

Recordó una película que había visto el verano anterior, junto a Mauricio y Patricia, en donde unos exploradores descendían en una cápsula al centro de la Tierra. Como era de esperar, algo fallaba durante la expedición y el grupo de hombres debía regresar a la superficie usando sólo su ingenio y sus habilidades frente a la adversidad. El protagonista, en un momento de la trama, les aconsejaba a sus compañeros caminar siempre siguiendo la línea de un muro. De esa manera no iban a perderse nunca, y evitarían posibles accidentes al acercarse por error a precipicios o agujeros ocultos en las sombras. De inmediato, Ángela pegó una mano a la pared de piedra que se alzaba junto a ella mientras que con la otra orientaba la linterna hacia delante para que le fuera anticipando la ruta.

Avanzó un par de metros a través de una estrecha galería que replicó hasta el infinito el sonido de sus pasos.

Su palma derecha seguía palpando el paredón rocoso que le enmarcaba el camino, revelándole en medio de su dureza rugosa la frialdad de minerales y piedras milenarias.

De pronto, sintió que sus dedos tocaban algo rugoso: al parecer, del muro sobresalía una suerte de rama, algo velluda y húmeda, que la hizo detenerse y girar la linterna en su dirección. En efecto, de la roca misma brotaba una gruesa y albina raíz de la cual se desprendían algunas ramificaciones. Al pasear el haz de luz por todo el sector, comprobó que eran muchísimas las raíces que emergían desde lo alto hasta la base del terreno. Todas compartían el mismo color blancuzco, de seguro a causa de la falta de sol, y se mecían al compás de una ligera brisa subterránea que recorría el túnel por el que se desplazaba.

Se preguntó a qué enorme planta o árbol corresponderían dichas raíces. Por lo visto debían ser muy poderosas y robustas para abrirse paso de ese modo en tal profundidad, haciéndole frente a rocas y piedras en su trayecto rumbo al subsuelo.

Iba a seguir su camino cuando su propia intuición la obligó a frenar en seco.

Giró una vez más hacia ese enjambre de raíces que ocupaba toda la pared derecha de la galería. El círculo amarillo, cada vez más débil a causa de las baterías que empezaban a consumirse, fue saltando de una en una. Ángela agudizó la mirada. Si su sentido de orientación seguía intacto, se debía encontrar exactamente bajo la plaza de Almahue. Levantó la vista y corroboró que muchos metros más arriba el extremo superior del precipicio se ensanchaba lo suficiente como para permitir la entrada de un grueso rayo de sol que sin embargo no alcanzaba a calentar ni iluminar el fondo del abismo. Se acordó cómo a través de la ventana de la celda fue testigo del origen del terremoto y vio con sus propios ojos cuando la grieta inició su mortal recorrido comenzando en la base misma del cebil. Confirmó que su instinto estaba en lo correcto, y eso le permitió asegurar tres cosas al interior de su cabeza: el punto exacto donde se hallaba correspondía al epicentro del cataclismo, la boca de la fosa sobre su cabeza tenía en ese lugar su extensión más grande, y las raíces que su linterna seguían iluminando eran las raíces del árbol de la plaza.

"Hay sólo dos lugares en este país donde crece el cebil. Un pueblo al norte llamado Lickan Muckar, y un pueblo al sur llamado Almahue", recordó haber leído en una de las páginas del diario de Benedicto Mohr. Y si el Decapitador descendía al fondo de la tierra en busca de las bayas del cebil, allá en el norte, entonces ella iba a poder repetir el mismo procedimiento, aquí, en el sur.

La ventisca que recorría errante los recovecos de la hondonada, sacudió una vez más las raíces que se movieron como tentáculos blancos adheridos a la piedra. Del extremo de una de ellas, vio agitarse lo que le pareció un bulto oscuro. Dirigió la luz hacia ese sector y se llevó una mano a la boca, ahogando lo que estuvo a punto de ser un grito de impresión. De la punta del raigón colgaba una vaina de forma alargada, de color castaño rojizo y de textura leñosa como la piel de un árbol. Junto a ella había otra y, más arriba, encontró una tercera. Entonces era cierto lo que leyó en la libreta del explorador. Veloz, desprendió las bayas. Estaba segura que serían de gran valor cuando llegara el momento de enfrentarse a todas las respuestas que esperaba conseguir. Al examinarlas pudo sentir, a través de la piel de la vaina, el bulto de las semillas que crecían en su interior. Las guardó en otro bolsillo de su pantalón y siguió avanzando.

"Todo tiene una razón de ser", recordó las palabras de Rosa y, por primera vez desde que había puesto un pie en ese pueblo, creyó entender lo que su amiga quería decirle. Efectivamente: todo tenía una razón de ser.

El silencio absoluto del corredor por el cual se desplazaba la hizo sentirse al interior de una enorme cripta. Inesperadamente, la luz del foquito de la linterna se apagó con un suspiro de fatiga, revelándole que las pilas habían llegado a su fin. Se vio entonces atrapada en una densa oscuridad, y la sensación de encontrarse dentro de una tumba se acrecentó al máximo. "No importa", se dijo. "Voy a seguir adelante. Tengo que encontrar a Fabián." Pegó una vez más la mano a la roca y aventuró un par de pasos, esta vez sin ver el camino que se abría frente a ella. Se detuvo unos instantes. Agudizó el oído, intentando perforar la total quietud de la caverna. Nada. No escuchó nada. Retomó la marcha, avanzando en trancos pequeños. Volvió a detenerse. Tenía la impresión que alguien, o algo, la observaba desde atrás. Giró la cabeza pero sólo se enfrentó a una densa tiniebla, idéntica a la que tenía por delante. Apretó los puños, alerta. Iba a dar una nueva zancada, cuando un brusco golpe le dio en la espalda, y diez filudas uñas se le clavaron en la piel a través de la ropa y la gruesa capa de lana que la protegía. Cayó hacia el frente dispuesta a dar la pelea. Una áspera lengua, que reconoció de inmediato, le acarició la mejilla y una sonrisa de alivio le curvó los labios.

—¡Azabache! —gritó contenta— ¡¿Dónde te habías metido?!

Una silueta se recortó apenas por un pequeño brillo contra el negro más profundo de la grieta, y que se desplazó primero hacia su derecha y luego en sentido contrario.

—¡¿Quién está ahí?! —exclamó abrazando al gato en un intento por protegerlo.

Y fue gracias a esa categórica intuición que acompañaba últimamente cada una de sus zozobras, que tuvo la certeza de saber quién estaba frente a ella.

EPÍLOGO

1
Regreso al origen

Cuando ella hace su entrada a Lickan Muckar, el sol es una bola de fuego que comienza a licuarse sobre la línea del horizonte. Para celebrar su llegada, el astro detiene su partida y retrasa la aparición de la noche. Quiere saludarla, darle la bienvenida que ella se merece. Alarga su sombra de hija pródiga hasta convertirla en un delgado trazo oscuro que pinta sobre las arenas carbonizadas. El pueblo entero sopla su aire tórrido en un aplauso por verla surgir de la delgada línea de plata que separa al espejismo de la realidad. La humedad la abraza, festeja su arribo, se trenza en torno a su cuerpo en una niebla pegajosa, lame su piel con saliva de vapor que el atardecer de incendio hace brillar y refulgir como agua de oro.

La mujer que todos llaman Rayén sonríe porque ha llegado a casa. Por eso, hunde los pies en la enorme duna que reverbera en la hoguera del desierto más seco del mundo y deja que los minerales hagan lo suyo, le devuelvan la vida y el poder que tantos años de alejamiento ya estaban empezando a pasarle la cuenta. Cierra los ojos. Su cuerpo se estremece, vibra con la intensidad de un volcán en erupción, crece, alcanza las nubes que la besan y acarician sus cabellos en llamas, abre los brazos para encender fogatas que calienten aún más ese infierno que tanto quiere, que tanto extrañaba, escupe lava que derrite rocas y permite que la savia que recorre sus venas hierva hasta formar llagas de las que brotan sal, mercurio y azufre. Qué placer. Podría morir de dicha, calcinada en un suspiro incombustible. Podría nacer de nuevo sólo para permitir que Lickan Muckan la recibiera de regreso una y otra vez.

El muchacho que la acompaña no habla ni hace preguntas. Sólo parpadea con prisa mientras el viento le quema las mejillas y le desordena los cabellos ensortijados. Mira un punto lejano que al parecer nunca encuentra, ya que sus pupilas no pierden ni por un instante el objetivo. Sólo cuando Rayén se lo ordena, él esboza una sonrisa que es sólo fachada, pero ella imagina que evidencia la enorme felicidad que siente de haber recorrido 3,400 kilómetros para venir a morir a manos del gran maestro. Si fuera capaz de entender, comprendería el enorme honor que representa su futuro como cadáver. Su cabeza decapitada pasará a formar parte de la historia de un pueblo que muy pocos conocen, pero que ha existido desde el primer día de la creación. Su sangre derramada ayudará a alimentar esa tierra de inmortales y será bendecida por cada uno de ellos antes de que las arenas la absorban y se la beban con una sed de siglos.

De pronto, el desierto entero guarda silencio. Las aves de rapiña, las únicas que se atreven a sobrevolar ese cielo de asfixia, huyen despavoridas a guarecerse hasta que el peligro pase y sea su turno de hacerse cargo del cuerpo mutilado que quedará abandonado en mitad del desierto. Rayén descubre primero su sombra en el suelo: una monumental mancha oscura que abarca toda su visión y que anuncia la llegada del habitante más importante del pueblo. El dibujo en la tierra va cobrando forma hasta que revela la silueta de un hombre, su cabeza sostenida por un grueso cuello, un torso descomunal y dos corpulentas piernas que se detienen a poca distancia.

Es él, que ha regresado de uno de sus viajes. Justo a tiempo.

Rayén cae de rodillas, extasiada ante la imagen del maestro que tanto extrañó y para quien trae un regalo de carne y hueso. Desde su posición ve con toda claridad cómo el reflejo de uno de sus brazos, el que sostiene el hacha, se alza hacia lo alto. Ha llegado el momento. Entonces cierra los ojos, tal como hizo hace tantos años atrás. Y por más que lo intenta, por más que ha hecho todo lo posible para borrar el episodio desde los rincones más indelebles de su mente, no consigue olvidar que la última vez que ofreció a alguien como sacrificio fue a su propia hermana, la única que llegó a tener, y la única que fue capaz de desafiar su destino.

    Cuando levanta los párpados, el machete aún sigue en alto. Pero esta vez, llena de estupor, comprueba que ya no apunta hacia el cuello de Mauricio Gálvez.

Índice

Primera parte

1. Cuerpo nuevo
2. La decisión
3. Follaje recuperado
4. De regreso en Santiago
5. La dueña del rosario
6. *In hora mortis nostrae*
7. Lickan Muckar
8. Una visita inesperada
9. La casa de la colina
10. Protección bajo la almohada
11. El hombre con máscara de gato
12. ¿Todo fue un sueño?
13. Tierra adentro

14. Sal, azufre y mercurio
15. Ernesto, ¿me escuchas?

Segunda parte

1. El principio del fin
2. Buscando una señal
3. Un secreto bien guardado
4. Una recién llegada
5. Desde el ático
6. Leer antes de dormir
7. Mayo, 1953
8. Violento despertar
9. Ella quiere agua
10. Conversaciones bajo la lluvia
11. La semilla del mal
12. Las carcajadas de Rayén
13. Mirar dos veces
14. Septiembre, 1953
15. Pestañear más de la cuenta
16. Ver lo que no se quiere ver
17. ¡No te tengo miedo!
18. Acusada
19. Imposible dormir
20. Octubre, 1953
21. La tierra se abre

Tercera parte

1. No voy a dejar que nada malo te pase
2. Nuevos pestañeos
3. Bajo tierra
4. Hay que encontrar a Ángela
5. La misión del profesor
6. ¿Quién eres, Rosa?
7. El silencio de la tumba

Epílogo

1. Regreso al origen

La historia comienza aquí

José Ignacio Valenzuela

"Por un beso de ella bien vale sufrir las consecuencias del malamor."

TRILOGÍA DEL MALAMOR
Hacia el Fin del Mundo

Esta obra se terminó de imprimir en septiembre de 2012
en los talleres de Litográfica Ingramex, S.A. de C.V.
Centeno 162-1, Col. Granjas Esmeralda,
C.P. 09810, México, D.F.